I0588403

PERFEKTE BEUTE

LEE SAVINO

Übersetzt von
MICHAEL KRUG

SILVERWOOD PRESS

WIDMUNG

An alle Leserinnen, die sich nach einer animalischen Nummer mit einem maskierten Psycho sehnen: Fangt an zu rennen.

PERFEKTE BEUTE

Die Regeln der Jagd: Die Beute bekommt zehn Minuten Vorsprung.

Nach dem Signal betritt der Jäger den Wald. **Die Jagd hat begonnen.**

Wird die Beute nicht vor Mitternacht gefangen, erhält sie 10.000 Dollar.

Schafft sie es bis zum Morgengrauen, bekommt sie 100.000 Dollar.

Aber **wenn der Jäger sie erwischt, gehört sie für die Nacht ihm.**

Es gibt eine letzte, geheime Regel, die nur der Jäger kennt: Was der Jäger fängt, behält er. Seine Beute wird zu seiner *Elita*, seiner Auserwählten. **Sie wird ihm gehören.** *Für immer.*

Möge die Jagd beginnen ...

Motive: Mafiabruderschaft, Geheimbund, Primal Play, Dark Romance, Rotkäppchen und der böse Wolf

Inhaltswarnung:

Primal Play, Unfreiwilligkeit/Widerwillen, BDSM, Sexarbeit, Entführung/Verführung, Gewalt und Mord (detailliert beschrieben), (ehemalige) Drogenabhängigkeit, erotische Szenen.

Hier findest du die Playlist zu *Perfekte Beute*: https://geni.us/HisPreyplaylist

KOSTENLOSE GESCHICHTE

Hol dir hier eine Mafia-Weihnachtsgeschichte: https://geni.us/HisPreyFreebieGER

1

J aeger

BILLIONAIRE ISLAND IST eine Oase außerhalb der Stadt. Die Reichsten der Reichen besitzen hier Feriendomizile. Und sie beherbergt die *Lodge*, einen Privatklub mit zig Hektar Wald. Die Elite kommt hierher, um zu feiern, an privaten Spieltischen zu zocken und sich im BDSM-Verlies in den unteren Geschossen feuchtfröhlichen Vergnügungen hinzugeben.

Ich stand mit einem Drink in der Hand an der Bar und betrachtete die bernsteinfarbene Flüssigkeit. Mit einer Größe von 1,90 Metern und über hundert Kilo reiner Muskulatur passe ich nicht in die schillernde, luxuriöse Kulisse. Im Gegensatz zu den Treuhandfondsverwaltern und Geschäftsleuten mit ihren weichen Händen wurde ich nicht in Privilegien hineingeboren. Ich wurde auf der Straße geboren. Von klein auf habe ich mich in einem brandgefährlichen Umfeld behauptet. In diesem verweichlichten Leben bin ich fehl am Platz. Ich bin in der *Lodge*, um klaren Kopf zu bekommen. Aber nicht mal das Brennen des sündteuren Whiskeys genügt, um das rastlose Monster in mir zu besänftigen.

Die Bestie will gefüttert werden.

Ich brauche eine Pussy. Es ist viel zu lange her, und die Lodge strotzt vor schönen Frauen. Die Kellnerinnen tragen kurze Röcke, die Subs des Klubs kaum vorhandene Bodys. Ganz zu schweigen von den Prominenten und Erbinnen in Designerkleidern auf der Suche nach einer pikanten Kostprobe eines wilderen Lebens. Ich kann fühlen, wie sie mich ansehen. Mit einem Fingerzeig könnte ich jede davon bekommen. Aber das interessiert mich nicht im Geringsten.

Ich bevorzuge eine brutale Hetzjagd. Um die Bestie zu befriedigen, brauche ich den Nervenkitzel.

Ich sehe mich nach der hübschen Rothaarigen um, die ich vor ein paar Tagen im *Inferno* gesehen habe, der Bar, die unsere Bruderschaft in der Stadt betreibt. Manchmal haben die Frauen, die dort arbeiten, auch Dienst in der *Lodge*.

Sie geht mir nicht mehr aus dem Kopf – lockiges rotes Haar, straffe Kurven, Sommersprossen, die sich sogar durch ihr Make-up abzeichnen. Genau mein Typ. Meine zum Leben erwachte Idealfrau. Als ich sie zum ersten Mal gesehen habe, war ich überzeugt davon, ich müsste träumen. Sie ist derart atemberaubend, dass ich damals dachte, die Götter müssten sie nach meinen Fantasien erschaffen haben.

Aber sie ist nicht hier.

Ich trinke den Whiskey aus und klopfe auf die Theke, um anzuzeigen, dass ich noch einen möchte.

»Alles Gute zum Geburtstag, Jaeger.« Sebastian St. James tritt aus den Schatten hervor. Da er mich hierher eingeladen hat, hätte ich mit ihm rechnen sollen. Nur durch jahrelanges Training kann ich verschleiern, dass es ihm gelungen ist, sich an mich anzuschleichen.

»St. James.« Ich drehe mich ihm zu. Er trägt seinen üblichen grauen Anzug. Von der Seidenkrawatte bis hin zu den silbernen Manschettenknöpfen weist jeder maßgeschneiderte Quadratzentimeter auf einen erfolgreichen, wohlerzogenen Geschäftsmann hin. Nur diejenigen von uns, die ihn gut kennen, wissen um seine Gefährlichkeit. »Woher weißt du, dass ich heute Geburtstag habe?«

St. James antwortet nicht. Er nippt an seinem Drink und bleibt unter meinem intensiven Blick vollkommen ruhig. Obwohl er mein Blutsbruder ist, bin ich in seiner Gegenwart auf der Hut.

Wenn man so am Rande der Gesellschaft lebt wie ich, katalogisiert man Bedrohungen. Von Kindesbeinen an bin ich von gefährlichen Männern umgeben gewesen. Und ich habe dafür gesorgt, dass ich selbst bedrohlicher als die meisten geworden bin. Aber meine Instinkte wittern, dass St. James in einer anderen Liga spielt. Er ist unscheinbar wie eine Schlange in hohem Gras und genauso tödlich. Die Männer, die er schon vernichtet hat, haben es nie kommen sehen.

»Verstehe. Du weißt einfach alles.« Mein Zwillingsbruder und ich sind nicht wirklich an diesem Tag geboren. Wir haben ihn uns ausgesucht. An diesem Tag sind wir aus der Hölle befreit und wiedergeboren worden.

Aber wahrscheinlich weiß St. James auch das.

»Ich hab ein Geschenk für dich«, sagt er.

Ich schnaube. »Glaubst du, ich bin gerade sieben geworden? Geburtstagsgeschenke sind für Kinder.« Obwohl ich nicht aus Erfahrung spreche. In meinen jungen Jahren hat es keine kindlichen Feiern gegeben.

»Ich denke, es wird dir gefallen.« Er schnippt mit den Fingern, und eine süße Blondine, herausgeputzt als Zigarrenmädchen, stakst zu uns herüber. St. James wählt zwei Zigarren von ihrem Tablett aus und geht damit hinaus auf die weitläufige Holzterrasse mit Blick auf den dichten Wald. Ich folge ihm. Er leitet Fraternitas als Stellvertreter des Mannes, den man den Teufel nennt. Ich folge ihm, weil ich darauf einen Eid abgelegt habe.

Aber ich bin auch neugierig.

St. James nimmt unsere Zigarren zum gegenüberliegenden Geländer der Terrasse mit. Ich lehne mich darauf und betrachte die etlichen Hektar Wildnis. Man käme nie auf die Idee, dass nur wenige Kilometer entfernt eine Stadt mit neun Millionen Einwohnern liegt. Die einzigen Geräusche sind raschelnde Blätter, das Summen von Insekten, die Laute nachtaktiver Tiere. Friedlich und wild.

Der Gesamteindruck besänftigt die Bestie.

Ein Streichholz flammt auf, und St. James reicht mir meine Zigarre.

Der Mistkerl weiß, dass er meine Neugier geweckt hat, und wird mich betteln lassen. »Was ist es also? Mein Geschenk?«

»Ich hab mit Damien gesprochen.« Er meint den Teufel. Das Oberhaupt von Fraternitas. »Er und ich sind uns einig, dass du eine Belohnung für die Opfer verdienst, die du gebracht hast.«

Damit meint er die vergangenen sechs Monate, in denen ich mich einer Mission für Fraternitas gewidmet habe. Dabei habe ich die Hände mit so viel Blut befleckt, dass ich sie nie wieder völlig sauber schrubben kann. »Mein gesamtes Handeln gilt der Bruderschaft. Ich halte mich an mein Gelübde.«

»Das wissen wir. Du hast deine Loyalität vielfach bewiesen. Und deshalb verdienst du eine Belohnung.« Er schnippt Asche über die Seite des Geländers.

Irgendwo unter uns ertönt ein Alarm. Instinktiv versteife ich mich, als unter der Terrasse eine Tür aufschwingt und gegen die Wand knallt.

Eine Gestalt rennt auf den Rasen. Eine Frau mit nackten Beinen. Sie trägt ein weißes Kleid, das im Mondlicht schimmert.

Mein gesamter Körper ist in höchster Alarmbereitschaft, meine Muskeln spannen sich an, bereit, die Verfolgung aufzunehmen.

Mein Zwillingsbruder und ich besitzen eine ausgezeichnete Nachtsicht. Das ist einer der Gründe, warum wir in der Dunkelheit so tödlich sind. Meine Gabe ermöglicht es mir, Details der Flüchtenden auszumachen. Eine Mähne lockiger Haare ergießt sich über ihren Rücken. Ihre blassen Beine blitzen auf, während sie von der *Lodge* weg über den Rasen rennt.

Mein Blick folgt ihr, bis sie zwischen den Bäumen verschwindet. Jeder Instinkt in mir verlangt von mir, sie zu verfolgen.

St. James pafft seine Zigarre und beobachtet mich belustigt. Ich umklammere das Geländer so krampfhaft, dass ich spüre, wie sich Splitter in meine Haut bohren.

»Wer ist sie?«, frage ich mit knurrendem Unterton.

»Eine Kellnerin. Normalerweise arbeitet sie im *Inferno*, aber heute Abend habe ich sie für andere Aufgaben eingeteilt.« Der verdammte St. James. Er hat bemerkt, wie ich die Rothaarige beobachtet habe, und uns beide hergelockt. Er hat etwas geplant.

»Was für Aufgaben?«

»Sie gehört für die Nacht dir. Wenn es dir gelingt, sie dir zu schnappen.« Seine grauen Augen funkeln im Mondlicht.

St. James steht auf Grenzspiele. Deshalb besitzt er mehrere BDSM-Klubs, darunter die *Lodge*.

Und wenn er alles weiß, dann auch, dass mir kaum etwas mehr Vergnügen bereitet als eine wilde, animalische Jagd.

»Sie hat einen Vertrag unterschrieben und wird stattlich dafür bezahlt, im Wald vor dir zu flüchten. Wenn es ihr gelingt, bis nach Mitternacht nicht erwischt zu werden, bekommt sie eine Prämie. Noch mehr, wenn sie bis zum Morgengrauen durchhält.« Er bedenkt mich mit einem zufriedenen Blick. Näher kommt er einem Lächeln nie. »Ich bezweifle, dass du so lange brauchen wirst, um sie zu schnappen.«

»Du meinst ...« Die Bestie in mir brüllt. Mein Brustkorb bläht sich, meine Lunge bereitet sich darauf vor, wie ein Blasebalg zu pumpen, während ich hinter ihr her renne. Meiner Beute.

»Willkommen zur Jagd. Bis zum Morgengrauen hast du auf dem Gelände völlig freie Hand. Und wenn du sie fängst, gehört sie ganz dir.« Er holt eine schwarze Maske mit Augenlöchern und einem aufgedruckten weißen Totenkopf hervor. Ich trage sie für rituelle Hinrichtungen. Er reicht sie mir und deutet mit dem Kopf zu der Treppe links, die hinunter zum Rasen verläuft. »Ich hab ihr gesagt, du gibst ihr zehn Minuten Vorsprung.«

ELODIE

ICH RASE ZWISCHEN den Bäumen hin und her, drücke mit

ausgestreckten Armen die Äste weg. Dennoch zerkratzt mir Gestrüpp die nackten Gliedmaßen und das Gesicht.

Am Himmel scheint hell der Vollmond und hilft mir dabei, mir einen Weg durch das Dickicht zu bahnen. Allerdings ist mir bewusst, dass er auch mein Kleid erhellt. Weiß ist das Gegenteil einer Tarnfarbe. Genauso könnte ich im Rampenlicht auf einer Bühne stehen.

Der Arsch, von dem ich engagiert worden bin, hat mich gezwungen, dieses Kleid zu tragen. Zum Glück ist es Spätsommer, und die Nächte sind nicht so kalt. Aber ich bin auch barfuß. Offensichtlich soll ich eine bestimmte Fantasie erfüllen. Es ist eine Jagd, und ich bin die arme, hilflose Beute. Halb nackt, gekleidet wie eine Jungfrau, bereit für ein Opfer.

Egal. Solange ich bezahlt werde.

Kellnern reicht nicht, um meine Schwester und mich aus dem Schlamassel zu holen, den ihr Ex angerichtet hat. Ich brauche die Tausender, die Mr. St. James mir für diesen Auftritt angeboten hat. Außerdem hat er mich mit einer Prämie geködert, wenn es mir gelingt, bis Mitternacht nicht erwischt zu werden. Ein Ansporn, damit ich dem Gast eine gute Jagd liefere.

Wenn ich es bis Mitternacht schaffe, bekomme ich zehntausend Dollar. Aber wenn ich sogar bis zum Morgen durchhalte, gibt er mir hunderttausend in unmarkierten Scheinen.

Das ist das Ziel. Tausend Dollar würden gegen unsere Probleme helfen. Zehntausend würden sie beseitigen.

Hunderttausend würden unser Leben verändern. Also darf ich mich nicht schnappen lassen.

Während ich renne, schäle ich mich aus dem weißen Kleid. Ich reiße es in Stücke und hänge einen Streifen an

einen niedrigen Ast, an dem er wie ein in der Luft schwe-
bender Geist flattert.

Während ich mich zwischen den hoch aufragenden
Eichen hindurchschlängle, verteile ich weitere Fetzen des
Kleids an Ästen der kleineren Ulmen und Stechpalmen.
Falsche Köder, um den Jäger von meiner Fährte abzu-
bringen.

Nur bin ich jetzt nackt. Und meine blasse Haut zeichnet
sich in der Nacht wie ein Leuchtfeuer ab.

Als der Wald endet, rase ich durch das lange Gras der
Wiese. Meine Füße rutschen über Schlamm, und ich rudere
mit den Armen, um nicht zu fallen. Das schwarze Schimmern vor mir muss ein kleiner Teich sein.

Hinter mir aus der Richtung der *Lodge* ertönt ein Horn-
stoß. Der lang gezogene, tiefe Ton jagt eine Gänsehaut über
meine Arme. Das muss das Signal sein, das St. James ange-
kündigt hat. Er hat mir versprochen, dass ich es merken
würde, wann sich der Jäger auf meine Fersen heftet.

Mir läuft die Zeit davon.

Die Jagd hat begonnen.

JAEGER

Ich laufe die Treppe runter und visiere den Wald an.
Von St. James sehe ich lediglich noch das Glimmen der
Spitze seiner Zigarre. Mir ist völlig egal, dass er zusieht.
Mein gesamtes Augenmerk gilt dem süßen Duft im Wind –
dem Geruch meiner Beute.

Als ich das Hemd abstreife, kribbelt meine Haut in der
kühlen Luft. Es ist zwar noch Sommer, trotzdem werden die
Nächte bereits kälter.

Ich bin wild geboren worden. Vom ersten Tag an haben

mein Zwillingsbruder und ich ums Überleben gekämpft wie Unkraut, das durch eine Ritze im Bürgersteig wächst. Erst mit dem Ablegen des Gelübdes und meinem Beitritt zu Fraternitas habe ich die Welt jenseits des Betondschungels kennengelernt. Als ich das erste Mal hier gewesen bin, den Chor der Grillen gehört und die frische Luft geatmet habe, war ich zu Hause.

So jung St. James und der Teufel sein mögen, die beiden sind Visionäre. Noch bevor wir alt genug waren, um überhaupt Land zu besitzen, haben sie einen Weg gefunden, die Bagatelldelikte einer Bande von Gossenkindern in ein profitables Glücksspiel- und Schmuggelunternehmen zu verwandeln und damit in den Immobilienbereich zu expandieren. Mittlerweile besitzt Fraternitas fast ganz Billionaire Island, unter anderem das riesige Grundstück mit der *Lodge*. Unser Land ist von einem Sichtschutzzaun umgeben, allerdings müsste ich kilometerweit laufen, um ihn zu erreichen.

Reichlich Wildnis für meine Jagd.

Ich stülpe die Vollstreckermaske über. Dadurch sehe ich genau wie das aus, was ich bin – ein Killer. Eine Bestie, dafür geboren, lauernd durch die Wildnis in den Randbereichen der Gesellschaft zu streifen. Zu meinem Glück besteht bei Fraternitas ein Bedarf an meinen brutalen Trieben, sonst wäre ich längst eingeschläfert worden wie ein Hund.

Deshalb habe ich mir keine Frau genommen. Niemand sollte unter dem grausamen Schicksal leiden, mein Besitz zu sein.

Jetzt jedoch ist mir ein Opfer auf dem Silbertablett serviert worden, und ich will verdammt sein, wenn ich es mir nicht hole.

»Lauf, Rotkäppchen, lauf«, brumme ich bei mir und beschleunige die Schritte, bis ich zwischen die Bäume renne. »Der große böse Wolf ist hinter dir her.«

ELODIE

DER JÄGER IST NAH, pirscht sich bereits durch den Wald. Er
trägt schwere Stiefel. Zweige knacken lautstark darunter.
Offenbar gibt er sich keine große Mühe, nicht bemerkt zu
werden. Er summt sogar leise vor sich hin. Es bereitet ihm
sichtlich Vergnügen, einen Menschen zu hetzen.

Je näher er kommt, desto mehr Geräusche verursacht er,
doch das Pochen meines Herzens übertönt sie. Durch die
Arbeit als Kellnerin besitze ich zwar starke Beine, aber ich
bin keine Läuferin. Deshalb habe ich beschlossen, mich zu
verstecken.

Ich presse mich an einen dicken Baumstamm. Vorhin habe
ich mir die Zeit genommen, meine Haut mit Schlamm zu
beschmieren, damit sie sich in der Dunkelheit nicht so deutlich abzeichnet. Es war widerlich, aber ich musste mich tarnen.
An den Beinen habe ich außerdem Blätter auf den Schlamm
geklebt. Hoffentlich hält das die Insekten von mir fern.

Ich bemühe mich, meine Atmung zu beruhigen und eins
mit der Baumrinde zu werden. Allerdings kann ich dem
Versuch nicht widerstehen, einen flüchtigen Blick auf den
Jäger zu erhaschen.

Das ist mein erster Fehler. Als er ins Mondlicht gerät,
bleibt mir die Luft weg. Er ist gewaltig. Tätowierungen über-
ziehen seine dicken Arme. Eine mit einem Totenkopf
bedruckte Skimaske verhüllt sein Gesicht. Ein Anblick wie
aus einem Albtraum.

Langsam dreht sich mir der Magen um. Der Mann ist
wesentlich größer, als ich gedacht habe. Das ist kein

gewöhnlicher Kunde, nicht bloß ein Gast des Klubs, der reich genug ist, um für seine Fantasien zu bezahlen.

Er muss einer von *ihnen* sein. Einer der Fraternitas. Der größten, übelsten Gang der Stadt. Diese Leute beherrschen die Unterwelt. Niemand weiß genau, was nötig ist, um ihnen beizutreten, aber es kursieren Gerüchte. Über Blutrituale, Hinrichtungen. Über Kämpfe auf Leben und Tod, um die Schwachen auszusortieren. Nur die Stärksten werden in die Bruderschaft aufgenommen.

Hätte ich gewusst, dass mein Jäger ein kriminelles Monster sein würde, ich hätte den Vertrag nie unterschrieben. Nicht auszudenken, was für verruchte Dinge er mit mir anstellen könnte, wenn er mich erwischt.

Aber jetzt ist es zu spät. Ich werde gejagt, und mein Bauchgefühl sagt mir, dass ich nicht einfach rausgehen und eine weiße Fahne schwenken kann. Das hier wird erst vorbei sein, wenn ich entweder geschnappt werde oder gewinne.

Und ich *muss* gewinnen.

Kaum habe ich die Bedrohung gesehen, kann ich den Blick nicht mehr davon lösen. Aufmerksam mustere ich den Mann, suche nach Hinweisen. Trotz seiner Größe umrundet er den Teich leichtfüßig, die Bewegungen fließend wie die eines Panthers. Obwohl sich meine Eingeweide vor Angst zusammenkrampfen, entfacht Hitze tief in meinem Inneren. Seine Muskeln bieten im Mondlicht einen herrlichen Anblick.

Ich gebe mein Bestes, um mich nicht zu rühren, nicht mal zu atmen, dennoch erregt irgendetwas seine Aufmerksamkeit. Er bleibt stehen und hebt den Kopf, ein Raubtier, das seine Beute wittert.

Dann schwenkt er zu dem Teil des Walds herum, in dem

ich mich verstecke. So unmöglich es ist, ich habe das seltsame Gefühl, dass er mich direkt ansieht.

JAEGER

DIE NACHT IST WUNDERSCHÖN. Der Mond am Himmel könnte genauso gut ein auf die Wiese gerichtetes Flutlicht sein. Als ich den Teich umrunde, bemerke ich Schlammspuren im Gras. Meine Beute ist hier vorbeigekommen.

Ich kann fühlen, dass sie mich beobachtet.

Obwohl ich in der Stadt geboren und aufgewachsen bin, habe ich Fertigkeiten als Jäger kultiviert. Ich weiß, dass die kleine Rothaarige nackt ist. Sie hat ihr Kleid ausgezogen, in Stücke gerissen und die Fetzen im Wald verteilt wie winzige, in der Brise zitternde weiße Fahnen der Kapitulation.

Einen davon halte ich in der Faust. Ich spüre daran noch ihre Wärme, rieche ihren Duft. Weit kann sie nicht sein. Sie hat sich dafür entschieden, sich zu verstecken statt zu flüchten.

Ich lasse mir Zeit, schlendere gemächlich zur nächsten Baumgruppe. Sobald ich sie erreiche, gebärde ich mich so laut wie möglich. Ich stapfe durchs Unterholz, achte nicht darauf, wohin ich trete, schlage Blätter und Zweige aus dem Weg.

Wenn sie nicht wegläuft, ängstige ich sie, bis ihre Urinstinkte die Kontrolle übernehmen und sie einen Fehler begeht.

»Ich weiß, dass du hier bist, Rotkäppchen«, rufe ich laut. »Ich kann dich riechen. Du bist nicht die erste Beute, die ich jage.«

Dann bleibe ich stehen und lausche aufmerksam. Obwohl ich mir nicht sicher sein kann, vermeine ich zu spüren, dass in der Nähe jemand atmet. »Weißt du, wie meine Feinde mich nennen?« Langsam drehe ich mich im Kreis und lasse den Blick über die Bäume wandern. »Sie haben keinen Namen für mich. Weil sie nicht wissen, wer ich bin. Nicht mal, nachdem ich ihnen die Kehle aufgeschlitzt habe.« In der Nähe der Wipfel mache ich eine dunkle Form aus, allerdings sieht sie mehr nach einem Eichhörnchennest aus. Die Eichen besitzen nicht genug niedrige Äste, damit meine Beute an ihnen hochklettern könnte. »Aber meine Brüder nennen mich den Wolf.« Ich bleibe in Bewegung, bahne mir einen Weg zwischen den Bäumen hindurch. Als ich eine Anhäufung von Blättern bemerke, die groß genug sein könnte, um eine Person zu verbergen, gehe ich hin und trete dagegen, doch es sind wirklich nur Blätter.

Aus dem Augenwinkel nehme ich eine leichte Bewegung wahr. Statt mich in die Richtung zu drehen, setze ich den Weg fort.

Die Nacht ist noch jung. Ich will mir Zeit lassen. Diese Jagd soll länger andauern.

ELODIE

ICH KNIRSCHE SO KRAMPFHAFT mit den Zähnen, dass sie schmerzen. Der Jäger geht unmittelbar an mir vorbei und führt dabei ein einseitiges Gespräch. Er ist ein noch größerer Arsch als St. James. Prompt setze ich ihn auf meine gedankliche Liste der Leute, die ich am liebsten umbringen würde. Dabei bemühe ich mich, nicht darauf zu achten, wie sinnlich seine tiefe Stimme klingt.

Ich muss wohl ein Freak sein, denn mein Körper fasst meine Angst als Erregung auf. Bei jedem Pochen meines Herzens pulsiert es in meiner Scham. Nässe läuft mir am Bein hinab.

Dieser Kerl will mich auf dem kalten, harten Boden rammeln wie ein Tier, und ich bin geil? Ich verstehe mich selbst nicht.

Seine Stimme entfernt sich. Ich halte den Atem an, bis ich ihn nicht mehr durch das Unterholz poltern höre. Die Geräusche werden schwächer, bis mich wieder die Stille des Walds umgibt. Allerdings ist es nicht wirklich still. Um mich herum knarzt und knackt und raschelt es eigenartig. Welche nachtaktiven Kreaturen sich in diesen Wäldern herumtreiben könnten, will ich mir gar nicht ausmalen. Ich kann nur hoffen, dass sie mich in Ruhe lassen.

Als es in der Nähe meines Ohrs summt, zucke ich zusammen. Die Stechmücken haben mich entdeckt. Und die Temperatur sinkt. Es wäre warm genug, wenn ich angezogen wäre, so jedoch zittere ich.

Als es abermals summt, klatsche ich mir dort auf den Arm, wo das Insekt landet. Der mittlerweile getrocknete Schlamm bröckelt ab. Ich presse die Lippen zusammen, um ein hysterisches Kichern zu unterdrücken. Wenn er mich aufspürt, könnte er mich zu widerlich finden, um mich anzufassen.

Gefühlt lange Augenblicke warte ich. Inzwischen muss es kurz vor Mitternacht sein, oder? Mein übliches Zeitfenster zum Schlafengehen ist verstrichen. Ich fühle mich noch hellwach und aufgekratzt.

Und hungrig. Und ich friere.

Vielleicht kann ich zurück zur *Lodge*, mich reinschleichen und irgendwo verstecken, wo es warm ist. Es wäre zwar ein Regelverstoß, aber wenn ich mich im Morgengrauen voller Schlamm und Blätter präsentiere, werden alle glauben, ich hätte meinen Teil der Abmachung erfüllt.

Langsam, vorsichtig richte ich mich auf. Die Schatten des riesigen Baums verhüllen mich. Niemand ist in der Nähe.

Er ist weg.

Ich husche von Schatten zu Schatten, werde keine Abkürzung über die Wiese nehmen, sondern im Wald bleiben.

Nach kaum zehn Schritten ertönt hinter mir eine tiefe, grollende Stimme. »Da bist du ja.«

2

E *lodie*

MIT DEM JÄGER dicht auf den Fersen rase ich über die Wiese.

Mist, Mist, verdammter Mist!

Ich bin ausgetrickst worden. Er hat es geräuschvoll so klingen lassen, als hätte er sich von meinem Versteck entfernt. Danach ist er entweder zurückgeschlichen und hat sich auf die Lauer gelegt, oder er ist nie wirklich weggegangen.

Ich schaue nicht zurück. So schnell mich die Beine tragen, renne ich zurück in Richtung der *Lodge*.

Ich war dumm. Mein gesamter Plan war bescheuert. Was habe ich mir dabei gedacht, einen erfahrenen Jäger überlisten zu wollen? Er ist ein Spitzenprädator, ich hingegen stehe am untersten Ende der Nahrungskette.

Jetzt bin ich nackt und stürme um den Teich herum über eine Wiese. Meine Brüste wippen wie verrückt. Ganz zu schweigen von meinem Hintern, meinem Bauch und meinen Oberschenkeln. Es hat schon seinen Grund, warum ich sonst nicht laufe. Zu viel Wippen.

Im Gegensatz dazu besitzt mein Verfolger den Körperbau eines Kriegers, der stundenlang rennen und kämpfen kann. Nach einem Sprint über hundert Meter brüllt meine Lunge nach Luft.

Wenn er mich erwischt, könnte er alles mit mir anstellen. Der Vertrag sichert ihm uneingeschränkten Zugriff auf meinen Körper zu. Und für die Chance auf eine Summe, die mein Leben verändern könnte, habe ich ihn unterschrieben. In der Wärme und Sicherheit der *Lodge* ist mir das noch völlig logisch vorgekommen. Inzwischen jedoch, tief in den dunklen Wäldern, frage ich mich, auf was um alles in der Welt ich mich wirklich eingelassen habe. Hier draußen ist ein Vertrag nur ein Stück Papier. Bedeutungslos. Hier gibt es keine Logik, nur Adrenalin. Die Dinge könnten leicht außer Kontrolle geraten.

Er könnte mich verletzen, mich sogar umbringen. Mich würgen und Grauenhaftes mit meinem bewusstlosen Körper anstellen, bezeugt allein von den Bäumen.

Hier draußen gibt es keine Hilfe für mich. Niemand würde mich schreien hören.

Deshalb fliehe ich nicht mehr nur, um bezahlt zu werden. Ich renne um mein Leben.

Angst verleiht mir förmlich Flügel, während ich zwischen den Bäumen hindurchrase.

Ich muss weiter, muss mich verstecken. Als ich die Schritte gerade verlangsamen will, taucht er zu meiner Rechten auf, ein Phantom mit einem Totenschädel als Gesicht.

»Buh.«

Ich schwenke nach links. Das ist nicht fair. Er spielt mit

mir. Verhöhnt mich. Seine Beine sind so lang, dass er gemächlich joggen und trotzdem mit mir Schritt halten kann.

»Lauf, Rotkäppchen, lauf.«

Es ist so weit. Mein Herz wird jeden Moment zerspringen. Sein Spott lässt meine Angst in Wut umschlagen.

Genug gerannt wie ein Kaninchen. Mein Leben lang bin ich von Größeren und Skrupelloseren ausgebeutet und weggeworfen worden. In dieser Nacht bekomme ich endgültig die Nase voll davon.

Ich muss mich endlich zur Wehr setzen. Wenn ich dabei sterbe, dann sterbe ich eben. Dann zumindest mit dem Wissen, dass ich meine Frau gestanden habe.

Auf einer kleinen Lichtung bremse ich ab und wirble herum. Er ist mit Schatten verschmolzen. Ich kann ihn nicht sehen, fühle aber, dass er mich beobachtet.

»Na schön, komm her!«, rufe ich und hebe herausfordernd die Arme. »Komm und hol mich.«

Als er auftaucht, springe ich unwillkürlich zurück. Mit seiner Vollstreckermaske sieht er so tödlich aus. Durch die wechselnden Schatten scheinen sich seine Tätowierungen wie Schlangen auf der Brust zu winden.

Ich keuche und zittere, er hingegen ist kaum außer Atem.

»Du gibst auf?« Seine düstere, samtige Stimme fährt mir zwischen die Beine.

»Fick dich«, schieße ich zurück. Ist das für ihn ein Vergnügen, ein Spiel? Dann werde ich ihm den Spaß daran verderben.

Auch wenn er dadurch für den Rest der Nacht mit meinem Körper machen kann, was er will, weil es im Vertrag steht.

Auch wenn er mich umbringt. Mein Mund stellt Schecks

aus, die mein Hintern nicht einlösen kann, doch ich bin gerade zu wütend, um klar zu denken.

Er kommt auf mich zu. Ich spanne die Beine an, um nicht instinktiv zurückzuschrecken. Mittlerweile ist er so nah, dass ich erkenne, um wie viel er mich überragt. Er könnte mich mühelos zerbrechen.

Warum erregt mich der Gedanke? Mein Mund fühlt sich trocken an, zwischen meinen Beinen hingegen ist es feucht.

Demonstrativ sieht er auf die Armbanduhr. »Du hast noch zehn Minuten bis Mitternacht.«

Mitternacht. Dadurch würde sich meine Bezahlung verzehnfachen.

Er deutet auf den Wald, in die entgegengesetzte Richtung der *Lodge* und etwaiger Sicherheit, die ich dort finden könnte.

»Du flüchtest. Ich jage dich. Gib alles.«

Dieser Arsch. Ich hasse ihn, obwohl mein Körper darauf reagiert, dass er angezogen ist, während ich nackt und hilflos gegen jemanden bin, der so groß und kraftvoll ist wie er.

Er beugt sich vor und reißt mich aus meiner Schockstarre. »Los.«

~

J*AEGER*

S*IE* W*IESELT VON MIR WEG.* Ihr wunderschöner Hintern wackelt, während sie rennt. Sie besteht überall aus Kurven und herrlichen Grübchen. Mein Ständer beult bereits die Hose aus. Das Rennen wird zur Folter werden, wenn er noch härter wird.

Dennoch setze ich mich in Bewegung, begrüße die Schmerzen. Ich lasse ihr den Vorsprung, damit ich ihren nackten Körper bewundern kann, wann immer sie das Mondlicht durchquert.

»Fünf Minuten!«, rufe ich. Sie weicht einem Baum aus. Ich laufe nach links und achte darauf, dass sie mich bemerkt, bevor ich nach rechts schwenke. So treibe ich sie tiefer in den Wald, wo niemand ihre Schreie hören wird.

»Eine Minute.« Vor uns ertönt ein Krachen. Abrupt bremse ich ab und lausche. Sie hat etwas geworfen, um mich abzulenken, aber sie schleicht in die Büsche. Ich packe sie und schüttle sie. Prompt entfährt ihr ein spitzer Laut, und sie huscht davon.

»Zehn. Neun.« Sie rennt wieder, schlängelt sich zwischen den Bäumen hindurch. »Acht. Sieben.«

Sie wird mir nicht entkommen.

»Fünf, vier ...« Ich steigere die Geschwindigkeit und renne, bis ich zu ihr aufgeschlossen habe.

»Drei.« Ich laufe neben ihr, habe sie in Reichweite. Sie täuscht in eine Richtung an, schwenkt jedoch in die nächste, aber ich sehe es voraus und folge ihr.

»Zwei.« Ich bin so dicht hinter ihr, dass ich ihr ins Genick atme.

»Eins.«

Ich packe sie und reiße sie mit zu Boden. Im Fallen schlinge ich einen Arm um sie und bremse den Sturz mit der freien Hand für uns beide ab. »Hab dich.«

∼

ELODIE

. . .

Schreiend strample ich, aber er ist auf mir. Da er sich abstützt und mich nicht mit seinem vollen Gewicht niederdrückt, habe ich Platz, um nach ihm zu treten. Gleichzeitig winde ich mich, verschaffe mir Freiraum, um auszuholen, und ziele auf seinen Schritt.

Er zuckt zurück, und ich rolle mich weg. Freiheit! Taumelnd rapple ich mich auf die Beine und renne ein paar Meter, stolpere allerdings über einen Stein. Tief in meinem Fußgelenk knackt etwas. Ich achte nicht darauf, humple drei Schritte weiter, bevor ich wieder niedergerissen werde. Diesmal wirft er mehr Gewicht dahinter. Als ich auf dem Boden lande, wird mir die Luft aus der Lunge gepresst.

Jetzt hat er mich. Endgültig.

Er ist so schwer, dass ich mich zerquetscht fühle. Als ich aufschreie, stemmt er sich weit genug von mir hoch, dass ich wieder atmen kann.

»Mmmm, braves Häschen.«

»Runter von mir!« Wie besessen wehre ich mich, mit den Ellbogen, mit den Füßen, mit allem, was mir zur Verfügung steht. Genauso gut könnte ich auf eine Mauer eindreschen. Er besteht überall aus harten Muskeln, und sein Duft umhüllt mich, ein maskulines Moschusaroma, das ich tatsächlich als angenehm empfinde.

Er gibt sich damit zufrieden, auf mir zu liegen, mich mit seinem Gewicht niederzudrücken. Ich spüre etwas wie einen Knüppel im Rücken und habe den schrecklichen Verdacht, dass es sich um sein Glied handelt. Er reibt es an mir, während er das Gesicht in meinem Haar vergräbt.

Ja, es ist sein Ständer. Und er ist riesig.

Wie um alles in der Welt soll ich ihn aufnehmen und überleben können?

Er hebt einen Teil seines Gewichts von mir, und seine Hände betasten mich überall. »Du bist so weich.«

»Leck mich.«

»M-hm. Das werde ich.« Er ertastet meine rechte Brust und knetet sie. Meine Erregung steigert sich so schnell, dass ich nach Luft schnappe und an ihm kralle, um mich den lustvollen Empfindungen zu entziehen.

Er dreht mich herum, ergreift meine beiden Handgelenke mit einer Pranke und fixiert sie mir über meinem Kopf. Seine untere Körperhälfte drückt meine Beine so nieder, dass ich nicht mehr austreten kann. Nackt und gespreizt liege ich da, seiner Gnade ausgeliefert. Von seinem Gesicht kann ich nur die Augen erkennen, deren Blick sich in mich bohrt. Seine Vollstreckermaske löst erneut Panik in mir aus. Trotzdem reagiert mein Körper nach wie vor auf seine geschickten Berührungen.

»Bist du feucht für mich, Häschen? Soll ich nachsehen?«

Ich knurre zwar, kann ihn aber nicht davon abhalten. Langsam gleitet seine Hand an meiner Vorderseite hinab. Die Blätter und der Schlamm stören ihn offenbar nicht. Im Gegenteil, sie scheinen ihn aufzugeilen.

Als er meine Pussy erreicht, brummt er leise. Er hat mein Geheimnis entdeckt. Ich bin klatschnass. Seine kundigen Finger ertasten meine Klitoris und reiben sie genau an der richtigen Stelle. Wie er zwischen zart und hart abwechselt, versetzt mich in Wallung. Dass er mich dabei niederdrückt, steigert meine Erregung zusätzlich. Nach nur einer Minute klopft brüllend ein Orgasmus an.

Aber so leicht will ich es ihm nicht machen.

Ich hebe den Kopf und versuche, in den mich fixierenden Arm zu beißen.

»Wildes kleines Biest.« Als er mir zwei Finger in den Mund steckt, klemme ich sofort die Zähne darauf, doch er lacht nur. »Kämpf gegen mich an, so viel du willst, Rotkäppchen.« Er schiebt mir die Finger tiefer in den Rachen, löst meinen Würgereflex aus. Ich röchle, und Speichel sammelt sich in meinem Mund. »Gewinnen wirst du trotzdem nicht.«

Er zieht die Finger heraus, gönnt mir eine Verschnaufpause. Aber dann streichelt er mich wieder zwischen den Beinen, mit einem Daumen in der Nähe meiner feuchten Spalte, während der Rest der Finger zwischen meine Pobacken abtaucht.

»Nein«, entfährt es mir spitz.

Er lacht düster und klatscht mir fest genug seitlich auf den Hintern, dass ich erstarre. »Das gehört jetzt mir.«

Ich raste aus, werfe mich auf den Bauch herum und unternehme einen verzweifelten Versuch, wegzukriechen. Er zieht mich zurück und fixiert mich mit gespreizten Armen. »Wir müssen es nicht auf die leichte Tour machen.« Er tritt meine Beine auseinander und zwängt die Knie dazwischen. »Mir ist die harte Tour ohnehin lieber.« Seine Skimaske schrammt über meinen Hinterkopf. Er ist so groß, dass sein Körper mich vollständig bedeckt. »Und ich glaube allmählich, dir auch.«

Als ich versuche, mich aufzubäumen und ihn abzuwerfen, bewirke ich damit nur, dass mein Hintern an seinem Schritt reibt.

Wieder lacht er leise und lässt meine Arme los, um den Reißverschluss seiner Hose zu öffnen. Ich setze mich erbittert zur Wehr, doch sein Gewicht drückt mich nieder, und allzu bald setzt er seine Härte an meiner Pforte an. Er reibt sich daran, und ich erstarre wie ein Reh im Visier des Jägers. Er wird mich nehmen. Ohne weiteres Vorspiel. Ohne Kondom, ohne Gleitmittel. Letzteres braucht er nicht, Ersterem habe ich zugestimmt. Ich habe eine Spirale, und der Klub hat uns beide auf Geschlechtskrankheiten getestet.

Seine Eichel schiebt sich in mich. Ich stöhne, als ich gedehnt werde. Obwohl es schmerzt, will ich mehr.

Bei seinem ersten Stoß sehe ich Sternchen. Ich drohe, zu kommen. Meine Hände krallen nach allem, was ich zu fassen kriege, während ich mich unter ihm winde. Knurrend packt er mich an den Armen und fixiert mich wieder, während er mich regelrecht in den kalten Boden hämmert. Ich scharre in der Erde und versuche, Halt zu finden. Es ist grob, animalisch. Über uns rascheln die Blätter der Bäume, während der Mond unserem verkommenen Treiben als stiller Zeuge beiwohnt.

Er rammt sich bis zum Anschlag in mich, stößt gegen meinen Muttermund und bringt mich so heftig zum Kommen, dass sich hinter meinen Augen kleine Supernovae entladen. Es ist zu lange – Jahre – her, dass ich zuletzt einen Partner hatte. Jahre, seit ich zuletzt richtig genommen worden bin. Und noch nie so. Er trifft alle verborgenen, empfindsamen Stellen in mir. Mein Innerstes bebt, und über mich rollt eine Woge der Ekstase nach der anderen hinweg.

»Ah ja.« Er klingt gequält. Meine inneren Muskeln spannen und entspannen sich rhythmisch, melken ihn regelrecht. »Scheiße, ja, Häschen. Du hast so eine süße« – Stoß – »enge« – Stoß – »Fotze.«

Warum bin ich so feucht? Warum erregt mich das? Warum bin ich so aufgegeilt und einem weiteren Orgasmus schneller als je zuvor nahe?

Es muss eine Nachwirkung des Adrenalins sein. Laut einer Studie, die ich mal gelesen habe, fühlen sich Menschen, die sich in einer Stresssituation kennenlernen, stärker zueinander hingezogen. Die Adrenalinausschüttung, eine erhöhte Herzfrequenz und verschwitzte Handflächen spielen zu einer perfekten Kombination zusammen. Ist das überhaupt Erregung? Oder Angst?

Der Körper lässt sich leicht verwirren.

Meine Gedanken verflüchtigen sich, der Körper übernimmt die Kontrolle. Wahrscheinlich geht er davon aus, in Kürze zu sterben, und will davor noch jede Welle der Euphorie auskosten. Eine Überlebensreaktion in ihrer intensivsten, verrücktesten Form.

Wenn ich diese Nacht überlebe, werde ich nie vergessen, dass ich von einem Monster in den Tiefen der Wälder genommen worden bin. Es wird sich mir für immer als der beste Fick meines Lebens einbrennen.

Gottverdammt.

Schließlich presst der Jäger die Hüften an meinem Hintern und erschaudert. Mit einer Abfolge leichter Zuckungen pumpt seine Härte Samen in mich, füllt mich damit und löst ein tieferes Flattern in meinem Bauch aus.

Dann zieht er sich so weit von mir zurück, dass ich mich in sitzende Position auf der linken Hüfte hochstemmen kann. Erde wird über meine nackte Haut verschmiert. Blätter und Dreck vom Waldboden haben sich in meinem Haar verfangen. Ich zittere und spüre die wunden Stellen von seinem groben Umgang mit mir. Meine Scham pulsiert von seinen harten Stößen, in meinem rechten Fußgelenk pocht es unangenehm.

Als ich aufzustehen versuche, verspüre ich einen Stich darin. Es wird mein Gewicht nicht tragen, so verzweifelt ich dem Jäger auch entkommen möchte. Ohne seine Wärme friere ich. Sperma läuft mir am Bein herab. Ich krieche auf Händen und Knien, bis ein Schatten über mich fällt. Seine Stiefel bewegen sich neben mir. Er bückt sich und krallt die Finger in meine zerzausten Locken. Als er mich daran zurückzieht, rasen Schmerzen durch meine Kopfhaut. »Willst du irgendwohin, Häschen?«

Ich schlage um mich, treffe sein Knie und seine Oberschenkel, nicht jedoch seinen Schritt, auf den ich ziele. Er zerrt mich auf die Knie und versucht, mich auf die Füße zu heben, doch sobald ich den rechten Knöchel belaste, schreie ich vor Qualen auf und falle.

Ich lande wieder auf den Händen und Knien, und er beugt sich über mich. Etwas Weiches und Warmes landet auf meinem Kopf. Aus erstickendem schwarzem Stoff. Er hat die Skimaske abgenommen und mir übergestülpt. Ich kann nichts sehen.

Unter der Maske ist es heiß und riecht nach ihm. Er ist überall, sein Geruch und seine Berührungen füllen meine Welt aus. Ich zapple, aber er ist auf meinem Rücken, drückt mich nieder, ertastet meine Pforte und schiebt sich erneut in mich. Obwohl ich mich wund fühle, bin ich nach wie vor feucht.

Er unterwirft mich, und mein Körper gibt nach, vereinfacht ihm das Eindringen in mich. Je härter er zur Sache geht, desto schneller bahnt sich mein Orgasmus an. An der nackten Haut spüre ich Gras und Steine, während er mich in die Erde presst, und das Stechen kleiner Schmerzen jagt lustvolle Blitze durch mich. Je wilder er in mich hämmert, desto verbissener kämpfe ich gegen mein wachsendes Verlangen an. Mein Höhepunkt rollt unerbittlich an. Eine Atomexplosion, die auslöschen wird, was ich bin.

Es ist zu viel, doch meine Gegenwehr bleibt vergeblich. Weißglühende Lust durchzuckt mich, und ich löse mich regelrecht auf.

Meine Finger krallen sich in die schlammige Erde, und ich schreie. Ekstase knistert durch meinen Leib. Es gibt kein Entrinnen. Wieder und wieder flammt sie auf. Ich schluchze in die Skimaske. Der Stoff ist durchnässt und klebt an meinem Gesicht. Obwohl er so erstickend ist, bin ich dankbar dafür, versteckt zu sein, denn ich kann nicht gegen die Lustgefühle an, die durch mich pulsieren.

»Gut so, Rotkäppchen. Du nimmst meinen Schwanz so brav auf. Und du fühlst dich so gut an«, murmelte der Wolf an meinem Hals. Mein Geist ist zersplittert. Ich drifte in die Dunkelheit. Seine süßen Worte schare ich um mich wie eine Schutzhülle.

»Du nimmst mich so gut auf.« Seine Härte schwillt an, und er kommt, ergießt sich erneut in mich. Ich liege da, nehme es hin und verspüre ein vages Gefühl von Befriedigung. Sein Samen ist heiß, und er steckt so tief in mir, dass ich ihn am Muttermund wahrnehme. Noch kein Mann hat mich je so ausgefüllt.

Schließlich richtet er sich auf, löst sich von mir. Sofort vermisse ich seine Wärme, sein Gewicht. Schweiß kühlt auf meiner Haut ab, und ich erzittere, als ich wieder zu mir komme. Ich fühle mich geschunden, und ich friere.

Bevor ich mich rühren kann, zieht er mich hoch. Immer noch umgibt mich die dunkle, erstickende Welt seiner Skimaske. Da ich nichts sehen kann, strecke ich die Hände aus, suche nach Orientierung, doch er hebt mich von den Füßen. Die Erde neigt sich, und ich schreie auf. Dann bin ich verkehrt herum. Mein Haar und meine Arme baumeln nach unten. Er muss mich über seine Schulter geworfen haben.

Ich reiße mir die Skimaske vom Kopf und sauge frische Luft ein. Abgesehen davon bin ich ziemlich hilflos. Ich kann mich nur am hinteren Bund seiner Jeans abstützen und versuchen, mich daran hochzustemmen. Er hält einen Arm um meine Beine geschlungen und stützt mich mit einer Hand auf meinem nackten Hintern, während er zwischen den Bäumen hindurchmarschiert.

»Was hast du vor?«, rufe ich. Er klatscht mir auf die Rückseite des Oberschenkels.

»Die Nacht ist noch lange nicht vorbei, Rotkäppchen. Wir sind längst nicht fertig.«

JAEGER

MIT DER KLEINEN Rothaarigen wie frischer Beute über der Schulter schreite ich zwischen den Kiefern hindurch. Ich bin in südwestlicher Richtung unterwegs und folge dem Pfad, den nur wenige Auserwählte kennen.

Die *Lodge* ist nicht das einzige Bauwerk auf dem Grundstück. Im Wald haben St. James und der Teufel ein kleineres Nebengebäude errichten lassen. Eine zweite, kleinere Lodge. Eher eine Hütte, wenn auch ausgestattet mit allen luxuriösen Annehmlichkeiten eines Fünf-Sterne-Hotels.

Ich trage meinen Preis durch den Wald. Gelegentlich setzt sie sich zur Wehr, und ich klatsche ihr auf den Hintern, damit sie sich benimmt. Mir gefällt, dass sie immer noch so aufgedreht und streitlustig ist. Sie ist versessen darauf, mir zu entkommen. Ich würde sie die ganze Nacht hetzen und für ihre Flucht mit einem harten Fick auf dem Boden bestrafen, bis sie das Gesetz der Jagd verstehen würde – was ich fange, behalte ich. Sie gehört mir. Allein mir.

Aber sie zittert. Und sie hat Schmerzen. Außerdem war ich darauf nicht wirklich vorbereitet, deshalb habe ich meine bevorzugten Spielsachen nicht zur Hand. Wie ich St. James kenne, hat er die abgeschiedene Hütte mit allem ausstatten lassen, was ich brauche.

Ich beschleunige die Schritte, als ich das kleine Gebäude vor mir entdecke. Das Licht blinkt, als ich mich nähere, und die

Rothaarige zuckt zusammen, presst sich an mich. Sosehr sie sich gewehrt hat, sie war feucht und bereit, mich aufzunehmen. Bei jedem Schritt atme ich den vermischten Geruch ihrer Erregung und meines Samens ein – ein erlesen süßes Parfüm.

Nachdem ich an der Tür den Zugangscode eingegeben habe, trete ich ein und werde von Wärme empfangen. Die Heizung ist an. Also hatte ich recht. St. James hat Vorbereitungen getroffen.

Die Hütte besticht durch schlichte, moderne Linien. Auf Knopfdruck erscheinen im gasbefeuerten Kamin blaue und orangefarbene Flammen, bevor ich den offenen Wohnbereich zum einzigen Schlafzimmer durchquere. Es ist so groß wie der Rest des Gebäudes und besitzt ein eigenes Badezimmer. Letzteres ist mein Ziel. Die Spiegel zeigen mir einen riesigen, halb nackten, von Narben und Tätowierungen übersäten Kerl, der ein zierliches, von Laub bedecktes Bündel trägt. Wir sind beide dreckverschmiert, und ihre blasse Haut lässt sämtliche Spuren meines brutalen Umgangs mit ihr erkennen. Ihr Hintern, auf den ich wiederholt gedroschen habe, ist gerötet.

Morgen wird sie sich wund fühlen.

Ich betrete die bodengleiche Dusche und setze sie auf eine gefliste Bank. Blinzelnd sieht sie zu mir hoch wie ein benommenes Häschen. Ihr Haar ist sehr rot und wirr. Das Make-up ist über ihr Gesicht zerlaufen. Darunter sind dunkle Sommersprossen zum Vorschein gekommen.

Sie ist wirklich perfekt.

»Wo sind wir hier?« Ihre Stimme klingt heiser.

»An einem Ort, wo wir ungestört sind.« Ich drehe das Wasser auf. »Machen wir dich erst mal sauber.« Ich überprüfe die Temperatur des Strahls, bevor ich ihn an ihre Haut lasse, trotzdem zuckt sie zusammen. Ihre Hände und Füße sind eiskalt.

So gern ich die Bestie entfessle und eine gute animalische Nummer zu schätzen weiß, so sehr gefällt mir auch die Nachsorge. Ich habe immer ein Haustierchen gewollt, das ich baden, füttern, streicheln und behalten kann.

Jetzt habe ich eines, und es bedarf meiner Pflege.

Aus einem Seifenspender ergießt sich kostspielig duftender Schaum. Ich fülle die Handfläche damit und reibe ihr behutsam den Dreck von den Brüsten. Sie hat sich klug angestellt, sich im Schlamm gewälzt, um ihre milchig-weiße Haut zu tarnen. Es war ein Vergnügen, mit ihr über die Erde zu rollen, und jetzt ist es ein Vergnügen, sie zu waschen.

»Was hast du vor?« Ihre Worte klingen undeutlich. Nach all dem Adrenalin wird sie von Erschöpfung eingeholt.

»Ich mache dich sauber.« *Und bereite dich für die nächste Runde vor*, fügte ich nur in Gedanken hinzu.

Ich streiche mit der Hand über ihren weichen Bauch und die Oberschenkel, beseitige den Schmutz und die Blätter. Einige der dunklen Male gehen nicht ab. Während ich die blauen Flecke, die Beweise dafür, wie ich sie beansprucht habe, genauer betrachte, schwillt mein bestes Stück in der Jeans an.

Ihre Scham ist rasiert und seidig glatt. Dort lasse ich meine Berührung verharren, bis ihr der Atem stockt. Dann blinzelt sie, kommt ausreichend zu sich, um meine Hand wegzuschieben. Schmunzelnd lasse ich es zu. Vorläufig.

Nachdem ich ihre Füße gewaschen habe, stelle ich fest, dass ihr Knöchel leicht gerötet ist. Ich merke mir vor, morgen früh noch mal danach zu sehen.

»Neig den Kopf zurück.« Ich bringe sie in die von mir gewünschte Position und spüle ihr Haar aus. Dann massiere ich Shampoo hinein, wasche es ab und verteile einen nach

Rosmarin duftenden Conditioner in die dunkelroten Strähnen.

Die Haarpflegeprodukte sind eigens für lockiges Haar. St. James hat wirklich an alles gedacht.

Während mein Häschen entspannt und trunken von meinen Berührungen ist, schalte ich den Regenduschkopf ein und ziehe die Jeans aus. Rasch säubere ich mich selbst. Als ich mich umdrehe, stelle ich fest, dass mich ihre großen dunklen Augen durch den Dampf anstarren.

»Gefällt dir die Show?«, frage ich und baue mich so vor ihr auf, dass sie ungehindert beobachten kann, wie ich mir den Intimbereich einseife. Meine pralle Härte zeigt dabei in Richtung ihres Gesichts.

Unbewusst leckt sie sich die Lippen. Ich nehme ihr Kinn in die Hand und bücke mich, erobere ihren Mund. Den Kuss gestalte ich zärtlich und genieße dabei ihre Süße. Ich schiebe ihr die Zunge in den seidigen Mund und erkunde ihn. Ihre Atmung beschleunigt sich. Ich streichle ihre linke Brust, reibe mit dem Daumen über den Nippel, bis er sich verhärtet und aufrichtet. Als ich den Kuss beende, quillt ein Lusttropfen aus meiner Eichel. »Bereit für Runde zwei?«

ELODIE

DER JÄGER RAGT über mir auf. Er hat dunkelblondes, bis über die Schultern reichendes Haar und stürmische, grau-blaue Augen mit dunklen Rändern. Schaumiges Wasser läuft über seinen Rücken und seine Bauchmuskeln und strudelt über seine Tätowierungen. Alles an ihm wirkt riesig, kraftvoll und hart wie Stein. Der Anblick seiner Erektion verursacht ein Zucken in meiner wunden Scham. Nicht zu fassen, dass ich ihn so mühelos aufnehmen konnte.

Noch weniger kann ich fassen, wie heftig und oft ich gekommen bin. Bisher hatte ich nur eine Handvoll Partner, und normalerweise bedarf es eines Vibrators und viel Geduld, um mir einen Orgasmus zu bescheren. Er hat mir einen Höhepunkt nach dem anderen abgerungen, als wäre nichts dabei. Und obwohl mein Körper davon schmerzt, will ich mehr.

Ich hätte nie für möglich gehalten, dass es so erregend sein könnte, gejagt und brutal auf dem Erdboden genommen zu werden. Der Jäger hat genau gewusst, wie er mit meinem Körper umgehen und die Kontrolle über meine Lust steuern musste. Im Wald hat er sich auf die richtige Weise grob gebärdet. Jetzt hingegen behandelt er mich so behutsam, dass der Kontrast mich zum Schmelzen bringt. Obwohl ich nicht weiß, wer er ist, entspannt sich mein Körper unter seinen sanften Berührungen.

Ich bin noch nie so verwöhnt worden, nicht mal in dem teuren Wellnesscenter gestern. Im Vertrag habe ich mich zu einer Ganzkörperbehandlung verpflichtet. Ich bin gewachst, gezupft, gepeelt und poliert worden, bis ich beinah geschrien hätte. Und alles auf St. James' Kosten.

Danach zu urteilen, wie der Jäger nicht aufhören kann, meine glatte Pussy zu liebkosen, hat das wohl zu seiner Fantasie gehört. Außerdem scheint er es genauso sehr zu genießen, sich um mich zu kümmern, wie ich seine Zuwendungen genieße. Mir ist wohlig warm, und ich bin schläfrig. Als er sich herabbeugt und mich küsst, bin ich zu benommen, um mich dagegen zu wehren. Ich schwelge unter seinen Lippen und bin beinah bereit, die Arme um seinen Nacken zu schlingen und ihn näher zu mir zu ziehen.

Etwas wacher werde ich, als er Runde zwei erwähnt. »Was?«

Er reibt mit dem Daumen über meine Unterlippe. Mit den Lidern auf halbmast beobachtet er meine Reaktion. Seine Tätowierungen schlängeln sich die Arme herab zu den Händen. Am Mittelfinger trägt er einen klobigen Silberring in Form eines Totenschädels. »Hast du gedacht, ich wäre schon mit dir fertig?«

»Es ist vorbei. Du hast gewonnen.«

Bilde ich mir das nur ein, oder hat seine Erektion gerade gezuckt? »Richtig, ich habe gewonnen. Und jetzt gehörst du mir.«

Er lässt mir keine Chance, zu flüchten oder zu versuchen, mein Bein zu belasten. Zuerst hüllt er mich in ein großes flauschiges Badetuch, bevor er mein Haar in ein kleineres aus Mikrofasern wickelt, mich hochhebt und hinaus zum Bett trägt.

Dort legt er mich ab und entblößt mich. Durch die kühlere Luft werde ich wacher. Er befestigt dicke, gepolsterte Ledermanschetten an meinen Handgelenken, was meine Aufmerksamkeit zusätzlich steigert. Obwohl mir Hitze in den Schritt schießt, gebe ich protestierende Laute von mir. Ich habe Fesselspiele bisher nie am eigenen Leib erlebt, aber schon viele, viele Male davon fantasiert.

Dass es jetzt mit einem Fremden passiert, finde ich noch erregender.

»Sch-sch, Häschen.« Er hebt mir die Arme über den Kopf und befestigt sie irgendwie am Bettgestell. »Du musst dich nicht mehr wehren.« Er streicht mit der Hand über meine nackte Brust hinab und lässt sie auf meinen weichen Bauch verharren. Ich kann nicht leugnen, dass er genau weiß, wie er mich anfassen muss, um Begierden zu erwecken, von denen ich selbst nichts geahnt habe. »Gib dich mir einfach hin und überlass mir die Führung.«

Er beugt sich weg, öffnet eine Schublade eines Nachttischs und holt einen rosa Vibrator sowie eine schwarze Tube Gleitgel heraus. Obwohl ich nach wie vor Schmerzen davon verspüre, wie er mich vorhin rangenommen hat, geht ein vorfreudiges Zucken durch meine inneren Muskeln. Ein spitzer Laut entringt sich mir, als er den Vibrator an mir ansetzt und ihn einschaltet. »Du wirst noch mal für mich kommen. Ich will dieses süße Fötzchen schön feucht haben.« Der Jäger kniet sich zwischen meine Beine, damit ich sie nicht zusammenpressen kann. Er ist so riesig. Keine Ahnung, warum ich je dachte, ich könnte gegen ihn ankämpfen und gewinnen.

Ein Anflug von Benommenheit überkommt mich. Ich fühle mich warm und wohl und seiner Gnade ausgeliefert. Der Vibrator summt konstant. Mein Innerstes zieht sich zusammen, als sich mein Orgasmus anbahnt, während die restlichen Muskeln kapitulierend erschlaffen.

Er beobachtet mich dabei die ganze Zeit aufmerksam mit jenen rauchig-blauen Augen. Als er zu erkennen scheint, dass ich kurz vor dem Höhepunkt bin, klemmt er die Hand um meine Kehle. »Komm für mich.«

Mein Orgasmus fegt mit sengender, weißglühender Hitze durch mich. Seine Finger bleiben um meinen Hals geschlungen, als er sich zu mir herabbeugt und mich wieder küsst. Diesmal recke ich das Kinn vor, ihm entgegen, während ich unter den Nachwehen der Ekstase bebe, die er mir beschert hat.

»Braves Häschen«, murmelt er, und in diesem Moment hasse ich seinen Spitznamen für mich nicht mehr.

Er wirft den Vibrator beiseite und legt sich mit dem Gesicht voraus zwischen meine Beine. Seine stoppeligen

Wangen reiben an den empfindsamen Innenseiten meiner Schenkel. Als ich kreische und an meinen Fesseln zerre, lacht er. Er geht dazu über, die silbrigen Dehnungsstreifen in meiner Haut zu küssen. Sein Mund nähert sich meiner Pussy, und ich wimmere. Als ich die Beine hochziehen will, klemmt er die Pranken um meine Oberschenkel und fixiert sie. Die Bewegung lässt mich nur noch feuchter werden.

»Gut so, Häschen.« Stöhnend reibt er die Hüften an der Matratze. »Gib mir deine Süße.« Sein Kopf taucht ab, und er leckt an meiner Spalte. Unwillkürlich wölbe ich den Rücken vom Bett hoch. Nur sein grausamer Griff, der mich gespreizt hält, scheint zu verhindern, dass ich von der Matratze abhebe.

Als er mir die Zunge in die Muschi stößt, schreie ich auf. Seine Stoppeln kratzen an den empfindsamen Schamlippen und fügen eine neue Dimension der Lust hinzu. Dann widmet er sich meinem Kitzler und leckt daran, bis ich mich winde. Er entreißt mir einen Orgasmus nach dem anderen, bevor er schließlich meine Hüften anhebt und mich mit seiner prallen Härte pfählt.

Dabei versenkt er sich tief in mir, ehe er mich vögelt, als wolle er meine Pussy zerstören. Ich kämpfe gegen die Fesseln an. Sie geben ausreichend nach, dass ich seine Schultern packen und die Nägel in seine tätowierte Haut bohren kann. Ich zeichne ihn so, wie er mich gezeichnet hat. Die Schmerzen lassen ihn aufbrüllen, und er rammt sich so heftig in mich, dass wir das Bett in Bewegung versetzen.

Ich komme so intensiv, dass ich halb das Bewusstsein verliere. Nur am Rande bekomme ich mit, wie er sich pulsierend in mich ergießt, bevor er meine Handgelenke befreit und mich in seine Arme zieht. Mit ihm noch in mir versinke ich in Besinnungslosigkeit, während er mein

Gesicht und meine Brüste küsst und mich umklammert, als wolle er mich nie wieder loslassen.

3

E *lodie*

NOCH BEVOR ICH die Augen öffne, weiß ich, dass es spät am Morgen ist. Jeder Quadratzentimeter meines Körpers schmerzt, als ich in die Dunkelheit des großen Schlafzimmers spähe. Auf meiner Brust lastet ein schweres Gewicht. Ein tätowierter, muskelbepackter Arm.

Der Jäger liegt auf dem Bauch, das Gesicht auf einem Kissen über meinem Kopf. Sein Haar ist zu dunklem Gold getrocknet. Die Strähnen erstrecken sich über seinen Rücken und halb über ein brutal aussehendes, in die Haut eingebranntes Mal. Ein Totenschädel – das Zeichen von Fraternitas. Es entspricht dem klobigen Silberring an seiner linken Hand.

Ein weiterer Beweis dafür, dass ich mit einem todbringenden Monster im Bett liege.

Ich sollte mich glücklich schätzen, dass ich die Nacht überlebt habe. Aber noch bin ich ihn nicht los.

Ich schiebe seinen Arm von mir und rutsche behutsam unter der Decke hervor. Als er zuckt, erstarre ich, doch er wacht nicht auf. Es gelingt mir, mich zum Rand der Matratze zu bewegen.

Kaum habe ich den rechten Fuß auf den Boden gestellt, wimmere ich auf und rolle mich ein. Mein Knöchel ist gerötet, geschwollen und fühlt sich heiß an.

Verdammt! Wie soll ich so arbeiten gehen? Eine Auszeit kann ich mir nicht leisten. Tausend Dollar decken gerade mal den Mietrückstand.

Vielleicht bekomme ich zehntausend, allerdings weiß ich nicht, ob ich es bis Mitternacht geschafft habe. Der Arsch, der neben mir schläft, könnte gelogen haben, um mit mir zu spielen.

Aber eins nach dem anderen. Meine Blase brüllt mich zornig an.

Behutsam verlagere ich das Gewicht auf den linken Fuß und stütze mich gleichzeitig am Bett ab. Bis zum Badezimmer sieht es nach ungefähr zehn Schritten aus. Als ich zu humpeln versuche, fühlt es sich an, als würden Messer in mein Fußgelenk gerammt. Ich unterdrücke einen Aufschrei.

»Häschen«, brummt eine tiefe Stimme hinter mir. Ein starker Arm schlingt sich um meine Mitte und zieht mich zurück zu ihm.

Er hat einen Ständer. Schon wieder. Braucht er nie eine Pause?

»Lass mich los.« Ich ramme ihm den Ellbogen in die Mitte. Seine Bauchmuskeln fühlen sich an wie eine Ziegelsteinmauer. Während mein Ellbogen schmerzt, scheint er den Treffer nicht mal gespürt zu haben.

»Du bist verletzt.« Er fährt mit einer Hand über mein

Bein hinab. Ich zucke zusammen, wenn er mich unterhalb des Knies berührt, und beiße mir auf die Unterlippe, um nicht zu schluchzen.

»Ich muss pinkeln.« Bei den Worten klinge ich wie ein Kind, das Tränen zurückhält.

Mühelos hebt er mich hoch und trägt mich zum Badezimmer. Als er mich auf die Toilette setzt, schaue ich finster zu ihm auf. Durch die Schmerzen bin ich reizbar, und sie setzen meinen Überlebensinstinkt außer Kraft. »Ein bisschen Privatsphäre?«

Mit einem trägen Lächeln schlendert er aus dem Badezimmer, lässt jedoch die Tür einen Spalt offen. Irgendwie bekommt er mit, wann ich fertig bin, denn er kommt rechtzeitig zurück. Diesmal trägt er seine Jeans. Er hebt mich hoch und drückt mich an seine imposante Brust. Ich wende die Augen ab.

»Ist mein Häschen schüchtern?«

»Nein.« Mein Kopf wirbelt herum, und ich verliere mich in seinem Blick. »Und ich bin nicht *dein Häschen*.«

»Ach nein?« Er legt mich wieder aufs Bett und drückt mich mit einer Hand auf der Brust so nieder, dass ich mich nicht rühren kann. »Du hast unheimlich niedliche Sommersprossen.« Er stupst meine Nasenspitze.

Obwohl ich meine Sommersprossen nicht hasse, sind sie so zahlreich, dass ich sie normalerweise unter einer dicken Schicht Concealer verberge.

Verstörender als die Äußerung jedoch finde ich, dass er mich anfasst, als würde ich ihm gehören. Und dass es meiner Pussy gefällt.

Ich schiebe seine Hand weg und beobachte ihn aufmerksam, um mich zu vergewissern, dass ich ihn nicht verärgere. Mir ist vollauf bewusst, dass er angezogen ist und ich es nicht bin. Allerdings trägt er nur die

Jeans, und es würde nur Sekunden dauern, sie auszuziehen.

»Die Nacht ist vorbei. Ich gehöre dir nicht mehr.«

»Hm.« Mehr gibt er nicht von sich. Stattdessen verlässt er das Zimmer. Dabei bewegt er sich so, als wüsste er, dass ich das Spiel der Muskeln seiner Schultern und seines Rückens beobachte. Wenig später kehrt er mit einem Glas Wasser und zwei Tabletten zurück. »Gegen die Schmerzen. Nimm sie.«

Kurz zögere ich, doch das Pochen in meinem Fußgelenk überwiegt.

Habe ich es bis Mitternacht geschafft? Die Frage liegt mir auf der Zunge, aber ich will nicht mehr als nötig mit ihm reden.

Er tippt auf seinem Handy. »Ich gehe mal eben für einen Anruf nach draußen. Bleib hier und lieg still.«

Ich setze mich auf, will die Beine über die Seite des Betts schwingen.

»Wenn du das machst, fessle ich dich.«

Ich halte inne und sinke zurück auf die Laken.

Er nickt anerkennend, bevor er geht.

Die Tür öffnet sich. Von draußen höre ich Stimmen, seine am lautesten. Wieder setze ich mich auf und ziehe die Decke um mich. Ich bin splitternackt, was mir überhaupt nicht gefällt. Aber da ich nichts zum Anziehen habe, werde ich mich damit abfinden müssen.

Wenigstens bin ich sauber, und meine Haare sind kein von Blättern gespicktes Chaos mehr. Er hat sie mir vergangene Nacht gewaschen, und sie haben sich beim Trocknen kaum verfilzt. Probleme mit meinem Haar sind zwar meine geringste Sorge, trotzdem bekommt er Pluspunkte dafür, wie er meine Locken gezähmt hat.

Er kehrt mit einem Tablett voller Teller zurück, abgedeckt mit Silberglocken.

»Was ist das?«, frage ich.

Er stellt das Tablett aufs Bett. Sogar eine kleine Vase mit Gänseblümchen befindet sich darauf. »Frühstück.« Als er die größte Glocke entfernt, kommt darunter ein Teller mit riesigen fluffigen Waffeln zum Vorschein, bedeckt mit Schlagsahne und Erdbeermus. »Aus der Küche der *Lodge*.« Der köstliche Duft steigt mir in die Nase, und mein Magen knurrt so laut, dass man es vermutlich im All hören kann.

Mit zufriedener Miene setzt er sich auf die Bettkante. »Iss. Der Arzt ist unterwegs.«

Mit einer Tasse Kaffee auf halbem Weg zu meinen Lippen halte ich inne. »Arzt?«

»Um deinen Knöchel zu untersuchen.«

Mit einem Klirren stelle ich die Tasse zurück. »Nein.«

Er verengt die blauen Augen zu Schlitzen. »Häschen ...«

»Nenn mich nicht so.« Ich verschränke die Arme vor der Brust.

Er lehnt sich zurück. Seine Lippen verziehen sich zu einem verhaltenen Lächeln. Meine Widerspenstigkeit scheint ihn zu amüsieren, was ich irritierend finde. Aber immer noch besser, als ihn zu verärgern. »Wie heißt du?«

Ich presse die Lippen zusammen, eine lächerliche Demonstration von Trotz. Nachdem er mich so gründlich genommen hat, sollte es mir nicht widerstreben, ihm meinen Namen mitzuteilen.

»Häschen ...«, säuselt er auf eine Weise, die mir sagt, dass er mich nur noch so nennen wird, wenn ich ihm nicht liefere, was er will.

»Elodie«, antworte ich.

»Elodie.« Er wirkt, als würde er sich meinen Namen auf

der Zunge zergehen lassen. »Ich bin Jaeger.« Er spricht es wie in dem Getränk *Jägermeister* aus.

»Schön für dich«, erwidere ich und lasse deutlich durchklingen, dass ich alles andere als erfreut bin, ihn kennenzulernen. »Ich habe die Vertragsbedingungen erfüllt. Und ich habe es bis Mitternacht geschafft, oder?«

Er nickt.

Puh. Mir fällt ein Stein vom Herzen. Schade, dass alles für die Schulden aufgehen wird, die wie ein Damoklesschwert über meiner Schwester und mir hängen.

»Du musst mich gehen lassen.« Zwar vertraue ich nicht wirklich darauf, dass mich ein dünnes Blatt Papier vor einem Kriminellen schützen kann, aber das ist alles, was ich habe. Und die rücksichtsvolle Art, mit der er mich versorgt, lässt erahnen, dass er irgendeinen geheimen Ehrenkodex hat.

»Du bist verletzt. Ich kann dich nicht reinen Gewissens gehen lassen, bevor der Arzt dich untersucht hat.«

Wie ritterlich. »Ich kann mir keinen Arzt leisten.« Dass ich es zugeben muss, lässt mich wütend werden.

»Es kostet nichts. Fraternitas kümmert sich um seine Leute.«

Darüber will ich nicht zu genau nachdenken. Deshalb richte ich das Augenmerk wieder auf den Kaffee, die Waffeln sowie Speck und Würstchen, die ich unter einer anderen, kleineren Silberglocke entdecke. Kann nicht schaden, etwas zu essen. Das habe ich mir verdient.

Jaeger sieht mir dabei mit dem Hauch eines Lächelns in den attraktiven Zügen zu. Es ist nervtötend, nackt vor einem so makellosen Exemplar von Männlichkeit zu sitzen. Er beobachtet mich wie ein Raubtier, verfolgt jede meiner Bewegungen. Ich fühle mich gehemmt, was mich nur noch mehr irritiert.

»Tut mir leid, war irgendwas davon für dich?« Demonstrativ greife ich mir ein Stück Speck und beiße hinein.

Er beugt sich vor, zieht einen Finger durch die Schlagsahne und sieht mir in die Augen, während er sie langsam ableckt. Hitze breitet sich durch meine Lenden aus. Plötzlich verspüre ich Hunger auf etwas anderes.

Ich schiebe das Essen von mir. Es widert mich an, dass ich mich zu diesem Arschloch hingezogen fühle. Ich bin noch völlig ausgelaugt von all den Orgasmen, die er mir beschert hat. Ganz zu schweigen von den pochenden Schmerzen in meinem Fußgelenk.

Als er die Hand an mir vorbei ausstreckt und sich etwas von dem Essen nimmt, fängt sich das Licht in seinem Silberring. Der Schädel weist leere Augenhöhlen auf, die ihm eine düstere Anmutung verleihen.

»Ich hätte wissen müssen, dass du einer von denen bist.«

Er brummt fragend.

»Fraternitas.« Ich zeige auf den Ring. »Ein Verbrecher.«

Er erwidert nichts, sondern lächelt nur auf eine Weise, die meine Atmung beschleunigt. Meine inneren Muskeln ziehen sich in freudiger Erwartung seiner Finger zwischen meinen Beinen zusammen.

Er beugt sich herab und küsst mich. Ich gebe mich ihm hin, seufze in seinen Mund, schmecke die Schlagsahne.

Plötzlich hebt Jaeger den Kopf wie ein Wolf, der eine neue Witterung aufgeschnappt hat. Ich rechne mit irgendeiner dämlichen Wortmeldung darüber, dass er mich zum Frühstück vernaschen wird. Stattdessen steht er auf, durchquert das Zimmer, holt etwas aus einer Schublade, kehrt damit zurück und stülpt mir etwas über den Kopf. Stoff verhüllt mich. Instinktiv setze ich mich zur Wehr, bis ich erkenne, dass er mir ein Oberteil anzieht. Ein schwarzes

Herren-T-Shirt, groß genug für ihn. Über mich fällt es so weit wie ein Kleid.

Es riecht nach ihm, nach Leder, Moschus und etwas Wildem, das mich an einen mitternächtlichen Lauf durch einen Kiefernwald erinnert.

Die Eingangstür öffnet sich, als Jaeger mir hilft, das Shirt runterzuziehen. »Der Arzt ist da.«

Na toll. Ich werde ein weiteres Mitglied der Unterwelt kennenlernen. Irgendeinen Idioten, der die Zulassung verloren hat und den Lebensunterhalt damit bestreitet, Kriminelle zusammenzuflicken.

Aber als der Arzt das Schlafzimmer betritt, ein umwerfender Mann mit hellbrauner Haut und rasiertem Kopf, setze ich mich aufrechter hin. Mein Herzschlag beschleunigt sich, und mein Körper erwacht, als ich feststelle, dass ich von Prachtkerlen umgeben bin.

Dann bemerke ich den Totenschädelring am Mittelfinger des Doktors. Verdammt, warum fühle ich mich so zu gefährlichen Männern hingezogen?

»Das ist Elodie«, stellt Jaeger vor.

Der Arzt nickt ihm zu, bevor er sich mir zuwendet. »Elodie, ich bin Atticus. Ich bin hier, um dich zu untersuchen. Wo tut es weh?«

Ich beiße mir auf die Unterlippe, als er behutsam mein Fußgelenk abtastet. Jaeger ragt hinter mir auf, eine drückende Präsenz. Als Atticus eine empfindliche Stelle berührt, flammen Schmerzen auf und lassen mich instinktiv nach Jaeger greifen. Er fängt meine Hand mit seiner warmen, starken Pranke ab. Ich drücke sie, so fest ich kann, und er lässt es zu.

»Sieht nach einer Verstauchung zweiten Grads aus«, diagnostiziert Atticus.

»Das klingt übel.«

»Ist es auch. Du musst starke Schmerzen haben.«

Ich schüttle den Kopf und drücke Jaegers Finger noch fester. Er legt mir die freie Hand erst auf den Rücken, bevor er mein Haar streichelt. Mit zarten Berührungen streicht er über meine Locken, und es hilft.

Atticus öffnet seine Tasche und holt ein weißes Päckchen hervor. Er quetscht es, bis es kalt wird. »Hochlagern und Eis helfen gegen die Schwellung. Ich gebe dir einen Kompressionsverband, aber du musst den Knöchel alle drei Stunden kühlen.«

»Wir stellen einen Timer ein«, sagt Jaeger. Ich fühle mich zu gerädert, um gegen das *Wir* zu protestieren. Die Kälte fühlt sich gut an der zu heißen Haut an.

Atticus öffnet ein anderes Fach seiner Tasche. Zum Vorschein kommen reihenweise Tüten, gefüllt mit Pillen. »Und gegen die Schmerzen ...«

»Keine Drogen«, sage ich schnell. »Nichts, wovon man abhängig wird.«

Jaegers Finger erstarren kurz auf meinem Rücken, bevor er ihn wieder streichelt.

Atticus wählt eine Tüte mit weißen Tabletten aus. »Die bekommt man rezeptfrei.«

»Sie hat gerade zwei Aspirin bekommen«, teilt Jaeger ihm mit.

»Die sind besser. Nimm drei.«

Jaeger lässt sich die Tüte reichen und schüttelt drei der Pillen auf meine Handfläche. Atticus erteilt ihm weitere Anweisungen direkt über meinen Kopf hinweg.

»Die kann man zusammen mit Aspirin einnehmen. Sie soll die Stelle noch etwas länger kühlen und danach damit verbinden. Soll ich es dir vorzeigen?«

»Das schaffe ich.« Jaeger nimmt den Verband und

weitere Kältekompressen entgegen. »Alle drei Stunden kühlen und die Tabletten.«

»Ruhe, Kühlen, Kompressionsverband und Hochlagern. Bei konsequenter Einhaltung beschleunigt sich die Heilung dramatisch. Ich kann in ein paar Tagen noch mal nach ihr sehen.«

Als ich einwerfen will, dass ich mir seine Dienste nicht leisten kann, fügt er hinzu: »Aber sie darf den Knöchel mindestens die nächsten zwei Wochen nicht belasten.«

»Was?« Ich schnappe so laut nach Luft, dass sich die Männer mir zuwenden. »Das geht nicht.«

»Häschen ...«

»Ich muss arbeiten. Mir stehen keine Krankentage zu. Ich kann mir nicht wochenlang freinehmen und ...«

»Der Knöchel muss verheilen«, fällt Atticus mir ins Wort. Obwohl er mitfühlend wirkt, duldet sein Tonfall keinen Widerspruch. »Du brauchst Ruhe.«

Ich bin zu benommen, um weiter mit ihm zu diskutieren. Ich bin immer pleite gewesen. Nachdem der Ex meiner Schwester Margot sie und ihre beiden Kinder sitzen gelassen hatte, bin ich bei ihr eingezogen. Sie lebt mit einer Erwerbsunfähigkeitsrente in einer Sozialwohnung, trotzdem ist das Geld ständig knapp. Als ich den Job als Kellnerin im *Inferno* bekam, haben wir gefeiert. Zwar wusste ich schon damals, dass der Laden der Mafia gehört, aber die Bezahlung ist so gut, dass ich darüber hinwegsehe. Ich widerstehe der Versuchung von Drogen und Alkohol und arbeite so viele Schichten, wie ich kriegen kann. Trotzdem reicht der Verdienst nicht, um die Arztrechnungen für meine Schwester zu begleichen, ganz zu schweigen von den Schulden, die ihr Ex ihr hinterlassen hat.

Vergangene Woche ist ein Knochenbrecher aufgetaucht, um Außenstände für einen Kredithai einzutreiben. Zwar hat sich nicht Margot etwas von ihm geliehen, sondern ihr Ex, aber der ist über alle Berge, also bleibt es an uns hängen. Der Mann hat sie und die Kinder bedroht. Deshalb habe ich St. James' Vorschlag so schnell zugestimmt und den Vertrag unterzeichnet.

Die zehntausend müssen direkt für diese Schulden herhalten. Trotzdem muss ich weiterhin arbeiten, um den Lebensunterhalt bestreiten zu können. Und um meinen Teil zur Miete beizusteuern, damit der schmierige Vermieter meine Familie nicht auf die Straße setzt.

Atticus packt seine Tasche zusammen und schüttelt Jaeger die Hand.

»Danke, Bruder«, murmelt Jaeger.

»Jederzeit. Bis bald, Elodie.«

Ich schüttle den Kopf. »Ich kann bei der Arbeit nicht ausfallen.«

Atticus seufzt. Jaeger schlägt am Unterarm mit ihm ein, als wolle er sagen: *Ich regle das schon.* Der Arzt geht, und Jaeger lässt sich neben mir nieder. Er legt die Arme um mich und drückt die Lippen auf meinen Kopf.

Das ist zwar nicht der Trost, den ich mir aussuchen würde, trotzdem fühlt es sich tröstlich an. Ich lehne mich an ihn und schließe die Augen. Wenn das hier nur ein Albtraum wäre, aus dem ich erwachen könnte. Denn so hat sich die vergangene Nacht angefühlt – wie ein Traum, eine Halluzination. Mein Knöchel pocht wie ein Herzschlag und erinnert mich daran, dass ich mich in der Realität befinde. Die Pillen haben die Schmerzen zwar gedämpft, aber nicht verschwinden lassen.

Jaeger reibt mir den Rücken. Seine Berührungen fühlen sich so gut an. Wie kann es sein, dass mich allein die Zärtlichkeit dieses Fremden beisammenhält? »Es wird alles gut, Häschen«, sagt er.

Abrupt öffne ich die Lider. »Nein, wird es nicht. Ich brauche den Lohn vom *Inferno*.« Leider habe ich weder einen Notgroschen noch eine Versicherung oder sonst etwas, das Erwachsene für solche Fälle eigentlich arrangiert haben sollten. »Was glaubst du wohl, warum ich überhaupt zugestimmt habe, nackt durch den Wald zu rennen?« Ich wende den Kopf ab. Es widerstrebt mir zutiefst, verzweifelt zu klingen. Und erst recht, dass ich verzweifelt *bin*.

Er ergreift mein Kinn mit einer großen, tätowierten Pranke und dreht mich zu sich herum. »Alles wird gut. Wir überlegen uns etwas.«

Wieder dieses *Wir*. »Sicher«, erwidere ich nur, weil ich für alles andere zu müde bin. Die Lage ist hoffnungslos.

Bis zu Mittag wird Jaeger weg sein. Mir wird nur die Erinnerung an ihn bleiben. Wenn mich das Leben etwas gelehrt hat, dann dass Männer immer verschwinden. Mein Vater. Mein Lover, der mich in die Stadt gelockt und anschließend im Stich gelassen hat. Sogar der Ex meiner Schwester, der Vater ihrer Kinder. Männer hauen immer ab.

Jaeger wird keine Ausnahme sein. Darauf würde ich das bisschen Geld wetten, das ich besitze – und die hunderttausend Dollar, die ich nicht gewonnen habe.

4

E *lodie*

NEW ROME IST EINE RIESIGE, dicht besiedelte Stadt, die Millionen Menschen ihr Zuhause nennen. Meine Schwester Margot ist hergezogen, sobald sie achtzehn war. Einige Jahre später bin ich einem Jungen hierher gefolgt. Seitdem kämpfe ich darum, mich irgendwie über Wasser zu halten.

Jaeger hat darauf bestanden, mich nach Hause zu fahren. Mein Viertel ist von Armut, aber auch von Stolz geprägt. Sein schwarz-goldener Lykan HyperSport passt hier überhaupt nicht ins Bild.

Ich hatte keine Ahnung, dass man in einer Gang gut genug bezahlt wird, um ein so teures Auto zu besitzen. Doch Fraternitas ist mehr als eine gewöhnliche Gang.

»Du kannst mich hier absetzen«, sage ich und deutete zum Straßenrand am Ende meines Blocks. Je näher wir dem uralten Wohngebäude kommen, in dem ich lebe, desto angespannter werde ich.

Jaeger ignoriert mich. Sein Auto rollt schnurrend direkt vor meine Tür. Die drei Kerle, die immer auf einer Bank am Bürgersteig sitzen und rauchen, richten sich mit großen Augen auf.

»Lass mich raus.« Mit der Handtasche über der Schulter versuche ich, die Tür zu öffnen, aber sie ist verriegelt.

Er hält im Parkverbot an, steigt aus und kommt auf meine Seite herum. »Ich begleite dich zur Tür«, sagt er wie ein altmodischer Verehrer. Dabei ist er doch angeblich Vollstrecker bei Fraternitas. Wer hat ihm solche Manieren beigebracht?

»Nein ...«, will ich protestieren, aber er hat bereits meinen Sicherheitsgurt geöffnet und mich in seine Arme gehoben. Alle auf dem Bürgersteig starren herüber, als wäre Jaeger ein Promi. Einer der Raucher steht sogar auf und hastet zur Eingangstür, um sie für ihn zu öffnen. Jaeger nickt ihm zum Dank zu.

»Das ist lächerlich«, beschwere ich mich, als er mich hineinträgt. Mein Knöchel pocht zwar so heftig, dass ich dankbar bin, nicht laufen zu müssen, allerdings habe ich nicht vor, ihm das zu sagen.

»Gegenwehr hat keinen Sinn, Häschen«, flüstert er mir ins Ohr. »Du bist verletzt. Du kannst nicht wegrennen.«

Ich wusste es. Das hier gibt ihm einen Kick.

»Tja, Eigentor«, murmle ich zurück. »Der Aufzug ist im Eimer. Seit Jahren.« Ich zeige zur Treppe. »Meine Wohnung ist im zehnten Stock.«

Er brummt dazu nur, ohne die Schritte zu verlangsamen. Nach den zehn stickigen Treppenfluchten bin ich meist verschwitzt und außer Atem. Jaeger keucht nicht mal. Als er meine Etage erreicht, werde ich zappelig.

»Lass mich runter.« Ich will nicht, dass meine Schwester, meine Nichte und mein Neffe mich so sehen. Schlimm genug, dass ich ein bandagiertes Fußgelenk habe und brandneue Kleidung trage – einen himmelblauen Freizeitanzug über cremefarbenen Dessous, die nach Atticus' Abgang wie von Zauberhand zusammen mit meiner Handtasche aufgetaucht sind.

Er stellt mich auf den Boden und stützt mich, bis ich stabil stehe, eine Hand an der Mauer.

»Du musst gehen.« Falls ich undankbar klinge, dann deshalb, weil ich es bin. Immerhin ist meine Verletzung seine Schuld.

Ich möchte, dass er verschwindet, ganz gleich, wie sehr ich über unsere gemeinsame Nacht fantasieren werde. Manchmal bekommt man, was man will, nur ist es nicht immer gut für einen. Bei mir sind Arschlöcher mein Kokain. Ich bin schon einmal süchtig gewesen und will das nicht noch mal.

»Du brauchst Hilfe.«

Dem konnte ich nicht gut widersprechen. »Ich weiß. Nur will ich deine nicht.« Damit habe ich mich wohl klar und deutlich ausgedrückt. Ein Jammer, dass ich ihm bei den Worten nicht direkt in die sagenhaften blauen Augen sehen konnte.

»Na schön, Häschen. Ich gehe.«

Erleichtert erschlaffe ich gegen die Wand. Den Göttern sei Dank. Gut, dass er sich freiwillig fügt, denn ich habe keine Möglichkeit, ihn zu irgendetwas zu zwingen. Ich werde einfach ignorieren, wie sehr mein Körper nach seinem verlangt. Wie sehr mir jetzt schon seine Wärme und sein Duft fehlen. Es gibt für mich keinen Grund, ihn in meiner Nähe haben zu wollen.

Denn ich habe vor langer Zeit gelernt, dass Begierden nicht logisch sind.

»Hier.« Er holt eine abgewetzte braune Lederbrieftasche hervor und entnimmt ihr ein Bündel Geldscheine, alles Hunderter.

Beim Anblick des Betrags versteife ich mich. »St. James hat gesagt, das Geld wird auf mein Konto überwiesen.« Bezahlt durch das *Inferno*, verbucht als Prämie.

Er drängt mich nicht dazu, es anzunehmen. Stattdessen steckt er es einfach in die Tasche meiner Freizeithose und sieht mir dabei in die Augen.

Hitze breitet sich über meine Wangen und Brust aus. Ich schäme mich nicht für Sexarbeit, aber so nah neben seiner massigen Gestalt kann ich unmöglich vergessen, wie ich mir dieses Geld verdient habe. Wie brutal er mich genommen hat.

Wie heiß es zwischen uns hergegangen ist.

Seine Augen lodern. Ich schlucke schwer. Eigentlich will ich das Geld nicht annehmen. Ich will es nicht brauchen.

Aber das tue ich.

»Leb wohl«, flüstere ich, denn sonst verbleibt nichts mehr. Zwischen uns ist noch so viel, das nie ausgesprochen werden wird. So ist es nun mal. So muss es sein.

Ich beobachte, wie er zur Treppe geht. Er bleibt stehen. Die Muskeln seines Rückens zucken, als würde er mit sich hadern.

Ein Anflug von Verlangen überkommt mich so heftig, dass mir schwindlig wird. *Dreh dich um. Geh nicht.*

Etwas Verrückteres habe ich noch nie empfunden. Und es ist umso stärker, weil es so wahr und real ist wie die Schwerkraft, die meine Füße auf dem Boden hält.

Aber er geht. Ich warte, bis sein hellhaariger Kopf verschwunden ist, bevor ich an die Tür klopfe.

Sobald meine Schwester geöffnet hat, weiß ich, dass irgendetwas alles andere als in Ordnung ist. Sie sieht so aus, als hätte sie die ganze Nacht nicht geschlafen. Ihre Augen sind verquollen, als hätte sie geweint. Im Hintergrund schreien ihre Kleinkinder Tyson und Janie.

»Wo bist du gewesen?«, zischt sie und schaut in beide Richtungen, als fürchte sie, jemand könnte uns auflauern. »Ich hab dich angerufen.«

»Meinem Handy ist der Saft ausgegangen.« Ich schiebe mich an ihr vorbei. An die Wand gestützt humple ich zur Couch, so schnell ich kann. »Ich hatte einen Auftrag.«

In der Wohnung herrscht Chaos. Spielzeug in allen Regenbogenfarben übersäte den Boden. Im Fernsehen lief leise ein Zeichentrickfilm für Kinder. Überall roch es nach schmutzigen Windeln und verschüttetem Saft, leicht unterlagert von Schimmel. Am verdreckten Fenster strömt warme Luft aus einem uralten Klimagerät. Es sickert schon so lange Wasser daraus, dass es eine schwarze Spur vom Fenster bis zum Boden gebildet hat.

Dieser Ort ist mein Zuhause. Doch statt Erleichterung und Trost in der zwar deprimierenden, aber vertrauten Umgebung zu verspüren, flammt in mir kurz Sehnsucht nach der luxuriösen Hütte auf, in der ich die Nacht verbracht habe.

Ich sinke auf die von Krümeln bedeckte Couch. Margot rennt zu Tyson und hebt ihn aus seinem Hochstuhl. Ihm und seiner älteren Schwester stehen dauerhaft die Haare vom Kopf ab, und sie laufen ständig in durchhängenden, vollen Windeln herum, trotzdem scheinen sie glücklich zu sein. Ich muss glauben, dass meine Nichte und mein Neffe spüren, wie sehr sie geliebt werden und wir uns bemühen, sie vor der erdrückenden Belastung von Rechnungen, nutzlosen Vätern und versifften Wohnungen zu schützen. Aber ich kann es nur hoffen.

Margot setzt die Kinder vor den Fernseher, bevor sie zu mir zurückkehrt.

Meine ältere Schwester ist immer wunderschön gewesen. Sie hat die Highschool abgebrochen und sich in die Großstadt aufgemacht, um dort eine Karriere als Model zu beginnen. Stattdessen wurde sie mit Janie schwanger.

Die Diagnose der Multiplen Sklerose hat sie kurz nach Tyson bekommen. Da hat der Kindsvater das Weite gesucht.

Sie braucht teure Medikamente. Die Krankheit greift ihr Nervensystem an, und wir fürchten, dass ihr das Sozialamt die Kinder wegnimmt, wenn sich ihr Zustand verschlechtert.

Ich hole das Geld aus der Freizeithose und reiche es ihr.

Sie schnappt nach Luft, als würde ich ihr eine Schlange anbieten. »Was ist das?«

»Meine Bezahlung. Und es kommt noch mehr. Wir können damit Treys Schulden begleichen.«

Statt erleichtert zu wirken, fallen ihre Züge in sich zusammen, und sie erschlafft auf der Couch.

»Was ist? Stimmt was nicht?«

»Es ist zu spät. Er war wieder hier«, flüstert sie. Nervös späht sie kurz zu den Kindern.

»Glatze?«

Sie nickt. Als der Eintreiber des Kredithais zum ersten Mal aufgekreuzt ist, haben wir ihn für uns Glatze getauft und hinter seinem Rücken über ihn gelacht. Er hat nach Trey gesucht. Beim nächsten Mal hat er uns mitgeteilt, dass Trey abgetaucht ist und seine Schulden auf uns übergegangen sind. Wenn wir nicht bezahlen, würde er uns die Beine brechen. Damals gaben wir ihm als Anzahlung unser

Geld für die Miete und hörten auf, Glatzkopfwitze zu reißen.

»Wann?«

»Gestern Abend. Er hat so wild an die Tür gehämmert, dass ich schon dachte, er würde die Kinder wecken.« Sie fährt sich mit den Fingern durchs Haar. Es ist atemberaubend rotbraun und normalerweise seidig gewellt. Im Augenblick jedoch ist es glatt und strähnig, als würde sie ständig mit verschwitzten Händen hindurchstreichen. »Er hat gesagt, wir schulden ihm jetzt doppelt so viel.«

»Doppelt so viel? Wie kann das sein?« Trey war so dumm gewesen, Spielschulden bei einem Kredithai zu machen, den man *Umberto der Henker* nannte. Aus der Stadt zu verschwinden, war das Klügste, was er je getan hat.

Nur leider hat er dabei eine mittellose Familie zurückgelassen.

Margot zuckt mit den Schultern. »Zinsen. Die können tun, was sie wollen. Wir können ja nicht wirklich etwas dagegen unternehmen.«

Das volle Ausmaß des Grauens sickert in mein Bewusstsein. Die zehntausend, die ich verdient habe, decken die neue Summe nicht ab. Nicht mal annähernd. Und ich habe keine Ahnung, wie ich mehr verdienen kann.

»Er kommt wieder«, fügt Margot hinzu. »Und er hat gedroht, dann die Kinder mitzunehmen, bis wir bezahlen.«

Nur über meine Leiche. »Das wird nicht passieren.«

»Ich weiß nicht, was ich machen soll.« Sie umklammert den Kragen ihres Shirts und zupft ihn hoch, als wolle sie darin verschwinden. Wie ein Kind, das sich die Decke über den Kopf zieht, denn wenn es das Monster nicht sehen kann, ist es nicht echt.

»Wir machen Folgendes.« Ich habe einen neuen Plan. Er ist nicht großartig, aber besser als nichts. »Du packst für dich und die Kleinen zusammen, was du kannst. Nicht alles, nur was du brauchst. Dann fahre ich euch zum Bahnhof. Er kann die Kinder nicht mitnehmen, wenn er sie nicht findet.«

»Und wohin sollen wir?«

»Nach West Virginia. Zu Tante Carol. Erinnerst du dich an sie?«

Margot setzt sich aufrechter hin. In ihre Wangen kehrt ein wenig Farbe zurück. »Moms Halbschwester? Die lebt noch?«

»Ja. Ich schicke ihr jedes Neujahr eine Karte.« In dem Sommer, den ich bei ihr verbracht habe, hat sie mir beigebracht, im Garten zu jäten und grüne Bohnen und Tomaten einzumachen. Es war der schönste meines Lebens. »Sie wird zwar überrascht sein, sich aber freuen, dich zu sehen. Und sie liebt Kinder.« Am besten daran ist, dass sie einen Wohnwagen auf einem abgelegenen Grundstück an einem Gebirgshang besitzt. Dort kann der Kredithai Margot nicht finden.

»Hol deinen Koffer«, fordere ich Margot auf. Sie springt regelrecht von der Couch, als hätte sie nur auf den Befehl gewartet. Sie denkt nicht daran, mich zu fragen, was ich tun werde, während sie auf der Flucht ist. Was gut so ist, weil ich es noch nicht weiß. Ich könnte sie und die Kinder zwar begleiten, nur würde ich vielleicht zu viel Aufmerksamkeit erregen und sie aufhalten. Es erscheint mir besser, wenn jemand bleibt und das Licht anlässt, ein Lockvogel für die Raubtiere.

Ich muss mir nur noch etwas für den Fall überlegen, dass die Knochenbrecher bei mir auftauchen. Wegrennen kann ich ja nicht.

Ich lehne mich auf der Couch zurück. Die Wirkung der Schmerzmittel lässt allmählich nach. Mein Fußgelenk pocht wieder. Ich muss es kühlen.

Aber der verletzte Knöchel ist die geringste meiner Sorgen.

Einen seligen Moment lang denke ich an vergangene Nacht und meine Flucht durch den Wald zurück. Kühle Luft auf der Haut, hinter mir die Bedrohung durch den Jäger.

Alles im Leben läuft auf eine simple Überlebensgleichung hinaus. Entkommt man, lebt man weiter. Wird man erwischt, gehen die Lichter aus.

Außer vergangene Nacht, denn da war es nur ein Spiel. Die Flucht war ein erregender Nervenkitzel, die Gefangenschaft hat mir Orgasmen beschert. Ich hätte nie für möglich gehalten, dass es Freude bereiten könnte, sich zu ergeben. Dafür hat Jaeger gesorgt.

Aber jetzt ist er weg, und mir bleiben nur meine Probleme im wahren Leben.

Margot stapelt Gepäck vor ihrer Schlafzimmertür.

»Vergiss nicht deine Medikamente«, erinnere ich sie. Hoffentlich hat sie genug. Nur ein weiterer Punkt auf der Liste meiner Sorgen.

Einen verrückten Moment lang wünsche ich mir, Jaeger wäre hier. Das ergibt zwar keinen Sinn, aber ich stelle mir vor, wie ich in seinen Armen stehe, mich an seinen kraftvollen Körper lehne. *Es wird alles gut, Häschen. Wir überlegen uns etwas.* Es ist eine dumme Fantasie, denn ein Mann wie Jaeger verheißt nur noch mehr Probleme. Da es ohnehin nie passieren wird, ist es ungefährlich, von seinem wunderschönen Antlitz und seinem perfekten, holzigen Duft zu träumen.

Als ich die Lider öffne, verpasst mir die Realität einen Schlag ins Gesicht.

Schmerzen pulsieren durch mein Fußgelenk. Als ich die Bandage leicht zurückziehe, erschrecke ich darüber, wie geschwollen der Knöchel aussieht. Meine Verstauchung ist vielleicht eines der kleineren Probleme. Zumindest kann ich dagegen etwas tun.

Ich will gerade den Weg über den von Spielbausteinen übersäten Boden in die Küche wagen, um mir Eis zu holen, als es im Flur vor der Eingangstür knarrt. Mein Herz setzt einen Schlag aus.

Jemand klopft bei uns an.

Margot taucht mit großen Augen und sichtlich zitternd an der Schlafzimmertür auf.

»Versteck dich«, flüstere ich und hieve mich von der Couch. Sie widerspricht mir nicht, sondern eilt los, holt die Kinder und zieht sie von ihren Spielsachen weg. Leise erzählt sie ihnen etwas davon, Verstecken zu spielen, als sie die Kleinen ins Schlafzimmer scheucht. Ich warte, bis sich die Tür geschlossen hat, bevor ich loshumple, um durch den Spion zu spähen.

Der Anblick eines kantigen, mit blonden Stoppeln bedeckten Kinns erwartet mich. Jaeger ist zurück. Ich erstarre, kann es nicht fassen.

»Lass mich rein«, sagt der große, böse Wolf.

Was um alles in der Welt soll das?

Zittrig reiße ich die Tür auf und stütze mich daran ab.

»Ich hab Donuts mitgebracht«, verkündet er, als würde das seine Anwesenheit erklären. Er hält eine rechteckige, rosa, mit einer Schnur umwickelte Box.

»Warum?«

Er drängt sich bereits herein. »Du solltest nicht auf den Beinen sein.« Jaeger ergreift meinen Arm, stützt mich, hilft mir zurück zur Couch.

»Du hast doch angeklopft.« Meine irritierte Stimme dringt atemlos aus mir. Erleichtert sinke ich auf die Couch.

Er holt eine Kältekompresse hervor und macht sich an meinem Bein zu schaffen. »Hast du deine Medikamente genommen?« Mit beschwingten Schritten geht er in die Küche und kommt mit einem Glas Wasser zurück, bevor ich antworten kann.

»Elodie?« Meine Schwester lugt aus dem Schlafzimmer. Beim Anblick des riesigen, tätowierten Vollstreckers, der sich mit einem Glas Wasser über mich beugt, versteift sie sich.

»Alles in Ordnung.« Ich winke sie herüber. »Er tut uns nichts.«

Wie um meine Aussage zu unterstreichen, holt Jaeger die Flasche mit Schmerztabletten aus meiner Handtasche und schüttelt ein paar auf meine Handfläche.

»Das ist ...«, beginne ich, bevor mir klar wird, dass ich sagen wollte: ... *mein One-Night-Stand, der dafür bezahlt hat, mich nach einer Hetzjagd durch den Wald zu ficken.* »Jaeger. Äh ... Er hat Donuts mitgebracht.«

Meine Schwester starrt uns nur an. Einen Moment lang sehe ich Jaeger durch ihre Augen, einen 1,90 Meter großen blonden Kerl, der Sexappeal verströmt. Sie ist dünne Dressman-Typen gewohnt. Jaeger könnte wahrscheinlich zehn davon stemmen.

»Freut mich, dich kennenzulernen«, brummt Jaeger und klingt dabei so zivilisiert, dass mir vor Verblüffung beinah die Augen aus dem Kopf fallen. »Möchtest du einen Donut?«

Margot schluckt, als wäre sie unsicher, ob es eine Falle sein könnte. Bisher sind große, massige Männer immer nur vor unserer Tür aufgetaucht, um uns zu bedrohen.

Die Kinder kennen keine solchen Vorbehalte.

»Donuts!«, ruft Janie schrill und drängt sich an ihrer Mutter vorbei. Ihr zweijähriger Bruder stimmt in seiner Kleinkindsprache darin ein: »Go-nad, Go-nad.«

Jaeger klappt die Schachtel auf.

»Äh, Margot, warum nimmst du die nicht?« Ich greife mir die Schachtel und reiche sie ihr, ehe die Kinder sie in die schmuddeligen Hände bekommen. »Kannst du sie für die Kinder klein schneiden? Ich muss mich kurz mit Jaeger unterhalten.«

Margot ist immer noch blass. Einen Moment lang heftet sich ihr Blick auf Jaegers Totenschädelring, bevor sie wegschaut. Mit verkniffenen Lippen führt sie die tobenden Kinder in die Küche.

Ich starre zu Jaeger hoch. »Was machst du hier?«, flüstere ich. »Du wolltest doch gehen.«

»Bin ich auch. Um Donuts zu holen.« Er schaut sich um, betrachtet die schäbige Wohnung, den ausgefransten Teppich, die Wasserflecken an der Decke. In der Zwischenzeit lasse ich ihn auf mich wirken. Es sieht geradezu unwirklich aus, wie sein Haar im schwachen Licht golden glänzt. Als würde er vor Farbe strotzen, während der Rest der Welt ausgebleicht ist.

Ich versuche, mir einzureden, dass seine Anwesenheit eine Komplikation ist, die ich nicht gebrauchen kann, doch mein Körper bebt, als wäre er das Beste, was ich je gesehen habe.

»Hier wohnst du also? Mit deiner Schwester?«

Unwillkürlich versteife ich mich. Er hat kein Recht, Fragen zu stellen. Umgekehrt frage ich ihn nicht, woher er weiß, dass Margot meine Schwester ist.

»Äh, sie ist gerade beim Gehen.«

Er nickt, als er den Koffer und die Taschen vor dem Schlafzimmer bemerkt. »Wann?«

»Tatsächlich jetzt gleich. Margot«, rufe ich nach ihr. »Mach die Kinder fertig. Ich bestelle ein Taxi.« Um dafür zu bezahlen, werde ich meine bereits fast ausgereizte Kreditkarte benutzen müssen. Sobald die zehntausend, die ich verdient habe, auf meinem Konto sind, verwende ich einen Teil davon, um von hier zu verschwinden. Danach überlege ich mir, wie ich den Rest Margot und meiner Tante zukommen lassen kann.

Als ich mein Handy heraushole, ist der Akku leer.

»Ich mache das«, bietet Jaeger an. »Und ich helfe mit dem Gepäck.«

»Nein«, protestiere ich. Als ich mich auf die Beine mühen will, legt er mir eine Hand auf die Schulter und drückt mich sanft zurück. Unter seinem stürmischen Blick knicke ich ein. Ich kann nicht gegen ihn ankämpfen. Und ich weiß auch nicht, warum ich es sollte, wenn es doch wehtut, aufzustehen.

»Was ist mit ihrem Knöchel?« Margot wirkt nicht mehr ganz so sehr wie ein Reh im Scheinwerferlicht eines heranrasenden Lasters. Blinzelnd schaut sie zu Jaeger auf und wischt sich die Haare hinter ein Ohr. Sie flirtet nicht, sondern nutzt lediglich ihr Aussehen zu ihrem Vorteil. In der Regel funktioniert es – sogar ausgelaugt, mit strähnigem Haar und dunklen Ringen unter den Augen ist sie atemberaubend wie ein professionelles Model.

Jaeger scheint jedoch keine Notiz davon zu nehmen.

»Sie hat sich gestern Nacht verletzt«, antwortet er für mich. Keine Ahnung, warum sie über mich hinwegreden, obwohl ich anwesend bin.

Der Blick meiner Schwester wird schärfer. »Du warst letzte Nacht bei ihr?«

»Dafür haben wir keine Zeit«, gehe ich dazwischen. Ich will nicht, dass sie Einzelheiten darüber erfährt, wie ich das Geld verdient habe. Außerdem tickt die Uhr wirklich. Die Knochenbrecher könnten jede Minute auftauchen. »Du musst die Kinder wegschaffen.«

»Stimmt.« Hastig wäscht Margot die klebrigen Gesichter

und Hände der Kleinen und zieht sie an. Jaeger ergreift ihren Koffer und die wenigen zusätzlichen Taschen, die sie gepackt hat. Janie trägt ihren winzigen Rucksack selbst. Tyson nuckelt am verfilzten Fell seines Lieblingsteddys.

Ich kämpfe mit Tränen, als ich die Arme ausbreite und sie zum Abschied küsse.

Dann wiederhole ich Tante Carols Adresse, bis Margot sie sich eingeprägt hat. »Schreib sie nicht auf«, warne ich sie. »Und ruf mich nicht an. Das könnten sie vielleicht zurückverfolgen.« Aus dem Augenwinkel nehme ich wahr, wie sich Jaegers Aufmerksamkeit auf mich konzentriert. Bisher hat er sich still verhalten und in die Ereignisse gefügt. Aber er könnte jeden Moment das Wort ergreifen und Fragen stellen. Und ich habe keine Ahnung, was er als Nächstes vorhat.

Er ist bei diesem Schlamassel eine unbekannte Größe. Was mir nicht behagt. Ich will wissen, warum er zurückgekommen ist. Andererseits habe ich eine ganze Liste von Problemen, und sein Auftauchen schafft es nicht mal unter die Top Ten.

»Benutz auch keine Kreditkarten. Bezahl alles bar, damit du keine Spur hinterlässt. Sobald ich kann, schicke ich dir mehr Geld«, verspreche ich.

Margot nickt und beugt sich mir für eine Umarmung zu. Das überrascht mich. Normalerweise hat sie es damit nicht so. Allerdings erschließt sich mir der Grund, als sie mir ins Ohr flüstert: »Bist du sicher, dass du zurechtkommst?« Zweifellos fragt sie sich, warum mir ein riesiger, tätowierter Mann fürs Grobe von Fraternitas eine Packung Donuts bringt.

»Ganz sicher.« Mit einem breiten gekünstelten Lächeln im Gesicht schiebe ich sie von mir. »Stell's dir als Urlaub vor.«

Sie steht da und wirkt nach wie vor nicht überzeugt.

»Geh jetzt«, dränge ich sie mit aller Vehemenz, die ich aufzubringen vermag.

Ihr Mund klappt zu, und sie scheucht die Kinder weg. »Kommt mit. Wir stürzen uns in ein Abenteuer.« Ihre Stimme klingt dabei so gezwungen enthusiastisch, dass ich fürchte, sie könnte jeden Moment überschnappen.

Ich rutsche zum Rand der Couch und will sie zur Treppe begleiten, doch Jaeger legt mir erneut eine Hand auf die Schulter. »Bleib.«

Hitze schießt mir ins Gesicht. Vor Wut, sage ich mir. Es ist keine Reaktion auf seine Berührung. »Ich bin kein Hund«, fauche ich.

Er zieht nur eine blonde Braue hoch und legt mir den Daumen auf die Lippen. Und schon schmilzt mein Körper dahin, bevor er innerlich bebt. Meine Nippel richten sich auf. Ich bin bereit dafür, auf der Stelle von ihm genommen zu werden.

Und das Schlimmste ist, dass er es weiß.

»Bleib«, wiederholt er und folgt meiner Schwester hinaus. Die Tür lässt er offen.

Demnach hat er wohl vor, zurückzukommen. Ich plumpse auf die Couch zurück und reibe mir das Gesicht. Mir geht alles zu schnell. Aber wenigstens muss ich mich nicht länger um die Kinder sorgen. Ich könnte nicht mehr mit mir leben, wenn ihnen etwas zustieße.

Sie werden in Sicherheit sein. Ganz bestimmt. Jetzt muss ich mir nur noch überlegen, wie ich überleben kann.

Außerdem muss ich herausfinden, was Jaeger hier will. Warum kann das Leben nicht einfach sein?

Männer hauen immer ab. Außer anscheinend Jaeger.

Er ist zurückgekommen.

Die Stufen draußen knarren. »Ist alles gut gelaufen?«, frage ich, ohne die Lider zu öffnen.

»Eindeutig nicht«, antwortet eine mürrische Stimme.

Abrupt reiße ich die Augen auf. Mr. Wilson steht über mir, unser schmieriger Vermieter. Seine Körperausdünstungen wehen mir entgegen, als er sich mit finsterer Miene vorbeugt. »Verreist deine Schwester? Ihr beide seid mit der Miete im Rückstand.«

Na toll. Noch eines meiner Probleme, das sich in der Liste soeben ganz nach oben katapultiert hat. »Ich bringe Ihnen das Geld«, lüge ich. In dieser Wohnung sitze ich wie auf dem Präsentierteller. Sobald ich kann, muss ich weg. Zu einem Geldautomaten und beheben, so viel ich kann. Dann suche ich mir für eine Woche ein Hotelzimmer, bezahle bar, tauche unter.

Ich bin mein Leben lang vor meinen Problemen weggerannt. Warum jetzt damit aufhören?

»Das hast du schon vergangene Woche gesagt.« Als er sich einen Schritt nähert, intensiviert sich sein Gestank dermaßen, dass mir schlecht davon wird. »Hier drücken sich in letzter Zeit eine Menge Männer rum. Und fragen nach euch beiden. Scheinen keine besonders umgänglichen Typen zu sein. Ich versuche zwar, meine Mieter zu schützen ...« Er lügt wie gedruckt. Der Kerl würde seine Großmutter verkaufen, um die eigene Haut zu retten. »Aber die sehen gefährlich aus. Ich werde ihnen wohl alles sagen müssen, was ich weiß. Außer du sorgst dafür, dass es sich für mich lohnt, die Klappe zu halten.«

Ich bin zu angespannt, um zu atmen. Die Drohung wirkt bei mir. Er könnte den Eintreibern des Kredithais alles verraten. Dann würden sie Margot und die Kinder vielleicht abfangen, bevor sie die Stadt verlassen könnten.

Verflucht sollte der Dreckskerl sein. Er ist ein Loser, der seine krummen Touren nur bei Schwächeren versucht.

Wenn Blut im Wasser ist, schwärmen selbst die kleinsten Fische aus, um etwas abzubekommen.

»Ich habe kein Bargeld bei mir.« Zur Betonung hebe ich die leeren Hände.

Er zuckt mit den Schultern. »Wir könnten uns was anderes einfallen lassen.« Er ist mir so nah, dass mir die alten Flecke auf seiner ausgebleichten schwarzen Hose förmlich ins Auge springen. »Deine Schwester ist zwar die Hübschere«, meint er mit einem anzüglichen Grinsen. »Aber du arbeitest in diesem Mafialokal, stimmt's? Ich wette, du kannst richtig gut blasen.« Seine Hände wandern zum Reißverschluss seiner Hose. Ich schrecke zurück und wende den Kopf ab, um deren Inhalt nicht sehen zu müssen und seinen Gestank abzuschwächen.

Dann fällt ein Schatten über uns beide. »Weg von ihr«, sagt Jaeger mit leiser grollender Stimme. Mr. Wilson bleibt keine Zeit, vom halb aufgezogenen Hosenschlitz aufzuschauen, bevor Jaeger ihn am Hemd packt und quer durch den Raum schleudert.

Instinktiv klatsche ich mir die Hände auf den Mund. Ich habe Jaeger nicht mal die Treppe heraufkommen gehört. Er bewegt sich verstohlener, als es ein Mann seiner Größe eigentlich sein dürfte. Das werde ich mir merken müssen.

Unstet rappelt sich Mr. Wilson auf die Beine. Seine Hose ist zu den Fußgelenken runtergerutscht, und ich bemühe mich, nicht zu genau hinzusehen. Wenigstens trägt er Boxershorts.

»Wer bist du?« Er glotzt Jaeger an.

»Willst du nicht wissen.« Jaeger klemmt eine Hand um seinen Nacken und befördert ihn zur Tür. »Du bist hier nicht willkommen.«

Mr. Wilson ist dämlicher, als ich gedacht habe, denn als

er gegen den Türpfosten stößt, begehrt er auf. »Das ist mein Gebäude. Ich habe Rechte! Sie schuldet mir Miete.«

Schneller, als ich blinzeln kann, schießt Jaeger vorwärts. Als Nächstes bekomme ich mit, wie Mr. Wilson mit dem Mund voller Banknoten in den Flur stürzt.

»Da.« Jaeger tritt ihm ein zu Boden gefallenes Bündel Geldscheine hinterher. »Das sollte reichen. Und sag es weiter: Elodie und ihre Familie stehen unter meinem Schutz.«

Röchelnd spuckt Mr. Wilson Geldscheine aus, und Jaeger schlägt ihm die Tür vor der Nase zu.

Ich habe die Hände nach wie vor über dem Mund und keuche, als wäre ich zehn Treppenfluchten hochgelaufen. Dass Jaeger vor Gewalt nicht zurückschreckt, weiß ich. Aber es mit eigenen Augen zu bezeugen, ist eine andere Geschichte.

Und jetzt bin ich mit ihm allein. Was geht nur vor sich? Warum ist er hier?

Und wieso stehe ich unter seinem Schutz?

Langsam dreht sich Jaeger zu mir um. Seine Miene ist beängstigend ausdruckslos. Obwohl ich weiß, dass er mich nicht verletzen wird, ist er gerade höllisch einschüchternd. Er kommt näher und verdeckt das schwache, durchs Fenster einfallende Licht. Sein Schatten verschlingt mich regelrecht.

»So, Häschen«, sagt er mit einer leisen Stimme, die mir eine Gänsehaut beschert. »Jetzt wirst du mir erklären, was hier los ist.«

5

J *aeger*

SIE STARRT ZU MIR HOCH. Im morgendlichen Licht wirkt ihr sommersprossiges Gesicht so jung. Ich muss an mich halten, um nicht auf die Couch zu sinken, sie in meine Arme zu ziehen und ihr zu versichern, dass alles gut wird. Aber ich bin noch voller Wut, nachdem ich mich um den schmierigen Vermieter gekümmert habe. Weil ich fürchte, die Bestie könnte aus mir hervorbrechen, traue ich mich vorerst nicht, sie anzufassen. Ich bin mein Leben lang immer auf der Hut, immer kampfbereit gewesen, und sie ist ein zierliches, zerbrechliches Wesen. Auf keinen Fall gehe ich das Risiko ein, sie zu verletzen.

»Das kann ich erklären.« Sie zögert. »Hat Margot ein Taxi genommen?« Trotz ihrer Hilflosigkeit und Schmerzen konzentriert sie sich so darauf, anderen zu helfen.

Deshalb braucht mich mein Häschen. Ich wusste, dass

ich sie nicht allein lassen konnte. Die Welt ist ein kalter, grausamer Ort und verschlingt kleine Häschen zum Frühstück.

Sie braucht einen großen, bösen Wolf an der Seite. Ich bin gerade noch rechtzeitig eingetroffen.

»Nein, etwas Besseres«, antworte ich ihr. »Ich habe ihr eine persönliche Eskorte besorgt. Man wird sie aus der Stadt schaffen und für die Nacht in einem Hotel unterbringen.« Bis morgen früh werden meine Kontakte neue Identitäten für Margot und ihre Kinder geschaffen haben. Elodies Schwester bekommt neue Papiere, ein Wegwerfhandy und eine Eskorte bis zu ihrem endgültigen Ziel.

In welcher Lage Elodie auch stecken mag, ihr fehlt die Erfahrung, um sie zu bewältigen. Mein Leben ist geprägt vom Umgang mit haarigen Situationen. Meistens töte ich Menschen, um sie zu lösen. Das hier ist für mich daher eine angenehme, entspannende Abwechslung.

Und Kindern zu helfen, hat für mich immer Priorität gehabt. Wenn es nach mir ginge, würde niemand weiterleben, der Kindern ein Haar krümmt.

Aber auch mein Häschen rührt mir niemand an.

»Deiner Schwester wird nichts passieren. Dafür sorge ich.«

Mit gerunzelter Stirn sieht sie mich blinzelnd an, als würde sie mir nicht glauben. »Warum?«, fragt sie schließlich.

»Weil du jetzt unter meinem Schutz stehst.«

»Aber ... warum?«

Eindringlich blicke ich auf sie hinab. Ich antworte ihr nicht, weil ich nicht weiß, wie ich mein Verlangen in Worte fassen soll. »Wieso hast du mir nicht gesagt, dass du in Schwierigkeiten steckst?«, fragte ich stattdessen meinerseits.

Sie schnaubt. »Warum sollte ich? Ist nicht meine Art, One-Night-Stands meine Lebensgeschichte zu erzählen.«

Zähneknirschend kämpfe ich gegen den jähen Anflug von Eifersucht an. Meine Stimme verdüstert sich zu einem Grollen. »Hast du davon viele? One-Night-Stands?«

Sie schüttelt den Kopf. »Das geht dich eigentlich nichts an. Aber nein.«

Ich entspanne mich. Es spielt keine Rolle, mit wem sie zusammen gewesen ist, halte ich mir vor Augen. Wichtig ist nur, dass sie von jetzt an zu mir gehört.

»Normalerweise bleiben die Kerle nicht«, fügt sie hinzu. Ihr Tonfall klingt vorwurfsvoll, als wolle sie mich herausfordern, zu gehen.

Pech gehabt. Ich gehe nirgendwohin. Nicht ohne sie.

Nachdem ich meine perfekte Beute gefangen habe, will ich sie behalten.

Ich lege ihr die tätowierte Hand auf die Wange. Ihre Wimpern flattern. Armes Häschen. Sie ist verletzt und braucht Ruhe, um zu genesen.

»Ich bringe dich weg von hier.«

Mit einem Ruck entzieht sie sich meiner Hand und funkelt mich an. »Wenn du hier bist, um mehr davon zu bekommen, was du gestern Nacht hattest, wirst du enttäuscht werden.« Sie deutet mit den Fingern auf ihr Fußgelenk. »Wie du richtig gesagt hast, kann ich nicht wegrennen.«

Süßes Häschen. Merkt sie nicht, dass mir dieses neue Spiel gefällt? Mich um sie zu kümmern, bereitet mir genauso viel Vergnügen wie die Jagd. Ich hätte nie gedacht, dass ich Freude daran haben könnte, etwas Gefangenes zu behalten, aber bei ihr ist es so. Es befriedigt die Bestie in mir.

»Warum wolltest du, dass Margot und die Kinder verschwinden?«

Sie seufzt. »Ihr Ex hat sich Geld von einem Kredithai geliehen und konnte nicht zahlen. Also hat er sich vom Acker gemacht. Der Kredithai hat seine Knochenbrecher hergeschickt und uns von ihnen drohen lassen. Wir haben ihn hingehalten, indem wir ihm unser Geld für die Miete gegeben haben.« Sie zupft am ausgefransten Sofabezug. »Was glaubst du wohl, warum ich ein Angebot für Sexarbeit angenommen habe, bei dem ich nackt durch den Wald laufen musste? Aus Jux und Tollerei?«

Mürrisches Häschen. Ich stehe darauf, wenn sie mich anherrscht.

»Wie viel schuldet ihr ihm?«

»Vorher waren es dreizehntausend. Jetzt hat es sich anscheinend verdoppelt.« Sie reibt sich die Stirn. »So funktionieren Zinsen bei Kredithaien wohl.«

»Wie heißt der Mann?«

»Umberto der Henker.«

Von ihm habe ich schon gehört. Er operiert außerhalb der Stadt auf der anderen Seite des Flusses, meidet das Territorium von Fraternitas, um sich nicht unseren Zorn zuzuziehen.

»Bisher hat er sich mit dem Geld für die Miete zufriedengegeben«, fährt sie fort. »Aber gestern Abend hat einer seiner Eintreiber offenbar gedroht, die Kinder mitzunehmen.«

»Er wird ihnen kein Haar krümmen.« *Oder dir*, füge ich in Gedanken hinzu.

Sie wirkt so niedergeschlagen, während sie mit hochgelagertem Bein auf der Couch lungert.

Ich gehe in die Hocke, damit wir auf Augenhöhe sind,

und lege ihr die Hand in den Nacken. Mit sanftem Druck massiere ich sie langsam. »Ich bringe das in Ordnung.«

Ihr Blick schnellt zu mir und wieder weg. Aber sie lehnt sich in meine Berührung. Sie weiß, dass sie meine Hilfe braucht, obwohl sie gegen ihr Verlangen nach mir ankämpft.

Damit kann ich arbeiten. »Du bleibst nicht hier.«

»Was?«

Ich stopfe ihre Habseligkeiten in ihre Handtasche und hebe sie mir in die Arme. »Du kommst mit mir.«

»Jaeger, nein.« Sie drückt gegen meine Schulter. Genauso gut könnte es das Tappen der Pfote eines Kätzchens sein.

Ich lächle sie an. Es gefällt mir, wenn sie versucht, sich gegen mich zu wehren. Das ist niedlich.

Ich hieve sie näher, und sie sieht mir in die Augen. Dann errötet sie und schaut weg.

Interessant.

Mir bleibt keine Zeit, ihre Reaktion auf mich zu studieren – die in die sommersprossigen Wangen kriechende Röte, den stockenden Atem, wie sie sich an mich lehnt, obwohl sie protestiert. Ich trage sie aus der Wohnung und eine Treppenflucht hinunter, bevor mir auf den Stufen zwei kahle Schlägertypen entgegenkommen. Sie sind eindeutig unterwegs zu Elodies Wohnung. Einer trägt einen Baseballschläger über der Schulter und pfeift vor sich hin, während er die Treppe erklimmt.

Elodie packt mich am Shirt, klammert sich daran fest.

»Alles gut, Häschen.« Ich werde sie runterlassen müssen, um mit den Kerlen fertigzuwerden. Da ich sie nicht ungeschützt lassen will, muss ich kurzen Prozess mit ihnen machen.

Sie glaubt meinen Worten nicht. »Das sind sie.« Ihr Gesicht erbleicht. »Einen davon hat Umberto schon mal geschickt. Ich habe das Geld noch nicht, um sie zu bezahlen.«

Sie wird ihnen keinen Cent geben. »Das musst du nicht«, teile ich ihr mit. »Du hast ja mich.«

Mit ausdruckslosem Blick starrt sie mich an. Mir bleibt keine andere Wahl, als sie auf einer schmutzigen Stufe abzustellen. »Bleib hier. Ich kümmere mich darum.«

Niemand bedroht mein Häschen und überlebt es.

ELODIE

JAEGER LÄSST mich an das Geländer gelehnt zurück und dreht sich den Geldeintreibern zu. Der erste ist Glatze, der Arsch, der uns ausgenommen hat. Der zweite könnte ein Klon von ihm sein und hält einen Baseballschläger. Da er nicht wie jemand aussieht, der gern Baseball spielt, dürfte der Schläger wohl anderweitig verwendet werden.

Glatze bleibt auf den Stufen stehen, als Jaeger ihm den Weg die Treppe herauf versperrt. »Mit dir wollen wir keinen Ärger. Wir haben was mit ihr zu regeln.« Er zeigt auf mich.

»Falsch«, widerspricht Jaeger. »Wenn ihr mit ihr was zu regeln habt, dann auch mit mir.«

Glatze und sein Begleiter wechseln einen Blick. »Wie du meinst.« Der zweite Kerl holt mit dem Schläger aus, will ihn schwingen.

Bevor Glatze sich rühren kann, springt Jaeger los und landet auf ihm. Zumindest glaube ich, dass es sich so zugetragen hat. Es ist schwierig, seinen Bewegungen zu folgen.

Ein so großer Mann sollte nicht in der Lage sein, sich derart schnell zu bewegen.

Glatze geht unter Jaeger zu Boden. Nach einem Aufschrei und einem Knirschen richtet sich Jaeger von einem erschlafften Körper auf. Glatzes Kopf liegt widernatürlich verrenkt da. Seine Augen starren blicklos ins Leere.

Der zweite Geldeintreiber hastet bereits die Treppe hoch auf mich zu. Die schwächere Beute. Ich rutsche auf den verdreckten Fliesen rückwärts, so schnell ich kann, und unterdrücke einen gequälten Aufschrei. Die Schmerzen werden so heftig, dass ich nicht entkommen kann.

Wie sich herausstellt, muss ich das nicht. Auf halbem Weg zu mir knallt der zweite Knochenbrecher auf sein Gesicht. Jaeger zerrt ihn zurück und dreht ihn mit einem Tritt um. »Ihr habt euch mit der falschen Frau angelegt.« Plötzlich hat Jaeger den Schläger in der Hand. Ich halte mir die Augen zu.

»Nein, bitte nicht ...« Ein dumpfer Schlag ertönt, dann höre ich nur noch Geschrei. Ich wünschte, ich könnte mir auch die Ohren zuhalten.

Als ich zwischen den Fingern hindurchluge, spritzt Blut durch das Treppenhaus. Ein barbarischer Aspekt meiner selbst giert nach dem Anblick und dem Geruch des Lebenssafts meiner Feinde.

Was von dem Mann übrig bleibt, kippt Jaeger achtlos über das Geländer. Der blutrünstige Teil in mir jauchzt vor Freude darüber, wie er meine Probleme mit brutaler Effizienz beseitigt hat.

Jaeger wirbelt herum, hält Ausschau nach mir. Rote Spritzer sind in seinem perfekten Gesicht und seinem glänzenden Haar gelandet. Als er sieht, dass ich unversehrt bin, verzieht ein grausames Lächeln seine Lippen.

Er kommt auf mich zu, nimmt die Stufen drei auf

einmal. Einen Moment lang weiß ich nicht, ob ich zurückschrecken oder jubeln soll. Letztlich begnüge ich mich damit, mich nicht zu rühren, als er mich hochhebt und an seine Brust drückt. Er trägt mich den Rest des Wegs die Treppe hinunter, steigt dabei vorsichtig über Glatze hinweg.

Aus dem Treppenhaus über uns hallen Rufe herab, als die Leute die Türen öffnen und das Blut und den Toten bemerken. Auf dem Weg zur Tür hinaus passieren wir den zweiten Geldeintreiber. Ich wende den Blick von dem Leichnam ab.

Kaum sind wir nach draußen getreten, strahlt uns die Sonne in die Gesichter. Jaeger zögert nicht. Sein Auto steht wieder im Parkverbot vor dem Gebäude, aber niemand hat es angerührt.

Behutsam platziert er mich auf dem Beifahrersitz und schnallt mich an. Ich lasse es zu. Nicht, weil ich wie gelähmt bin. Vielmehr nehme ich gerade alles um mich herum so wahr, als wäre es ein im Kino laufender Film.

Als er innehält, schaue ich blinzelnd zu ihm hoch. Ich weiß nicht, ob ich je die Bilder loswerden kann, wie er mit dem Baseballschläger auf den Geldeintreiber eindrosch, der mir in einem Atemzug gedroht und im nächsten um Gnade gebrüllt hat.

Jaeger legt mir die Hand auf die Wange, und ich zucke zusammen, kehre jäh in die Gegenwart zurück. Er sieht wie ein Wikinger nach der Rückkehr von der Plünderung neuer Länder aus. Aber seine Berührung ist sanft.

Er sagt kein Wort, streicht nur mit dem Daumen über meine Haut, bevor er sich zurückzieht und meine Tür schließt.

Ich beobachte, wie er den alten Männern auf der Bank ein paar Scheine zusteckt. Sie lächeln ihn an, bedanken sich bei ihm. Einer salutiert sogar.

Jaeger steigt auf der Fahrerseite ein. »*Veni vidi vici*«, murmelt er mit jenem grausamen Lächeln. Zumindest glaube ich, diese Worte zu hören. Woher kann ein Mann wie er Latein?

Der Motor des Lykan erwacht grollend zum Leben. Das Auto beschleunigt rasant, und im Nu verschwindet mein Wohnhaus aus dem Rückspiegel.

Keine Ahnung, wohin er mich bringt.

Ich kann nur abwarten.

JAEGER

MEIN HÄSCHEN LIEGT in meinem riesigen Bett mit sorgsam hochgelagertem Fußgelenk zugedeckt auf der Seite. Sie ist eingeschlafen, kaum dass ich sie auf der Matratze abgelegt habe. Die Ereignisse der vergangenen Nacht und des heutigen Tags haben sie ausgelaugt.

Gut. Sie braucht Ruhe, um zu genesen.

Ich kann nicht aufhören, sie zu betrachten. Ihr Haar gleicht dunklen Flammen auf den blauen Laken. Ihre Augen sind geschlossen. Ihr Atem geht leise, aber gelegentlich zuckt ihre Nase, und sie murmelt etwas. Ihre Stirn runzelt sich, bis ich nach unten fasse und ihr die Hand aufs Knie lege. Meine Berührung beruhigt sie jedes Mal.

Schlafend und sorglos ist sie wunderschön. So gefällt sie mir. Allerdings auch dann, wenn sie mich mit vernichtendem Blick anstarrt. Sie hat dunkle Augen, wie ich sie noch nie zuvor gesehen habe. Beinah violett mit einem rötlichen Einschlag, wie Maulbeeren. Und ihre Sommersprossen gleichen einem Wunder. Am liebsten würde ich jede einzelne davon nachfahren, obwohl meine rauen, täto-wierten Hände auf ihrer glatten, sommersprossigen Haut obszön wirken. Wie die Klauen eines Dämons auf den Flügeln eines Engels.

Trotz ihrer Angst heute auf der Treppe ist sie nicht vor mir zurückgeschreckt. Einen Moment lang hat in ihren dunklen Augen eine wilde Erregung gefunkelt, als sie mich angesehen hat. Sie hat meine Gewalt nicht nur akzeptiert, sondern begrüßt.

Diese Frau ist für mich geschaffen.

Das Geld von Fraternitas ermöglicht mir dieses Luxus-Penthouse, doch es hat sich nie nach einem Zuhause ange-fühlt. Bis jetzt. Vor Elodie bin ich nur zum Übernachten hergekommen, wenn ich Pflichten für Fraternitas zu erfüllen hatte. Die Bruderschaft ist alles.

Nun bekomme ich allmählich eine Ahnung, dass mir das Leben noch mehr zu bieten haben könnte. Als hätte ich bisher in Dunkelheit gelebt, und plötzlich hat jemand das Licht angemacht.

In meinem Leben ist nicht viel Platz für weiche, schöne Dinge. Die Welt ist gewalttätig und brutal. Um darin zu überleben, bin ich noch gewalttätiger und brutaler gewor-den. Aber vielleicht ist Überleben nicht alles. Vielleicht kann es nach all dem Kampf eine Belohnung geben. Der Wolf kann in seiner Höhle ein Plätzchen für ein verschla-fenes kleines Häschen schaffen.

Vielleicht kann ich sie behalten.

6

E *lodie*

Wieder wache ich an einem fremden, aber wunderschönen Ort auf. Jaegers schummriges Schlafzimmer enthält nur das riesige Bett, in dem ich liege, und zwei dazu passende Nachttische mit Lampen. Keine anderen Möbel. Die Laken und Decken sind weich und riechen nach ihm.

Es gibt schlimmere Orte zum Aufwachen. Ich versuche, die jüngsten Ereignisse zu sortieren – die Nacht im Wald, meine Rückkehr in die Wohnung, Margots Abreise mit den Kindern ... Mein Gehirn gerät dabei ins Stocken, als es zu Jaegers Opfern gelangt.

Ich habe noch nie einen Mord bezeugt. Geschweige denn zwei. Im Vergleich dazu erscheint seine Gewalt gegen Mr. Wilson geradezu harmlos. Und in jenem Moment war sie das Schlimmste, was ich bis dahin miterlebt hatte.

Ich muss auf der Hut sein. Immerhin bin ich in der Höhle des Wolfs und kann ihm nicht entkommen. Zumindest so lange nicht, bis es meinem Fußgelenk etwas besser geht. Zuletzt erinnere ich mich daran, dass Jaeger mich in sein Penthouse getragen hat. Obwohl es dunkel ist, habe ich das Gefühl, dass es riesig sein muss. Und leer. Wie dieses Schlafzimmer, zwar modern eingerichtet, allerdings ohne jeden persönlichen Touch. Genauso gut könnte er in einem Hotel wohnen.

Auf dem Nachttisch steht neben den Schmerzmedikamenten ein Glas Wasser. Zwei Tabletten warten im geöffneten Verschluss der Flasche. Ich nehme sie ein und rutsche zur Bettkante, um aufzustehen und auf die Toilette zu gehen.

Wieder erscheint Jaeger geräuschlos, ohne Vorwarnung. Wie gelingt es ihm nur, immer dann aufzutauchen, wenn ich ihn am dringendsten brauche?

»Gut geschlafen?«, erkundigt er sich. Er wirkt hellwach, der Mistkerl.

Meine Blase brüllt, und ich bin noch halb verschlafen, deshalb brumme ich nur und strecke die Arme empor.

Er kommt her und hebt mich hoch, trägt mich in ein wunderschönes Badezimmer mit Boden und Wänden aus schwarzem und grauem Marmor, einer eleganten weißen Wanne und einem höhlenartigen Duschbereich. Jaeger lässt mich in der Toilettenkabine allein. Durch die Tür höre ich, wie Wasser aufgedreht wird.

Er kehrt zurück und hilft mir zur Wanne. Als ich sie mit Schaumbläschen gefüllt vorfinde, unterdrücke ich einen freudigen Laut. Ich halte nicht mal inne, um zu überlegen, warum ein Vollstrecker der Mafia in seinem luxuriösen Badezimmer ein nach braunem Zucker duftendes Schaumbad hat. Entweder hat es zur teuren, modernen

Einrichtung gehört, oder er hat es für mich gekauft. Der Gedanke, er könnte es für mich besorgt haben, löst ein Flattern in meinem Bauch aus, über das ich lieber nicht zu lange grübeln will.

Ich lehne mich an ihn, um das Trägertop und die Unterwäsche abzustreifen, die ich im Bett getragen habe, danach sinke ich wohlig stöhnend in das warme Wasser. Er setzt sich neben mir auf einen Hocker und beobachtet mich mit zufriedener Miene.

Mich stört nicht mal, dass ich splitternackt bin, während er vollständig angezogen ist. Den Großteil unserer bisherigen gemeinsamen Zeit sind wir unterschiedlich spärlich bekleidet gewesen.

Ein wenig schräg wird es, als er einen Waschlappen hervorholt, ihn mir jedoch nicht reicht, sondern es selbst übernimmt, mich damit zu säubern.

Meine Wangen erwärmen sich vom heißen Badewasser – und davon, wie Jaeger gemächlich mit Waschlappen über meine Haut reibt. Ich denke daran zurück, wie er mich nach unserem animalischen Spiel unter der Dusche gewaschen hat. Diese Nachsorge scheint ihm zu gefallen, aber sie ist so intim, dass es mir schwerfällt, dem Blick seiner strahlend blauen Augen zu begegnen. Ich kämpfe gegen den Drang an, zurückzuschrecken.

Der Waschlappen bewegt sich kreisend tiefer, säubert meinen Bauch auf dem Weg hinab zwischen meine Beine.

»Das kann ich selbst«, stoße ich hervor und fange sein Handgelenk ab. Aber er gibt den Waschlappen nicht her, und ich bin zu schwach, um ihn Jaeger zu entwinden. Mit seinem charakteristischen Schmunzeln im attraktiven Grinsen sieht er mir in die Augen, während er mit dem Stoff zwischen meine Schenkel fährt. Ich erschaudere unter der herrlichen Berührung.

Allzu bald entfernt er den Waschlappen. Ich rutsche tiefer ins Wasser, als er meine Beine säubert und meinen geschwollenen Knöchel in Augenschein nimmt.

»Atticus kommt vorbei, um dich noch mal zu untersuchen«, teilt Jaeger mir mit.

Der letzte Besuch des Doktors ist erst einen Tag her. Jahrelang hatte ich nicht mal eine grundlegende Vorsorgeuntersuchung, und jetzt bekomme ich mehrere Arztvisiten innerhalb von vierundzwanzig Stunden.

Aber Jaeger hat das Kommando, also erwidere ich nichts.

»Ich muss dir etwas zeigen.« Er holt sein Handy heraus und hält es so, dass ich das Display sehen kann.

Es zeigt ein Foto von Janie, die in einem sonnigen Garten lächelt. Hinter ihr spielt Tyson vorgebeugt im Gras. Sie sind von hohen Pflanzen an bunten Rankstäben umgeben. Tomaten, wie ich erkenne. Dann wird mir klar, was ich sehe. Es ist der Garten meiner Tante Carol. Die Aufnahme stammt von heute Morgen.

»Sie haben es geschafft.« Meine Stimme wird brüchig. *Es geht ihnen gut.*

»Meine Männer haben entschieden, es wäre sicherer für sie, die Nacht durchzufahren. Deine Tante war zwar überrascht, sie zu sehen, hat sie aber sofort willkommen geheißen, und sie haben sich auf Anhieb bei ihr wohlgefühlt.«

Ich betrachte das Bild, lasse die lächelnden Gesichter auf mich wirken. Sie scheinen sich tatsächlich wie zu Hause zu fühlen.

»Bald bekommen sie auch neue Identitäten«, fügt Jaeger hinzu. »Niemand wird sie finden.«

Besorgnis flammt in mir auf. »Margot hat Multiple Sklerose. Sie braucht Medikamente, eine Versicherung. Wenn sie nicht ...«

»Hey.« Jaeger legt mir die Hand aufs Knie. Seine Berührung beruhigt das bange Flattern in meinem Magen. »Es wird alles gut. Wir besorgen ihr einen Arzt. Bis dahin kann Atticus ihr von hier aus verschreiben, was sie braucht.«

Ein weiterer Vorteil eines auf Abruf bereitstehenden Mafia-Doktors.

Vor lauter jäh einsetzender Erleichterung wird mir schwindlig. Mein größtes Problem war gelöst. Einfach so.

»Danke«, sage ich. Ohne nachzudenken, hebe ich den Arm, lege ihm die Hand in den Nacken und ziehe ihn näher, um die Lippen auf seine zu drücken. Seifiges Wasser tropft hinten auf sein Shirt, doch es scheint ihn nicht zu stören. Er neigt den Kopf, übernimmt die Kontrolle und schiebt mir die Zunge in den Mund. Meine Nippel verhärten sich. Als er den Kuss beendet, atme ich schwer.

Er wischt Schaumblasen von meiner Brust. »Häschen«, murmelt er und lässt die Hand tiefer wandern. Diesmal halte ich ihn nicht auf. Stattdessen lehne ich mich zurück, spreize die Beine und empfange seine geschickten Berührungen meiner Scham. Er weiß genau, wo er Druck ausüben und reiben muss, doch am Ende ist es das leidenschaftliche Funkeln in seinen Augen, das mich über die Ziellinie katapultiert.

Dann verschwindet seine Hand. Er steht, zieht das T-Shirt und die Jeans aus. Mein Innerstes bebt noch, und ich bin benommen, als er mich aus der Wanne hebt. Wasser und Schaum platschen auf die prächtigen Fliesen und flauschigen Badematten, doch er scheint es nicht zu bemerken. Er setzt mich auf den Waschtisch aus Marmor und rückt näher, geht an meiner Pforte in Stellung, ignoriert meinen Protest.

»Jaeger, nein. Ich kann nicht. Mein Knöchel ...«

»Sch-sch.« Er legt die Hand unter meinen rechten Oberschenkel. »Entspann dich, Häschen. Ich mache alles.«

Und damit stößt er in mich.

~

JAEGER

SIE IST WEICH UND WARM. Ich stütze sie auf dem Waschtisch, der die perfekte Höhe für mich hat.

Ihre Pussy liegt so eng um meinen Schaft an. Im Nu hat sie Sternchen in den dunklen Augen. Ich hebe ihren Prachthintern vom Marmor und stoße in sie.

Ihre Proteste werden von einem Stöhnen abgelöst. »Ooooh.«

»Ja, so ist's gut. Komm für mich.« Ich küsse ihre Stirn, bis sie den Kopf in den Nacken legt und ich an ihre Lippen herankann. Damit ich nicht ausrutsche, habe ich darauf geachtet, mich auf eine Badematte zu stellen.

Es ist fast vierundzwanzig Stunden her, seit ich sie zuletzt hatte, und ich kann keine Minute länger warten. Spontan beschließe ich, dass ich sie oft nehmen werde. Mehrmals täglich. Anfangs wird sie viel Nahrung und Ruhe brauchen, um mitzuhalten, aber mit der Zeit wird sich ihre Ausdauer steigern. Sie wird hier leben, und es wird ihr an nichts mangeln.

Ich werde es ihr demnächst sagen. Sie scheint verwirrt darüber zu sein, warum sie hier ist. Ich sollte sie schonend eingewöhnen, aber ich mache schon so langsam, wie ich kann. Ich will sie in meinem Leben, in meinem Bett. Für immer.

Ich will, dass sie mir gehört.

Meine Hoden ziehen sich zusammen, meine Hüften klatschen wilder gegen ihre. Ihre inneren Muskeln spannen sich um meine Härte herum an. Meine Hände sind beschäftigt, halten sie hoch, deshalb kann ich nicht ihren Kitzler ertasten, aber ich neige die Hüften so, dass mein unterer Bauchbereich an der richtigen Stelle reibt. Sie schnappt nach Luft und erschaudert unter einem Orgasmus. Ich hämmere weiter in sie, während mein eigener Höhepunkt naht.

Ihre um meinen Nacken geschlungenen Arme verstärken den Druck. Ihre herrlichen Brüste streifen meinen Oberkörper. Aber den Ausschlag für mich gibt, wie sie sich an mich schmiegt, sich an mir festklammert, als wäre ich ihr Rettungsanker.

Ich will ihr Fels in der Brandung sein. Ihr Alles. Sie ist die Einzige, die mir je gedankt hat. Sie hat mich geküsst, und eine wundervolle Sekunde lang war ich ein Held.

Davon will ich mehr.

Allerdings gibt es ein Hindernis dabei, Anspruch auf Elodie zu erheben. Ich habe Fraternitas einen Eid geschworen. Und wir sind keine gewöhnliche Bruderschaft. Um es offiziell mit ihr zu machen, brauche ich die Zustimmung des Teufels und meiner Brüder. Das muss ich richtig angehen. Ich bin ein loyaler Soldat, aber ich werde nicht hinnehmen, dass mir irgendjemand Elodie wegnimmt.

Nichts wird mich davon abhalten, meine süße Beute zu besitzen.

～

ELODIE

. . .

Den zweiten Tag hintereinander frühstücke ich im Bett mit dem Mann, der dafür bezahlt hat, mich durch den Wald zu jagen und zu vögeln. Diesmal habe ich keine Ahnung, warum.

»Was hast du vor?«, frage ich ihn. Ich liege nackt auf der Matratze, gestützt von Kissen. Jaeger trägt nur eine Jeans, sonst nichts. Auf dem Schoß hat er ein Tablett mit Essen.

»Dich füttern.« Konzentriert lädt Jaeger etwas Rührei auf die Gabel und führt sie vorsichtig zu meinem Mund. »Aufmachen.«

Obwohl es sich demütigend anfühlt, wie ein Baby gefüttert zu werden, gebe ich nach und gehorche. Rasch kaue und schlucke ich, damit ich ihm weitere Fragen stellen kann. »Ich meine, warum bin ich hier? In deinem ... Penthouse?« Es ist zwar imposant, doch es fühlt sich nicht wie ein Zuhause an. So schön es sein mag, es ist vollkommen unpersönlich. Wäre ich hier daheim, würde ich als Erstes etwas Nippes, Kissen und vielleicht einen Zimmerfarn kaufen.

»Weil ich dich hier haben will.« Seine Lippen krümmten sich nach oben. »Und du bist verletzt, also kannst du nicht weg.«

Ich knurre tief in der Kehle.

»Hast du mich gerade angeknurrt? Häschen ...« In seiner Stimme schwingt so viel Zuneigung mit, dass ich ihn am liebsten schlagen würde. Damit ist er soeben höher in der Liste der Menschen geklettert, die ich gern umbringen würde. An der Spitze ist er vorerst nicht, aber der Tag ist noch jung.

»Willst du zurück in deine Wohnung?«, fragt er.

Natürlich nicht, doch das kann ich ihm gegenüber nicht zugeben. Er würde es als Argument einsetzen, um mich zum Bleiben zu überreden.

Und warum? Was will er von mir? Abgesehen davon, mich zu ficken und mich mit dem Frühstück zu füttern, während ich nackt bin und er nicht.

Ich fürchte mich davor, ihn direkt danach zu fragen.

Mit zu Schlitzen verengten Augen sehe ich ihn an. »Hast du keine Angst, dass man dich für Mord drankriegen könnte? An den beiden Kerlen?«

»Welche Kerle?« Er runzelt die Stirn, während er Erdbeermarmelade auf ein fluffig aussehendes Brötchen streicht.

»Die auf der Treppe.« Ihm dabei zuzusehen, wie er diese Männer ausgelöscht hat, war der intensivste Moment meines Lebens. Schaurig ... zugleich ein wenig aufregend. Aber Jaeger scheint den Vorfall bereits vergessen zu haben.

»Nein.« Schnaubend füttert er mich mit dem Brötchen. Eigentlich sollte ich an dieser Stelle ausflippen, denn Jaeger hat nicht nur vor meinen Augen einen Doppelmord begangen, es lässt ihn zudem völlig kalt. Und so, wie er klingt, wird wohl dasselbe für die Cops gelten.

Stattdessen esse ich seelenruhig das weichste, buttrigste Brötchen aller Zeiten direkt aus seiner Hand. Keine Ahnung, wo er dieses für die Südstaaten typische Gebäck in New Rome aufgetrieben hat, aber ich könnte ihn dafür küssen.

Schon wieder. Nur würde ihm das den falschen Eindruck vermitteln.

Schon wieder.

»Was, wenn Mr. Wilson darüber auspackt, dass ...«

»Wird er nicht. Er wird gar nichts unternehmen. Und auch niemand sonst.« Mit einer Serviette wischt er mir Krümel vom Gesicht, ehe er sich vorbeugt und mich auf den Mundwinkel küsst. Seine Lippen schmecken süß. Auf meinen muss wohl noch Erdbeermarmelade gewesen sein.

Der Kuss wird schnell leidenschaftlicher. Seine Zunge wirbelt durch meinen Mund, und ich verliere mich in den Empfindungen, gehe darin unter ...

Abrupt lege ich die Hände auf seine nackte Brust und drücke dagegen. Zwar kann ich ihn nicht wegschieben, aber es erregt seine Aufmerksamkeit.

»Das sollte eigentlich vorbei sein. Ich habe den Vertrag erfüllt.« Dabei deute ich auf meine Brust, die nackt ist, weil die Decke runtergerutscht ist. »Du hast bekommen, was dir zugestanden hat, also ...«

Er legt mir die Hand in den Nacken. »Ich will mich um dich kümmern.«

Damit bringt er mich zum Verstummen. Ich lasse zu, dass er mich abermals küsst, denn es hat mir den Atem verschlagen. Das hat noch nie jemand zu mir gesagt. Und er klingt entschlossen.

Als ich vermute, dass er jeden Moment die Decke beiseiteschieben und mich wieder vögeln wird, lehnt er sich zurück, verlässt das Bett und trägt das Frühstückstablett weg.

»Ich bin nicht auf der Suche nach einem Lover«, sage ich verhalten, als er zurückkehrt.

»Gut. So sehe ich mich auch nicht.« Er schenkt mir ein gefährliches Lächeln. Ein erregendes Kribbeln breitet sich in mir aus, weil mein Körper in Hinblick auf ihn dumm ist.

Ich seufze. »Wann bekomme ich meine Bezahlung?« Wenn Jaeger unbedingt will, dass ich bei ihm bleibe, mache ich das, bis mein Fußgelenk ein wenig verheilt ist. Dann kann ich mit dem verdienten Geld flüchten.

»Heute.« Er holt sein Handy heraus und fängt an, darauf zu tippen. »Ich kümmere mich um die Vorkehrungen. St. James sollte inzwischen wieder in der Stadt sein.«

Unwillkürlich versteife ich mich bei dem Namen, denn St. James ist der furchterregendste Mann, der mir je begegnet ist. Dass er immer teure Anzüge trägt, lässt ihn nur noch einschüchternder wirken. Die Arbeit in einem Fraternitas gehörenden Lokal überlebe ich nur deshalb, indem ich den Kopf unten lasse. St. James steht etliche Stufen über meinem direkten Boss, und ich habe instinktiv gewusst, dass ich lieber nicht seine Aufmerksamkeit erregen sollte.

Dafür gilt mir jetzt wohl oder übel die von Jaeger. Und während mein Knöchel heilt, sitze ich bei ihm fest. Also kann ich mich genauso gut meinem Schicksal fügen und die Zeit nutzen, um meine Flucht zu planen.

»Er sagt, das Geld liegt im *Inferno* für dich bereit. Wir können zusammmen hin und es abholen.«

»Was?« Mir wurde gesagt, es würde auf mein Bankkonto überwiesen. Ich werde nicht gegen einen Mann wie St. James aufbegehren, doch ich erbleiche beim Gedanken, mit einem verletzten Knöchel und Jaeger an der Seite an meinen Arbeitsplatz zurückzukehren. »Was soll ich anziehen?«

Und so werde ich wenig später in eine noble Boutique der Art getragen, in der Margots Model-Freundinnen arbeiten würden, während sie versuchen, groß rauszukommen.

»Du musst damit aufhören«, beschwere ich mich mit einem Arm um seinen Hals, um mich in seinen Armen abzustützen. Kundinnen drehen sich um und starren uns an.

»Du kannst nicht laufen.« Mein Gezeter scheint ihn nicht zu stören. Er wirkt eher belustigt davon. »Und du hast gesagt, du brauchst etwas zum Anziehen.«

Ich trage die Jogginghose von gestern und eines von

Jaegers Shirts. Es ist so riesig, dass ich es hinten zusammen-geknotet habe. »Ich dachte, dein Plan wäre es, mich nackt zu lassen«, murmle ich.

»Ist es immer noch. Aber ich nehme an, dir ist es so lieber.«

Ich halte die Klappe, weil das von allen Möglichkeiten trotzdem die beste ist. Es wäre wohl keine gute Idee, in meine Wohnung zurückzukehren, und ich habe von meinen Sachen nichts mitgenommen. Ich besitze ohnehin nichts, das es wert gewesen wäre. Meine gesamte Habe würde in einen einzigen Koffer passen, und ich hätte kein Problem damit, mich von allem zu trennen.

Nur habe ich nicht damit gerechnet, dass Jaeger mit mir schnurstracks in einen exklusiven Laden in der 5th Avenue gehen würde. Mit seinen tätowierten Ärmeln würde er selbst dann Aufmerksamkeit erregen, wenn er mich wie seine Braut durch die schicke Boutique trüge.

Drüben an einer Schmuckauslage drehen sich drei spin-deldürre Damen um und glotzen herüber. Eine hat einen winzigen Hund in ihrer Handtasche dabei, der zu kläffen beginnt, als Jaeger vorbeigeht. Er dreht den Kopf und bedenkt den Hund mit einem langen, eindringlichen Blick, bis das Tier verstummt. Die Frauen schnappen nach Luft und wieseln davon.

Die Verkäuferinnen erstarren, als Jaeger sich ihnen nähert. »Sie braucht etwas zum Anziehen«, teilt er ihnen mit. Ich winke zum Gruß, bevor ich die Arme vor der Brust verschränke.

Nach einem Blick auf Jaegers Totenschädelring schreitet eine der Verkäuferinnen rasch zur Tat. »Oh, äh, ja ... Selbst-verständlich.«

Im Handumdrehen sitze ich auf einem bequemen Sessel

und bekomme ein Glas Champagner gereicht. Jaeger baut
sich neben mir auf und kommandiert das Personal herum.
Kleidung stapelt sich um mich. Ich fühle mich wie Aschen-
puttel. Nur habe ich statt einer guten Fee einen riesigen,
furchterregenden Mafioso.

»Das auch.« Jaeger zeigt auf eine nahe Schaufenster-
puppe mit einem verführerischen Cocktailkleid mit weißen
Pailletten. Da kann ich mich nicht länger zurückhalten.

»Ich brauche kein Kleid«, protestiere ich. »Außerdem
wird es mir nicht passen.«

»Wir ändern es«, versichert mir die Verkäuferin. »Dafür
benötigen wir nur Ihre Maße.«

Als ich den Mund öffne, um zu sagen, dass ich es mir
nicht leisten kann, kommt Jaeger mir zuvor. »Gut. Nehmen
Sie Ihre Maße.«

Die Augen der Verkäuferin leuchten auf. »Und was
halten wir von Unterwäsche?«

Jaeger sieht mich an und warnt mich mit einem hitzigen
Blick, zu schweigen. »Dessous. Jede Menge.«

»Das ist lächerlich«, sage ich, als ich in einem brand-
neuen Outfit von ihm wieder aus dem Laden getragen
werde. Jaeger hat alles bezahlt. Zwar habe ich nicht gefragt,
wie viel es gekostet hat, doch die Verkäuferin hatte beim
Versprechen, den Rest in sein Penthouse liefern zu lassen,
ein breites Lächeln im Gesicht.

Draußen reflektieren die Schaufenster, wie Jaeger mich
trägt. Ich sehe gut in meinem neuen veganen Lederrock und
schulterfreiem Sweater aus. Jaeger finde ich in seiner
schwarzen Lederjacke sexy. Aber er sieht eigentlich immer
sexy aus.

Am schlimmsten daran, von ihm getragen zu werden, ist
für mich, wie gut er riecht. Und ich bin seinem perfekten

Profil, den goldenen Stoppeln an seinen hohen Wangenknochen so nah. Obwohl ich ihn erst seit zwei Tagen kenne,
verzehrt sich mein Körper nach ihm. Ich durchnässe gerade
meinen neuen Spitzentanga.

»Wir müssen irgendwo anhalten und Krücken besorgen«, sage ich. »Du kannst mich nicht überallhin tragen.«

»Doch, kann ich.«

Stark genug ist er dafür eindeutig.

»Das ist unpraktisch. Ich sage es Atticus. Er wird mir
recht geben.«

»Atticus kann dich erst heute Abend besuchen. Im
Kampfklub hat's einen Notfall gegeben.«

Ich beiße mir auf die Oberlippe. Fraternitas ist berüch-
tigt für den illegalen Kampfklub der Gang. Das gehört zu
den Dingen, die ich gar nicht wissen will.

»Du trägst mich einfach gern.«

»Da hast du recht, Häschen.« Er lächelt mich so liebevoll
an, dass ich den Blick abwenden muss.

Vor uns befindet sich ein beliebtes Kaufhaus. »Dann
bring mich wenigstens dorthin, um ein bisschen Make-up
zu besorgen«, murre ich, um mich von ihm abzulenken.

»Brauchst du nicht«, erwidert er. Trotzdem schlägt er
den Umweg ein.

»Mag sein, aber bei dir zu Hause könnten ein paar Zierkissen nicht schaden.« Ich zeige auf ein Schaufenster im
Haushaltswarenbereich.

Er bleibt stehen und schaut hin. »Wozu sind die gut?«

Ich verdrehe die Augen. »Dadurch wirkt es gemütlicher.
Hast du dir mal genau angesehen, wo du wohnst? Ich bin
schon in Eingangshallen von Firmen mit mehr persönli-
chem Touch gewesen.«

Er setzt mich auf einem Sessel ab und winkt einen
Verkäufer herüber. »Such dir aus, was du willst.«

»Ist das dein Ernst?«

Wie zur Antwort ergreift er zwei Kerzen. Eine verströmt Fichtenduft, die andere ist mit »Glühwein« beschriftet. »Rot oder grün?«, fragt er.

Am Ende kaufen wir beide Kerzen, einen Haufen Zierkissen und diverse Kleinigkeiten. Da es ein schräger Gedanke ist, die Wohnung eines Vollstreckers von Fraternitas zu dekorieren, rede ich mir ein, ich wäre mit Margot bei einem Schaufensterbummel.

Jaegers Penthouse wird wie meine liebste Hygge-Zeitschrift aussehen, wenn ich damit fertig bin. Wird er sich darin umschauen und sich an mich erinnern, wenn ich weg bin?

Daran darf ich jetzt nicht denken.

Nach der Haushaltswarenabteilung und der Schminktheke erhebe ich die Arme, damit Jaeger mich hochhebt. »Ich finde, für heute haben wir genug geprasst. Das Make-up zahle ich dir zurück.«

»Nein, wirst du nicht.« Er beugt sich zu mir, schmiegt die Nase an meinen Hals und riecht an der Parfümprobe, die ich ausprobiert habe.

Ich schaudere, und das Kribbeln breitet sich in mein Innerstes aus. »Hör auf damit«, flüstere ich.

»Womit denn?« Seine Lippen streifen mein Ohr. »Damit?« Er senkt den Kopf und küsst die Stelle mit meiner Halsschlagader.

Ich drehe den Kopf. Leider befinden wir uns in der Schmuckabteilung, und ich erblicke einen Ring, der mich nach Luft schnappen lässt.

»Was ist?« Jaeger schaut auf, wachsam wie immer.

»Nichts«, behaupte ich. Allerdings kann ich den Blick nicht von dem Ring lösen. Er besteht aus zartem Roségold mit winzigen, tränenförmigen Diamanten, die einen rosa

Stein in der Mitte umgeben.

Jaeger geht mit mir näher hin. »Der da?« Er betrachtet die Auslage.

Ich bringe kein Wort heraus. Etwas so Wunderschönes habe ich noch nie gesehen.

»Kann ich Ihnen helfen, Sir?«, erkundigt sich ein Mitarbeiter.

»Sie möchte den Ring da anprobieren.« Jaeger deutete mit dem Kopf darauf.

»Nein, möchte ich nicht.« Ich balle die Hände zu Fäusten. Aus irgendeinem Grund bin ich kurz davor, zu weinen.

Der Verkäufer holt den Ring bereits aus der Vitrine. »Sind Sie sicher, Miss?«

»Probier ihn einfach an.« Jaeger neigt mich so, dass ich die Hand hinstrecken kann. Der Verkäufer schiebt mir den Reif auf den Ringfinger.

Er sitzt perfekt.

»Wunderschön«, schwärmt der Kaufhausmitarbeiter.

»Ich will ihn nicht«, flüstere ich. Damit nehme ich den Ring ab und gebe ihn zurück.

Jaeger reagiert mit einem »Hm«. Mein Blick bleibt stur auf die schwarzen Formen seiner Tätowierungen gerichtet, die sich vorn unter dem Kragen hervorkräuseln.

Nach einer Weile geht er weiter. Seufzend atme ich auf, als er mich aus dem Kaufhaus trägt.

»Mittagszeit«, verkündet er. Ich erwidere nichts. Stattdessen versuche ich, aus meinem Ausraster vorhin schlau zu werden. Im Großen und Ganzen habe ich mich damit abgefunden, dass Jaeger mich buchstäblich zu sich nach Hause getragen hat, mich behandelt, als wäre ich hilflos, mir alles kauft, was ich brauche. Meine Probleme löst. Mich nimmt, wenn ihm danach ist.

Woran liegt es, dass ich das einfach akzeptiere, aber

grundlos vor Angst erstarre, wenn ich etwas sehe, das ich will? Hat mich das Leben so desillusioniert, dass ich nur noch den Kopf unten halte, mich von Problem zu Problem kämpfe und nur zu überleben versuche?

Werde ich je den Mut aufbringen, nach etwas zu greifen, das ich mir wirklich wünsche?

7

E *lodie*

ALS JAEGER mich in das vor Schatten strotzende Foyer des *Inferno* trägt, stutzt die schwarzhaarige Empfangsdame mit dem rubinbesetzten Nasenring.

»Elodie?« Die Augen meiner Freundin werden groß, als sie bemerkt, wer mit mir eintritt.

»Hi, Daria.« Ich winke ihr verhalten zu.

Sie schluckt, als sich Jaeger ihr nähert und sich zwei Speisekarten greift. »Hier lang, Sir.« Ihr Ton ist neutral und professionell. Während sie uns durch das Lokal führt, schaut sie mehrmals über die Schulter zurück.

»Mussten wir unbedingt hierher kommen?«, flüstere ich Jaeger zu.

»Du willst doch bezahlt werden.«

»Schon, aber ich hab meinem Boss nicht Bescheid gegeben, dass ich ein paar Tage ausfallen werde.« Bei all der

Aufregung habe ich vergessen, anzurufen. Ich habe gehofft, es erklären zu können und vielleicht mit einer Empfangsdame die Schichten zu tauschen, die auch kellnern kann. Sitzend könnte ich arbeiten.

»Ist alles geregelt.«

»Wie meinst du das?«

»St. James weiß von deinem Fußgelenk.«

Scharf sauge ich die Luft ein. Auf St. James' Radar aufzutauchen, ist genau das, was ich *nicht* will. Einerseits möchte ich nachfragen, was er sonst noch über mich weiß, andererseits will ich es gar nicht wissen.

Das *Inferno* ist in zwei Bereiche unterteilt. Vorn ähnelt es einem Steakhouse mit Tischen und einigen mit Mahagoni getäfelten Privaträumen. Da wir Mittag haben, ist der Restaurantteil gerammelt voll.

Hinten beherbergt das Gebäude einen Herrenklub. Dort arbeite ich nur, wenn extrem viel los ist. Ich weiß, dass in dem Bereich rund um die Uhr geheime Pokerrunden, sonstiges Glücksspiel und illegale Machenschaften aller Art stattfinden.

Heute sitzen an den runden Tischen mehrere Gruppen, die offensichtlich Geschäftliches besprechen und der Burlesque-Tänzerin auf der Bühne keine Beachtung schenken. Im Vorbeigehen winke ich ihr zu. Es ist Angel. Sie schwenkt den weißen Federfächer und zwinkert mir zu.

Daria führt uns durch das Lokal zum VIP-Bereich über der Bühne der Tänzerinnen. Beim Kellnern bin ich für die vorderen Tische des *Inferno* und für die um die Bühne herum zuständig gewesen. Hier oben bin ich noch nie gewesen.

Der Bereich ist Fraternitas-Mitgliedern vorbehalten.

Daria bleibt an einem mittigen Tisch an der Wand stehen. »Ist es hier genehm?«

»Wunderbar.« Jaeger lädt mich ab, und ich rutsche auf der runden Sitzfläche zurück.

Auf Hockern an der Bar erblicke ich zwei tätowierte Männer. Wenn sie im VIP-Bereich sind, müssen sie zu Fraternitas gehören. Und tatsächlich tragen beide Totenschädelringe an den Mittelfingern. Jaeger nickt ihnen zu.

»Bin gleich zurück.« Er fährt mit der Hand in mein Haar, zieht meinen Kopf zurück und küsst mich leidenschaftlich. Ich keuche in seinen Mund, bevor seine Lippen zu meinem Schlüsselbein wandern und dort so heftig an der Haut saugen, dass ein Knutschfleck zurückbleibt.

Dann ist er weg, und ich reibe die feuchte Stelle. Wahrscheinlich schillert sie rot. Ein Zeichen seines Anspruchs auf mich.

Verstohlen wie ein Schatten lässt sich Daria auf seinem Platz nieder. Sie beugt sich zu mir. Der Edelstein in ihrem Nasenring funkelt. »Mädel, was ist hier los?«

Ich bin noch atemlos von dem Kuss. »Ist 'ne lange Geschichte.«

»Raus mit der Sprache«, zischt sie. Als ein Schatten über den Tisch fällt, schauen wir beide auf und erblicken eine weitere Kellnerin, Honey.

»Was macht ihr zwei?«, fragt sie, und wir bedeuten ihr, still zu sein.

»Elodie ist … mit jemandem hier.« Daria zieht die Augenbrauen hoch.

»Mit …« Honeys Blick schnellt zu den Vollstreckern an der Bar. »Einem von denen? Mit welchem?«

»Er heißt Jaeger«, sage ich.

»Ooooh«, murmelt Honey. »Der ist in Ordnung. Sein Bruder auch. Hast du Kaiser schon kennengelernt?«

»Nein.« Ich wusste nicht mal, dass Jaeger einen Bruder hat.

»Er ist unheimlich – unheimlich heiß.« Honey setzt einen schmachtenden Blick auf.

»Komm schon, Mädel.« Daria pocht auf den Tisch. »Spuck's aus. Du hast noch dreißig Sekunden, bevor Lucy uns erwischt.« Lucy ist Betriebsleiterin im *Inferno* und regiert mit eiserner Faust. Sie kann so einschüchternd wie alle Fraternitas-Mitglieder zusammen sein.

»Lucy wird es uns nachsehen«, meint Honey. »Sie mag dich.«

»Nein, tut sie nicht«, widerspricht Daria, ohne den Blick von mir zu lösen.

»Doch«, beharrt Honey. Es ist ein alter Streit, den sie gern in kurzen Gesprächen zwischen dem Bedienen der Kundschaft austragen.

Ich rutsche zum Rand der Sitzfläche vor. »Helft mir auf. Ich will auf die Damentoilette.«

»Was ist mit deinem Fußgelenk passiert?«, fragt Daria. Sowohl sie als auch Honey treten neben mich und stützen mich, während ich den Flur hinunterhumple.

Wir betreten die geräumigen Toiletten. Neben den Kabinen befindet sich ein Sitzbereich, wo ich mich auf einen der Stühle plumpsen lasse.

»Erzähl uns alles«, verlangt Daria.

Als ich die beiden ansehe, wird mir warm ums Herz. Seit ich das Studium abgebrochen und hier zu arbeiten begonnen habe, besteht mein Leben nur noch aus Schlafen, Doppelschichten und gelegentlichem Babysitten für Margot. Ich bin ständig zu müde, um etwas für mich selbst zu tun, geschweige denn Bekanntschaften vom College zu pflegen.

Es war nie geplant, dass meine Kolleginnen meine engsten Freundinnen werden würden, aber so spielt das Leben manchmal. Wo man seine Zeit verbringt, wird man heimisch. Die Menschen um einen herum werden zur Gemeinschaft. Sobald meine Wahl darauf gefallen war, im *Inferno* anzufangen, haben sich alle anderen Entscheidungen daraus abgeleitet, und mein Schicksal war besiegelt.

Aber während ich Daria und Honey mustere, wird mir klar, wie sehr ich ihre Freundschaft brauche. Wir teilen sowohl Klatsch als auch Blasenpflaster miteinander und klagen zusammen über zu lange Schichten und zu knausrige Trinkgeldgeber. Die Unterstützung der beiden ist alles, was ich habe, und deshalb bedeutet sie mir alles.

Also erzähle ich ihnen meine Geschichte, angefangen bei dem Angebot, das St. James mir unterbreitet hat. Ich ende mit der Einkaufstour, lasse jedoch weg, wie sehr ich wegen des Rings ausgeflippt bin. Die beiden Frauen zeigen sich an den richtigen Stellen verblüfft und berührt. Als ich fertig bin, tippt sich Daria nachdenklich ans Kinn.

»Das Angebot macht St. James nicht jeder«, sagt sie schließlich. »Zumindest nicht den Kellnerinnen oder Tänzerinnen. Von ihnen würde mit Sicherheit jemand darüber reden, und ich wüsste davon. Das bedeutet, Jaeger muss dich gezielt ausgesucht haben.«

Honey schnappt nach Luft. »Weil er dich will. Du bist auserwählt worden.« Sie schenkt mir ein strahlendes Lächeln.

»Was?«, entfährt es mir.

»Du weißt schon, wie von *ihnen*«, sagt Honey, bevor sie im Flüsterton hinzufügt: »Eine *Elita*.«

Ich schaue zu Daria, doch wir haben beide keine Ahnung, wovon Honey redet.

»Was ist eine *Elita*?« Daria verschränkt die Arme vor der Brust.

»Eine der Auserwählten.« Honey bemerkt unsere

Verwirrung und verdreht die Augen. »Ihr müsst echt anfangen, ein bisschen aufmerksamer zu sein.«

»Aufmerksamkeit kann einen umbringen«, murmelt Daria, und ich stimme ihr zu.

»Wie auch immer«, meint Honey. »Erinnert ihr euch an Odette?«

Der Name kommt mir zwar bekannt vor, aber ich kann sie nicht einordnen, bis Daria nachhakt: »Die Tänzerin? Die hat ja gerade mal 'nen heißen Tag oder so hier gearbeitet.«

»Richtig. Seither kreuzt sie nur noch am Arm dieses großen Kerls mit der Halstätowierung auf. Der die Edelsteine im Ring hat.« Wieder senkt Honey die Stimme. »Einer der Sieben.«

Ich habe keine Ahnung, was sie mit »einer der Sieben« meint, und ich will es gar nicht wissen. Aber jetzt erinnere ich mich an Odette. »Sie ist vor ein paar Wochen mit ihm hier gewesen«, sage ich langsam. »Damals hatte sie ein schwarzes Band mit einem blauen Edelstein um den Hals.«

»Genau. Passend zu seinem Ring.« Honey gestikuliert, als wolle sie vermitteln: *Ta-da!* Als wir nach wie vor verständnislos dreinschauen, seufzt sie. »Sie ist eine Eingeweihte. Das wird man vor der Zeremonie, bei der Anspruch auf einen erhoben wird.«

Zeremonie? Ich habe so viele Fragen, doch ich habe das Gefühl, durch einen Wald gestapft und vor einem Stacheldraht mit einem *Betreten verboten*-Schild gelandet zu sein.

Daria wirkt skeptisch. »Woher weißt du so viel darüber?«

Honey spült und betrachtet ihre manikürten Fingernägel. »Ist einfach so.«

»Na schön«, ergreife ich das Wort. »Und weiter? Manche Fraternitas-Mitglieder erheben also Anspruch auf ihre Elite ...«

»*Elita.* Oder *Electus*, wenn es ein Mann ist«, korrigiert

Honey und streckt Daria die Zunge heraus, die den Kopf schüttelt.

»*Elita.*« Ich kann das mulmige Gefühl nicht abschütteln, dass ich diesen Begriff nicht kennen sollte. »Was hat das mit Jaeger zu tun?«

»Alles.« Honey geht vor mir in die Hocke und ergreift meine Hände. »Du bist deshalb hier – an einem Tisch, nicht zum Arbeiten – weil Jaeger vorhat, Anspruch auf dich zu erheben.«

»Das kann er nicht. Ich bin doch kein ... kein ...« Mein Gehirn blendet wie vorhin aus, als ich den Ring anprobiert habe. *Gefahr! Kehr um!* »So ist das nicht.«

»Er hat dich hergebracht, um dich Fraternitas zu präsentieren. Er will dich als seine *Elita.*«

»Was würde das bedeuten?«, fragt Daria.

»Keine Ahnung. Das Ritual ist geheim. Wie so ziemlich alles bei Fraternitas. Ich kann versuchen, Verbindung mit Odette aufzunehmen ...«

»Nein, nicht.« Ich schüttle den Kopf.

»Es ist wie bei diesen Totenschädelringen«, sagt Honey. »Die verdienen sie sich damit, dass sie einen Menschen umbringen. Oder sind es zehn?«

Mich ereilt ein lebhafter Flashback von Jaeger im Treppenhaus mit Blutspritzern im Gesicht.

»Oh ihr Götter.« Ich beuge mich über die Knie. »Ich will's nicht wissen.«

»Elodie«, sagt Daria, und ich halte mir die Ohren zu. Obwohl ich über das laute Rauschen darin ohnehin nichts hören könnte. Es klingt wie eine mächtige Sturzflut nach einem Dammbruch. Ich schließe die Augen.

Als ich sie wieder öffne, sehen Honey und Daria mich mitfühlend an.

»Bestimmt wird alles gut«, meint Honey. Sie drückt mein Knie und steht auf.

»Jetzt müssen wir zurück an die Arbeit.« Daria bedeutet Honey, zu gehen. Sie selbst zögert und schaut zu mir zurück.

»Los«, sage ich zu ihnen. »Ich brauche noch eine Minute.« Bevor ich mich Jaeger und einem Raum voller Männer mit Totenschädelringen stellen kann, muss ich mich beruhigen.

Wieder zögert Daria. Ich winke sie weg. »Ich komme schon klar.« Angespannt warte ich, bis sich die Tür geschlossen hat und ich allein bin.

Mein Fußgelenk schmerzt zwar, doch nicht mehr annähernd so schlimm wie gestern. Eine ausgiebige Nachtruhe hat wahre Wunder gewirkt. Vielleicht bin ich eher früher als später wieder mobil.

Und was dann? Kann ich flüchten? Wohin? Zu Tante Carol kann ich nicht. Abgesehen davon, dass ich die Kredithaie nicht zu ihr führen will, wäre ihre Gastfreundschaft überfordert. Besser wäre die entgegengesetzte Richtung.

Ein anderer Gedanke ereilt mich. Jaeger weiß, wo Margot ist. Er könnte ihr und den Kindern drohen, mich mit ihnen erpressen, damit ich zurückkehre.

Sobald es mir in den Sinn gekommen ist, verwerfe ich es wieder. Jaeger würde ihr oder den Kindern nichts antun. Ich kenne ihn zwar nicht gut, doch das weiß ich.

Für einen mordenden Verbrecher besitzt er ein eigenartiges Ehrgefühl.

Aber ich fürchte, Honey hat recht. Jaeger könnte mich behalten wollen. Und er wird sich durch nichts davon abbringen lassen.

Im Flur vor der Tür wird gemurmelt, und ich finde, dass ich lang genug hier drin gewesen bin.

Indem ich mich an der Zierleiste abstütze, gelingt es mir,

langsam zur Tür zu humpeln. Dort lehne ich mich an den Griff, verlagere das Gewicht und öffne die Tür.

Im Gang steht eine dunkle Gestalt. Ich erschrecke, bis ich im schwachen Licht einen goldenen Schimmer auf dem Kopf ausmache.

»Jaeger?« Ich kann nur eine tätowierte Hand und einen Totenschädelring erkennen.

Als die Gestalt ins Licht tritt, stelle ich fest, dass es sich nicht um Jaeger handelt.

Der Mann sieht ihm allerdings wie aus dem Gesicht geschnitten aus, besitzt dieselbe Löwenmähne und stahlblaue Augen. Sogar die Züge sind identisch, die Tätowierungen ähnlich. Trotzdem ist er es nicht. Es ist nicht der Mann, vor dem ich im Wald geflüchtet bin und an den ich mich vergangene Nacht gekuschelt habe.

Nein, dieser Mann blickt auf mich herab, als wäre ich ein Insekt, das er gleich zerquetschen wird. Jaeger hat mich noch nie so angesehen.

»Wer ...?« Die Frage bleibt mir im Hals stecken, als er auf mich zukommt. Eine bis zu den Knöcheln von einer Spinnennetz-Tätowierung bedeckte, große Hand ergreift mein Kinn. Der Mann dreht mein Gesicht hin und her.

Angst durchströmt mich bei seiner gefühllosen Berührung. Ich erstarre wie ein Häschen in einer Falle.

Bevor ich die Fassung zurückerlangen und schreien oder ihn wegstoßen kann, lässt er von mir ab und tritt zurück. Ein hämisches Grinsen breitet sich in seinem Gesicht aus.

»Rotkäppchen«, sagt er. »Du bist also die Frau, die meinen Bruder in die Falle gelockt hat.«

8

E lodie

ICH STARRE DEN BLONDEN KERL AN. Er sieht seinem Bruder so ähnlich, dass es beunruhigend ist. *Eineiige Zwillinge.* Wie Jaeger ist er unheimlich heiß. Aber während Jaeger in mir tröstliche und lustvolle Gefühle erweckt, lässt mich dieser Mann mit demselben Gesicht nur blankes Grauen empfinden. Ich erzittere, während ich vor den Toiletten an der Wand lehne.

»Was hast du zu sagen?« Er steht entschieden zu nah bei mir. Jaeger dringt zwar ständig in meinen persönlichen Freiraum an, doch daran habe ich mich gewöhnt. Ich sehne mich sogar danach. Diesen Kerl hingegen nimmt mein Körper als reine Bedrohung wahr. Wir sind in einem dunklen Flur. Nur andere Mitglieder von Fraternitas würden mich um Hilfe rufen hören.

»Hm?«, bohrt Jaegers Bruder nach.

»Das hab ich gar nicht«, entgegne ich mit piepsender Stimme. Ich soll Jaeger in eine Falle gelockt haben? Wohl eher umgekehrt. Aber wie kann ich das seinem Bruder erklären? Angst krampft mir den Magen dermaßen zusammen, dass ich glaube, mich übergeben zu müssen.

Als er die Hand hebt, zucke ich instinktiv zusammen, doch er reibt nur über die goldenen Stoppeln an seinem Kinn. Der Totenschädelring prangt unübersehbar an seinem Mittelfinger. Die Schatten der Augenhöhlen scheinen ewig in die Tiefe zu reichen.

»Kaiser.« Jaeger taucht am Ende des Flurs auf.

Wuchtig bricht Erleichterung über mich herein, als er auf mich zuschlendert. Er hebt mich in seine Arme, und ich klammere mich an ihm fest. Kaiser funkelt mich zwar an, doch bei seinem Bruder fühle ich mich geborgen. Mich beschleicht der Eindruck, dass er mir nur deshalb nicht das Genick gebrochen und mich tot liegen gelassen hat, weil Jaeger hier ist. Bei dem Gedanken schmiege ich mich noch fester an Jaeger.

»Das ist Elodie«, stellt er mich vor. »Elodie, das ist mein Bruder Kaiser.«

Sowohl Kaiser als auch ich schweigen.

»Sie sollte nicht hier sein«, sagt er schließlich zu Jaeger, während er mich weiter anstarrt, als hoffe er, sein Blick würde mich verbrennen. Ich versuche nicht mal, ihm standzuhalten. Das gelingt einem Häschen bei einem Wolf nicht.

»Sie gehört zu mir.«

Kaiser verlagert den vernichtenden Blick auf seinen Bruder. Ein intensives Wettstarren folgt. Diesmal sind die Gegner einander ebenbürtig. Ich kann nur hoffen, dass der Zwilling gewinnt, der mich gerade in den Armen hält.

»Sie gehört hierher«, sagt Jaeger schließlich, womit er

mich beunruhigt. Ich habe das Gefühl, dass er damit nicht nur unser geplantes Mittagessen hier meint.

»Wir werden sehen«, gibt Kaiser zurück und stapft davon. Sein Schatten erstreckt sich den Gang hinunter. An dessen Ende knallt er eine Tür zu.

Tja, wenn das mal nicht bedrohlich ist.

»Geht's dir gut?«

Ich umklammere ihn fester. Noch nie bin ich das Ziel so intensiven Hasses eines Menschen gewesen, den ich eben erst kennengelernt habe.

»Keine Sorge. Kaiser würde dir nie wehtun.«

Da bin ich mir nicht so sicher.

Als wir zum Tisch zurückkehren, ist er bereits voller Essen. Händeringend sitze ich da, während Jaeger ein teller-großes Steak verschlingt.

»Du isst ja gar nicht.« Stirnrunzelnd schiebt er ein Gericht mit Kartoffelpüree in meine Richtung.

Ich zucke mit den Schultern.

»Hier.« Er bückt sich, hebt einen schwarzen Aktenkoffer auf und legt ihn auf den Tisch. »Damit geht's dir gleich besser.«

Als ich ihn öffne, rechne ich halb mit Plastiktüten voller verlockender kleiner Pillen. Stattdessen enthält er stapel-weise Hundertdollarnoten.

»Was ist das?«, frage ich dumm. Mich beschleicht das verrückte Gefühl, ich sollte den Koffer für den Fall schließen und verstecken, dass die Bundespolizei unsere verbotene Transaktion beobachtet.

»Deine Bezahlung.«

Ich rechne im Kopf, komme jedoch auf kein vernünf-tiges Ergebnis. Das sind weit mehr als zehntausend Dollar.

»Hunderttausend«, steuert Jaeger hilfsbereit bei. »Du

kannst ruhig nachzählen. St. James wäre nicht gekränkt darüber.«

St. James. Richtig, dieser Hai hat ja bei all dem die Finger im Spiel. Je weniger oft der Mann an mich denkt, desto besser.

Nachdem ich den Aktenkoffer geschlossen habe, schiebe ich ihn weg. »Ich hab's nicht bis zum Sonnenaufgang geschafft.«

»Ach nein?« Er lächelt, als ich ihn anstarre.

Meint er damit, dass ich ihn überlebt habe? Denn das ist mir gelungen. Ich habe den Sonnenaufgang erlebt. Er hat mich nicht umgebracht und im Wald zurückgelassen.

Tief in mir weiß ich, dass ihm die Möglichkeit offen gestanden hätte. Aber irgendwie bin ich diesem Schicksal entgangen. So betrachtet verdiene ich das Geld.

Und plötzlich fürchte ich mich nicht mehr, sondern bin wütend.

Ich ergreife den Aktenkoffer und stelle ihn neben mich, ohne Jaeger dabei aus den Augen zu lassen. »Mit so viel Geld könnte ich dich verlassen.«

»Du könntest es versuchen«, räumt er ein. »Nur würdest du nicht weit kommen. Du bist verletzt, schon vergessen?«

»Das werde ich nicht immer sein.« Meine Worte sind unbesonnen, doch ich bin darüber hinaus, mich darum zu scheren. Ich fühle mich wie damals im Wald, als ich das Wegrennen satthatte und angehalten habe, um ihn herauszufordern.

»Du hast recht. Bald bist du wieder gesund.« Er beugt sich so nah zu mir, dass ich die dunklen Schlieren in seinen stürmischen Augen erkennen kann. »Nur wirst du feststellen, dass ich dich jagen werde, wenn du dich mehr als ein paar Schritte von mir entfernst. Und du weißt, wie gut ich darin bin.«

Mein Herz setzt einen Schlag aus. Adrenalin flutet durch meinen Körper und aktiviert jeden Schalter, um ihm einen Energieschub zu verleihen. Aber meine Pussy meint, es wäre an der Zeit, loszulegen. Jaegers Lippen sind dicht an meinen. Ich sauge mir seinen Winterduft in die Lunge. Erregung pulsiert durch mein Innerstes und lässt mich feucht werden.

»Du kannst nicht entkommen«, stichelt Jaeger mit einem vergnügten Ausdruck im makellosen Gesicht. Mit dem heiteren Lächeln und dem goldenen Haar wirkt er beinah wie ein Engel.

»Leck mich«, sage ich so laut, dass sich die Männer an der Bar umdrehen.

Jaegers blaue Augen leuchten auf. »Unbedingt. Das ist immer der Plan gewesen.«

∾

JAEGER

MEIN HÄSCHEN WEIGERT sich den gesamten Heimweg, mit mir zu reden. Ich dachte, sie würde sich freuen, eine so stattliche Summe überreicht zu bekommen, doch das Geld hat ihr nur noch mehr Sorgen beschert.

Daran ist sie gewöhnt. Das Leben hat es nicht gut mit ihr gemeint. Hoffentlich kann ich ein Schild für sie sein, ein sicherer Hafen im Sturm.

Ich trage sie in mein Penthouse, bin bereit, sie auszuziehen und zu nehmen. Nach einem schönen harten Fick fühlt sie sich immer besser.

Kaum gehen die Lichter an und erhellen das Apartment, schnappt sie nach Luft. Es sind ein paar Ergänzungen da, angefangen mit zwei blühenden Orchideen auf Sockeln zu beiden Seiten des Eingangs.

»Woher kommen die?« Ich warte, lasse sie eines der weichen violetten Blütenblätter der Orchidee berühren.

»Gefallen sie dir?« Sie hat gesagt, dass sie sich Veränderungen im Penthouse wünscht. Ich habe im Kaufhaus dafür bezahlt, dass man den besten Dekorateur zusammen mit den von ihr ausgesuchten Sachen hergeschickt hat. Er hatte freie Hand, eigene Akzente hinzuzufügen.

Nach dem ehrfürchtigen Ausdruck in Elodies Gesicht zu urteilen, hat es sich gelohnt.

»Sie sind wunderschön.« Ich warte, bis sie sich daran sattgesehen hat, bevor ich sie in den Wohnbereich trage. Der Raum hat sich verwandelt. In den Ecken sind weitere Pflanzen – Farn und ähnlicher Mist –, und Duftkerzen sorgen für sanfte Beleuchtung. Die drei von Elodie ausgewählten Zierkissen sind auf der Couch platziert, weitere auf den Sesseln, über deren Armlehnen zudem flauschige Decken drapiert sind.

Elodies Augen leuchten. Kaum habe ich sie auf den Boden gestellt, greift sie sich ein Kissen, drückt es sich an die Brust und lässt alles auf sich wirken. »Wann ist das denn passiert?«

»Während wir beim Mittagessen waren. Ich habe es aus dem Kaufhaus liefern lassen.«

Sie rümpft die Nase. »Wie?«

Ich drücke ihr einen Kuss auf die Stirn. Sie ist so bezaubernd. »Mit Geld.« Damit lässt sich alles bewerkstelligen. »Gefällt es dir?«

»Und ob.«

Da sich ihre Stimmung offenbar gebessert hat, lege ich ihr die Hand in den Nacken und halte sie fest, während ich ihre Lippen erobere. *Das ist alles für dich.* Ich muss ihr sagen, dass sie alles so verändern kann, wie sie es haben will. *Das ist jetzt dein Zuhause.*

Eine Textnachricht, auf die ein Klopfen an der Tür folgt, verrät mir, dass Atticus draußen steht. Ich lasse ihn rein und führe ihn zu Elodie. Da ich nach wie vor den Aktenkoffer mit Elodies Geld bei mir habe, überlasse ich die beiden sich selbst und steuere meinen nächstgelegenen Tresor an. Ich habe etliche über das Penthouse verteilt und noch mehr in der gesamten Stadt verstreut, gefüllt mit Waffen, Schmuck, alternativen Identitäten und Geld in verschiedenen Währungen.

»Ich wollte ja eigentlich heute Vormittag vorbeischauen, aber mir ist ein Notfall dazwischengekommen«, sagt Atticus zu Elodie.

»Passt schon.« Sie streckt den Arm aus und lässt ihn für eine Nadel abtupfen. Er hat sie überredet, sich von ihm eine Infusion aus Vitaminen und Schmerzmitteln verabreichen zu lassen, einen heilsamen Cocktail, den er selbst zusammengestellt hat.

Ich spüre ihren Blick und drehe mich um, zeige ihr den hinter der Wandverkleidung versteckten Safe. »Der Code ist dein Geburtstag.« Ich lege den Aktenkoffer hinein. Sie kann jederzeit darauf zugreifen.

Wenn sie ihn benutzt, um vor mir zu flüchten, wird sie nicht weit kommen. Aber das Wissen, dass er hier ist, wird ihr Seelenfrieden bescheren.

Wenn sie sich besser eingelebt hat, zeige ich ihr Möglichkeiten, wie sie das Geld anlegen kann. St. James betreibt mehrere Hedgefonds unter verschiedenen Briefkastenfirmen. Er ist der Grund, warum Fraternitas so reich ist. Durch ihn ist die Bruderschaft von einer Straßengang zu einer echten Macht in der Stadt aufgestiegen, die auch zahlreiche legitime Unternehmen besitzt. Er hat die Organisa-

tion so strukturiert, dass bei Fraternitas alle an den
Gewinnen beteiligt sind. Dadurch sind wir allesamt Multi-
millionäre.

Dasselbe kann St. James für sie tun. Wenn sie das Geld
in seine Betriebe investiert, wird es in wenigen Jahren auf
mehrere Millionen anwachsen.

Aber es bleibt genug Zeit, ihr das zu erklären. Mein
Häschen ist noch fahrig in seinem neuen Lebensraum und
braucht eine Weile, um sich einzugewöhnen.

Ich sinke neben Elodie auf die Couch und achte darauf,
sie nicht zu rempeln. Während Atticus mit ihr redet, spiele
ich mit ihren Locken.

»Ich empfehle dir, den Knöchel weiterhin nicht zu belasten«, sagt Atticus. »Er sieht zwar besser aus, aber du bist
noch nicht über den Berg.«

Elodie spannt die Schultern an. »Was ist mit Arbeit?«

»Ich habe mit Lucy geredet«, werfe ich ein. Lucy leitet
das *Inferno*. »Sie hält dir deinen Job frei, bis du gesund bist.«
Wenn ich erst Anspruch auf Elodie erhoben habe, braucht
sie keinen Job mehr. Aber sie scheint mit den anderen Kellnerinnen befreundet zu sein. Ich will nicht ihr gesamtes
Leben durcheinanderbringen oder ihre Beziehungen
kappen.

Ich will nur der einzige Mann in ihrem Leben sein. Und
sie glücklich machen.

Elodie runzelt die Stirn. »Dazu hattest du kein Recht«,
sagt sie.

»Lucy mag mich. Und ich hatte den Eindruck, dass du
deswegen gestresst warst. Also dachte ich mir, ich kläre das
für dich.«

Sie seufzt, erwidert jedoch nichts. Allmählich lernt sie,
wie es künftig sein wird. Wenn das Leben ihr Steine in den

Weg wirft, werde ich tun, was ich kann, um sie für sie beisei-
tezuräumen.

»Klingt, als hättest du einen Persilschein dafür, dich
auszuruhen und gesund zu werden«, meint Atticus. »Ver-
meide alles, was das Fußgelenk belasten würde.«

»Was ist mit Sex?«, frage ich ihn und beobachte mein
Häschen dabei aufmerksam.

Elodies Mund klappt auf. Röte breitet sich über ihre
sommersprossigen Wangen aus.

Atticus zeigt sich ungerührt. Er behandelt alles Mögli-
che, betreut von den Mitgliedern des Kampfklubs bis zu den
Tänzern alles – ganz zu schweigen von den Subs des Klubs
in der *Lodge* und St. James' anderem BDSM-Klub namens
Club Empire. »Sex ist in Ordnung.«

Mir gefällt das sattrote Schillern von Elodies Wangen,
deshalb füge ich hinzu: »Sollten wir irgendwas vermeiden?
Spanking zum Beispiel?«

»Das müsst ihr unter euch ausmachen.« Atticus bedenkt
mich mit einem vielsagenden Blick. »Aus medizinischer
Sicht kannst du ihr den Hintern versohlen, so viel du willst.«

Ha. Ha. Ich schenke ihm ein kaltes Lächeln. Grinsend wirft
er einige Kondome und mehrere Päckchen Gleitgel auf den
Couchtisch. »Viel Spaß«, sagt er. Ich begleite ihn zur Tür und
schließe hinter ihm ab, ehe ich an Elodies Seite zurückkehre.

Sie runzelt wieder die Stirn. »Wir müssen reden.«

Ich stürze mich auf sie. »Später.« Bevor sie sich zur Wehr
setzen kann, habe ich sie aus dem Sweater geschält. »Ich
sorge dafür, dass du dich gut fühlst.«

»Jaeger«, stößt sie knurrend hervor, und ich küsse ihren
Hals, spüre unter den Lippen ihren zuckenden Puls. Als ich
durch ihren neuen Satin-BH mit den Daumen über ihre
Nippel streiche, erschaudert sie. Während ich mich von

ihrem Hals zum Brustbein küsse, streichle ich ihren weichen Bauch.

»Das hat mir gefehlt.« Ich öffne den Reißverschluss an der Seite ihres Rocks und ziehe ihn weit genug runter, um ihren Duft freizusetzen. Ihr Parfüm umhüllt mich, und mir läuft das Wasser im Mund zusammen.

»Was hat dir gefehlt? Wir sind doch zusammen gewesen.« Er wirft mir einen verdrossenen Blick zu. »Den ganzen Tag.«

»Mein Häschen mag keine Veränderungen.« Ich küsse sie zwischen den Brüsten. Die Stoppeln an meinem Kinn schrammen über ihre empfindsame Haut, bis sie sich windet. »Mein Häschen muss sich sicher fühlen.«

»Keine Ahnung, wovon du redest.«

»Ach nein?« Ich richte mich auf und hole einen kleinen Samtbeutel aus der Tasche. Als ich den Ring, den sie wollte, auf meine Handfläche herausschüttle, schnappt sie nach Luft. Ich ergreife ihre Hand und schiebe ihn auf ihren linken Ringfinger.

Zwar habe ich mich nie um Traditionen oder Zeremonien geschert, dennoch hat es etwas Befriedigendes, sie auf diese Weise zu binden. Der rosa Stein schimmert dezent in seiner Fassung aus funkelnden Diamanten. *Mein.*

»Du hast ihn gekauft.« Wieder wirkt sie ehrfürchtig, während sie auf den Ring starrt.

Ich zucke mit den Schultern. »Du wolltest ihn.« Was meine Frau will, das bekommt sie.

Sie fingert an dem Ring, als zögere sie, ihn anzunehmen, wäre aber zu begeistert davon, um ihn abzunehmen. Schließlich drückt sie sich die Hand an die Brust und beißt sich auf die Unterlippe. »Ich kann ihn dir zurückzahlen.«

Abrupt lehne ich mich zurück. »Nein.« Meine Miene

verfinstert sich. Allein der Vorschlag kränkt mich. »Du bist meine Frau. Du bezahlst für gar nichts. Niemals.«

»Ich bin ... deine Frau?« Sie legt die Stirn in Falten. Abermals dreht sie den Ring und scheint dabei intensiv zu grübeln. »Ist das so was wie eine Bezahlung?«

»Was?«

Sie hält die Hand hoch, zeigt mir den Ring. »Ist das meine Bezahlung dafür, wieder mit dir zu schlafen?«

Wut breitet sich so rasant in meiner Brust aus, dass es mir kurz die Sprache verschlägt.

Sie reckt das Kinn vor. »Was bekomme ich, wenn ich über Nacht bleibe? Noch mal zehntausend Dollar?«

»Ich bezahle dich nicht«, presse ich hervor. »Das ist kein Honorar.«

»Dann ...«

»Du bist meine Frau.« Ich ergreife ihre Hand, überprüfe den Ring, vergewissere mich, dass er ihr passt. Ihre zarten Finger in meinen beruhigen mich. Ich drücke ihr einen Kuss auf die Hand, bevor ich sie loslasse. »Was immer du haben willst, du bekommst es.«

Sie blinzelt mehrmals. »Wie diese Zierkissen.« Demonstrativ hebt sie eines hoch.

»Ja.«

Ihre Augen verengen sich zu Schlitzen. »Wie die Hilfe für meine Schwester. Sicherheit für sie und die Kinder. Und ihre Medikamente.«

Ich nicke. »Genau.«

»Und dieser Ring. Du denkst, deshalb gehöre ich dir?«

»Du bist mein.« Ich lege ihr die Hand an den Hals. »Das ist keine Frage. Du hast dabei keine Wahl, Süße.« Ich beuge mich so nah zu ihr, dass ich hören kann, wie ihr der Atem stockt. Und dass ich ihren herrlichen Duft riechen kann, als sie für mich feucht wird. »Aber ich sorge dafür, dass es sich für dich lohnt. Dir wird es ab sofort an nichts mehr fehlen.«

ELODIE

ICH STARRE JAEGER in die Augen. Sie funkeln strahlender als jeder Edelstein.

Er hat den Ring gekauft. Er hat den Ring gekauft!

»Ich stehe nicht zum Verkauf«, platze ich verzweifelt heraus.

»Ich kaufe dich auch nicht.« Seine Hand an meiner Kehle fühlt sich tröstend an. »Ich habe Anspruch auf dich erhoben. Du gehörst mir bereits.«

Er will Anspruch auf dich erheben. Das hat Honey mir gesagt, doch ich habe nicht darauf hören wollen. *Er will dich als seine* Elita.

Meldung an Honey: Er glaubt, dass es schon passiert ist.

Meine Verwirrung scheint ihn aufzuregen. Als wäre es selbstverständlich, dass ich hier bin und ihm gehöre.

Heute war er mit mir einkaufen und hat alles besorgt, was ich für ein Leben mit ihm brauche. Ich habe nur einmal erwähnt, dass mir sein Zuhause nicht gefällt, und er hat es umgestalten lassen. Sofort.

Er verhält sich, als wären wir bereits ein Paar. Auf irgendeiner unterbewussten Ebene habe ich das wohl geahnt. Wahrscheinlich hat mich der Ring im Kaufhaus deshalb so aus der Bahn geworfen.

Aber dann hat er mir einen Aktenkoffer mit hunderttausend Dollar für geleistete Dienste gegeben. Mein Blick schnellt zu der Wandverkleidung, hinter der er das Geld in einem Safe verwahrt hat.

Er schaut ebenfalls in die Richtung und liest offenbar meine Gedanken. »Die Bezahlung war für eine Nacht, eine Transaktion zwischen zwei unabhängigen Parteien. Weitere Zahlungen wird es nicht geben. Weil wir keine unabhängigen Parteien mehr sind. Wir sind eins.«

Als ich leicht den Kopf schüttle, verstärkt seine Hand den Druck, bis ich mich nicht mehr rühren kann. Ich bin die arme, hilflose, in einer Falle gefangene Beute.

»Du bist nicht unabhängig, Rotkäppchen. Du gehörst mir.«

9

E lodie

ICH LIEGE im Bett und kühle mein Fußgelenk. Seit Atticus' Besuch vor einigen Tagen ist die Schwellung stark zurückgegangen, trotzdem nehme ich nach wie vor Schmerzmedikamente ein und bringe Kühlpackungen am Knöchel an. Ich halte mich an die Anweisungen und belaste ihn nicht, damit er möglichst schnell heilt.

Sonst habe ich nicht viel zu tun. Margot und die Kinder sind in Sicherheit, und ich muss ausnahmsweise nicht ums Überleben kämpfen. Ich bin so daran gewöhnt, von einer Krise zur nächsten zu taumeln, dass ich keine Ahnung habe, was ich mit mir anfangen soll. Und so grüble ich unweigerlich über Jaeger und mich.

Du bist meine Frau. Und einfach so gehöre ich ihm.

Wie würde es sich wohl anfühlen, sich einer Sache so sicher zu sein?

Wir haben einen brüchigen Waffenstillstand geschlossen. Jaeger scheint zu spüren, dass ich Zeit brauche, um alles zu verarbeiten. Er hat mich mit einer köstlichen Mahlzeit allein gelassen – für das Penthouse muss es irgendeinen Zustellservice geben, denn wonach auch immer mir gerade ist, innerhalb von Minuten taucht es auf einem abgedeckten Tablett auf. Während ich esse, fläze ich mich im gemütlichen Wohnzimmer und sehe mir Romantikkomödien an.

Der Ring funkelt an meiner Hand. Bei jedem Blick darauf drohe ich, zu hyperventilieren, trotzdem nehme ich ihn nicht ab.

Das kann nicht von Dauer sein. Männer hauen immer ab. Also kann ich genauso gut so viel wie möglich aus diesem verrückten Arrangement herausholen, ehe er genug von mir hat.

Wenn mich das zu einer Opportunistin macht, dann bin ich halt eine.

Jaeger bleibt fast den ganzen Tag weg, wofür ich zunächst dankbar bin, bevor es mir widerstrebt. Er hat keinen herkömmlichen Job mit geregelten Arbeitszeiten, sondern wartet zu Hause, bis er angerufen wird. Sein Kommen und Gehen folgt keinem bestimmten Muster. Ich frage mich, was er vorhat. Was genau macht er für Fraternitas? Alles deutet darauf hin, dass er ein Vollstrecker der Bruderschaft ist, was Blut und Gewalt bedeutet. Darum kreisen meine Gedanken, bevor ich mir sage, dass ich es eigentlich gar nicht wissen will.

Er nutzt jede Gelegenheit, um mich zu küssen, zu lecken oder zu vögeln. Mittlerweile sind wir schon so weit, dass ich feucht werde, sobald er den Raum betritt.

Dieser Nachmittag bildet keine Ausnahme. Ich erwache aus einem Nickerchen, weil ich höre, wie sich die Tür öffnet.

»Schatz, ich bin zu Hause.« Lautlos nähert sich Jaeger

und küsst mich, bevor mir klar wird, dass ich nicht gerade davon träume, wie ein plündernder Wikinger in das Hygge-Haus meiner Fantasien einbricht, um mich animalisch zu nehmen. Seine goldenen Stoppeln schrammen über meine Wange. Das kribbelnde Gefühl weckt mich vollends.

Ehe ich mich versehe, lege ich die Arme um ihn und schiebe die Hände am Rücken unter sein Shirt. Unter den Fingern fühle ich raue Erhebungen. Sein Brandmal. Als mir klar wird, was ich gerade berühre, ziehe ich die Hand abrupt davon zurück.

»Wo warst du?« Es rutscht mir heraus, bevor mir wieder einfällt, dass man einem Vollstrecker der Mafia solche Fragen besser nicht stellt.

»Unterwegs. Hast du gegessen?« Er begutachtet die Reste meines Mittagessens und runzelt die Stirn, als er ein ganzes Club-Sandwich vorfindet. Ich hatte stattdessen ein Stück Speck, die Tomatensuppe und Pommes.

»Du isst nicht genug«, wirft er mir vor und verschlingt mit einem Bissen das halbe Sandwich.

Ich wische mir Krümel vom Sweatshirt, um nicht ganz wie ein Sinnbild für Depressionen auszusehen. »Es geht mir gut.«

»Du brauchst Energie.« Er betrachtet mein Fußgelenk und drückt mein nacktes Knie. Ich habe mir angewöhnt, Röcke und Kleider zu tragen, um das An- und Ausziehen zu erleichtern. Bei seiner harmlosen Berührung rast Hitze über mein nacktes Bein hoch, und meine Mitte beginnt zu pulsieren. »Du brauchst Energie, um mich zu verkraften.«

Mein Blut gerät in Wallung, mein Körper ist bereit für ihn.

Ich verschränke die Arme vor der Brust. »Du bist nicht mein Boss.«

»Ach nein?« Er isst das Sandwich zu Ende auf, bevor er

mich mit einem animalischen Lächeln bedenkt. Unwillkürlich richten sich meine Nippel auf.

Um die Reaktion zu kaschieren, knurre ich ihn an.

»Mürrisches Häschen.« Er klettert auf mich, drückt mich
in die Polsterung der Couch und schmiegt sich an mein
Gesicht. Automatisch heben sich ihm meine Hüften entge-
gen. »Macht nichts. Ich weiß schon, wie ich dich besänftige.«
Er wird mich wieder nehmen und mich vor lauter
Orgasmen benommen und gefügig zurücklassen. Und mein
Körper ist bereit dafür.

Ich drücke gegen seine Schulter. »Halt.«

Er ergreift meine Hand und küsst sie. »Willst du nicht,
dass ich es dir besorge? Dass ich dich lecke, bis du meinen
Namen schreist?«

Scharf sauge ich die Luft ein. Und ob ich es will. Ich
hatte es schon. Einmal heute, dreimal gestern, und mein
Kitzler erinnert sich begeistert daran. Jaeger kämpft mit
schmutzigen Tricks.

Er stemmt sich hoch, doch seine Hüften drücken
weiterhin gegen meine pulsierende Mitte. Sein Gewicht ist
herrlich, und ich will mehr, aber er nimmt sich Zeit, legt mir
seine riesige Hand auf die Wange. »Du magst mich,
Häschen. Warum kämpfst du dagegen an?«

Aus dem Augenwinkel bemerke ich seinen Totenschädelring. Ich habe mich daran gewöhnt, ihn zu sehen, und
das sollte ich nicht. Er sollte mir nach wie vor Angst
einjagen.

Ich beiße mir auf die Unterlippe.

»Bist du gestresst?« Er sieht mich eindringlich an.

»Natürlich bin ich das. Ich bin zweiundzwanzig und den
Großteil meines Lebens total pleite gewesen. Wer in dem
Alter und der Situation wäre nicht gestresst?«

»Kann ich das in Ordnung bringen?«

Ich seufze. »Heute nicht.« Vor allem, da er es ist, der mir Kopfzerbrechen bereitet.

»Na schön, Häschen.« Er küsst mich auf die Nase und hebt sich von mir. Vom Verlust seiner Nähe wird mir schwindlig.

Er geht in die Küche, als wäre alles normal. Ich setze die Wiedergabe des Films fort, den ich angehalten habe, um ein Nickerchen zu machen. Eine Minute später kehrt Jaeger mit einer riesigen Dose zurück. Wie sich herausstellt, ist sie mit drei ausgefallenen Popcornsorten gefüllt.

Er bietet sie mir zuerst an. Ich greife mir eine Handvoll, doch mein Körper spannt sich unwillkürlich an, als er sich neben mir auf der Couch niederlässt. Ich bin mitten in einer durchgeknallten Romantikkomödie über eine Kleinstadt, die ganzjährig Weihnachten feiert. Wenn Jaeger wie einer meiner Ex-Freunde ist, schnappt er sich in ungefähr fünf Sekunden die Fernbedienung und schaltet auf einen Sport-kanal um.

Eine Minute vergeht. Mir stockt der Atem. Auf dem Bild-schirm hält die Gewinnerin des Schönheitswettbewerbs um die Schneekönigin eine Rede über die Rettung der Stadt.

Jaeger knabbert Popcorn, während er das Geschehen gebannt verfolgt. »Ist das der mit dem Lebkuchen-wettbewerb?«

Blinzelnd sehe ich ihn an. »Was?«

»Der Film. Ist das der mit dem Lebkuchenwettbewerb zur Rettung der Kleinstadt? Oder mit dem lange verschol-lenen Prinzen und der Witwe?«

Ich schaue von ihm zum Fernseher und wieder zurück. Er scheint es ernst zu meinen. »Es gibt einen mit einem verschollenen Prinzen und einer Witwe?«

»Den kennst du nicht?« Er zeigt auf den Bildschirm, wo ein kerniger Holzfäller drei als Elfen verkleideten Kindern zubrüllt, dass er Weihnachten hasst. »Der Schauspieler da mimt den Prinzen. Nur mit abrasiertem Bart und blond gefärbtem Haar.«

»Wirklich?« Der verwilderte Bart steht dem Holzfäller. Ich versuche, ihn mir glatt rasiert und blond vorzustellen. Das Ergebnis ist ziemlich fade. »Igitt.«

»Ja. So sieht er besser aus.« Jaeger nimmt sich eine weitere Handvoll Popcorn, lehnt sich zurück und streckt den freien Arm hinter mich. »Aber es kommen super Eislaufszenen in dem Streifen vor. Schauen wir doch als Nächstes den mit dem Prinzen.«

Was? Abrupt drehte ich den Kopf und glotze ihn an. »Dir gefallen solche Filme?«

Er zuckt mit den Schultern. »Wem nicht?«

»Die meisten Machos würden lieber tot umfallen, als sich dabei erwischen zu lassen, wie sie so was gucken.« Ich strecke die Hand aus, lege sie auf seinen Schritt. Meine Finger streichen über die harte Ausbuchtung in seiner Jeans.

Er zieht eine Braue hoch.

»Wollte mich nur vergewissern, ob du was zwischen den Beinen hast.«

Er packt mich am Handgelenk und drückt meine Finger fester auf ihn. »Oh, und ob. Soll ich's dir beweisen?«

Ich schüttle den Kopf und wende mich wieder dem Fernseher zu. »Schauen wir uns einfach den Film an.«

Zu meiner Überraschung tut er es. Wir sehen ihn zu Ende. Als Nächstes ruft er den mit dem blonden Prinzen auf. Die Handlung ist noch lächerlicher als bei dem Quark davor und ungemein befriedigend.

Mittendrin wird er mit dem Popcorn fertig und geht sich die Hände waschen. Als er zurückkommt, legt er eine Hand auf meinen Bauch und streichelt meine Haut. Stirnrunzelnd schaue ich zu ihm, und er lächelt mich an.

Während der letzten Szenen streichelt er mich weiter, und ja, die mit dem Eislaufen sind sagenhaft. Ich fange an, auf dem Sitz das Gewicht zu verlagern und mich unter seiner Berührung zu winden. Hartnäckig bleiben seine Finger oberhalb der Taille.

Schließlich folgt der Abspann.

»Und?«, frage ich fordernd.

»Und was?« Er beugt sich zu mir und küsst mich.

»Das weißt du.«

»M-hm.« Er drückt sich an mich und mich zurück, bis ich mit ihm über mir auf dem Rücken liege. Ich erwidere seinen Kuss, doch plötzlich bricht er ihn ab. »Du warst vorhin gestresst. Sag mir, warum.«

Ach, jetzt will er reden? Ich zucke mit den Hüften, will seine Aufmerksamkeit wieder darauf lenken, wobei wir eigentlich gerade sind.

Er reagiert nicht darauf, sondern beobachtet mich erwartungsvoll. Soll ich etwa mit ihm über mir ein Gespräch führen?

»Wir sollten nicht zusammen sein«, platze ich heraus. »Wir passen nicht zueinander.«

Suchend blickt er mir in die Augen, als vermute er in ihnen die wahre Antwort. »Da irrst du dich. Du hast bloß Angst.« Er verlagert leicht die Haltung, und ich schaudere unter seinem herrlichen Gewicht. »Du weißt, dass wir zueinander passen.«

Ich schiebe ihn weg. Für dieses Gespräch brauche ich Freiraum. Er richtet sich auf, als hätte ich ihn von mir gestoßen, doch ich weiß, dass es nicht so ist, denn ich bin körperlich nicht in der Lage, ihn zu irgendetwas zu zwingen.

Mühsam setze auch ich mich auf. Er hilft mir dabei, ehe

er sich auf den Couchtisch setzt. So ist er mir zwar nah, bedrängt mich jedoch nicht. Er beugt sich vor wie der Inbegriff eines Raubtiers vor einem Angriff. Er trägt zerrissene Jeans mit weißen Fransen über den Knien. Das durch die Fenster hereinströmende Licht erfasst seine Bartstoppeln und lässt sie wie Gold schimmern.

Er ist so heiß, dass es mir den Atem verschlägt.

»Ich habe keine Angst«, verkünde ich schroff, und er zieht eine Braue hoch. »Wirklich nicht. Es ist nur ... Wir kennen einander kaum.«

»Ich weiß genug. Die Hetzjagd. Das hat dir gefallen.« In seinen Augen funkelt Befriedigung. »Mein Schwanz hat dich damals heftig zum Kommen gebracht.«

Bei dem Wort schnellt mein Augenmerk unwillkürlich zu der Beule in seiner Jeans. Verdammt, er ist immer noch steif. Hitze breitet sich in meiner Brust aus.

Ich löse den Blick von seinem Schritt, richte ihn wieder auf sein Gesicht. Er beobachtet meine Reaktionen aufmerksam. »Lüg mich nicht an, Häschen. Es hat dir gefallen, meine Beute zu sein.«

Ohne nachzudenken, bewerfe ich ihn mit einem Kissen. Schlagartig wird der Ausdruck seiner blauen Augen scharf wie ein Laser. Ansatzlos hechtet er vorwärts auf die Couch.

Mit einem spitzen Aufschrei versuche ich, mich wegzurollen, doch er fixiert mich mühelos. Als er seine pralle Härte gegen mich drückt, hebe ich ihm die Hüften entgegen.

»Ich hab's ja gesagt. Das gefällt dir.« Er küsst meine Ohrenspitze, womit er mir ein elektrisierendes Kribbeln über den Rücken jagt. »Du köderst mich gern.« Der nächste Kuss landet neben meiner Nase, wo sich die meisten Sommersprossen befinden. Er ist regelrecht besessen von ihnen. Irgendwann werde ich sie mit Make-up überdecken, um herauszufinden, wie er darauf reagiert.

»Du magst mich.« Meinem Protest kommt er mit einem leidenschaftlichen Kuss zuvor. Lust durchzuckt mich. Statt ihn wegzudrücken, bohre ich die Finger in sein weiches T-Shirt und ziehe ihn an mich. Sein Duft umhüllt mich, dieser männliche Moschus, der mich um den Verstand bringt.

»Fick dich«, murmle ich an seinem Mund.

»Nein, lieber dich.«

Er zieht mein Kleid hoch und stellt fest, dass ich keine Unterwäsche trage. Mit einem zufriedenen Brummen neigt er mich so auf die Seite, dass er mir auf den Hintern klatschen kann.

»Autsch«, entfährt es mir spitz, obwohl es nicht wirklich wehgetan hat.

Als er über die getroffene Stelle reibt, unterdrücke ich ein Stöhnen.

»Fuck, Jaeger.«

»Ja, Häschen. Ja, ich werd dich ficken.« Seine Finger ertasten den Kragen meines Kleids und reißen es auf. Ich schnappe nach Luft, als meine Brüste herauswippen. Heute habe ich auf einen BH verzichtet.

»Ja«, haucht er und taucht mit dem Kopf ab. Seine Stoppeln reiben über meine empfindsame Haut, bis ich mich winde. »Du bist so weich.« Er legt eine Hand auf meinen Bauch. Es macht ihm nichts aus, dass er nicht durchtrainiert und straff ist. Tatsächlich scheint ihn zu begeistern, wie die weichen Falten über seine Hände quellen.

Jeder leidenschaftliche Kuss hinterlässt wunde Stellen auf meiner Haut. Als ich einen gequälten Laut von mir gebe, hebt er den Kopf. »Hab ich dir wehgetan?«

Mein Bauch ist gerötet von seinem kratzigen Bartschatten. Ich nehme sein Gesicht in die Hände. »Deine Stoppeln.«

Er setzt dazu an, aufzustehen. »Ich kann mich rasieren
...«

»Nein.« Ich ziehe ihn zurück. Meine Pussy nässt auf die
Polsterung der Couch. Ich kann nicht länger warten.

»Nein?« Seine blauen Augen blicken tief in meine. »Ich
will dir nicht wehtun.« Er schaut zu meinem Fußgelenk.
»Du bist verletzlich.«

»Alles gut.« Und das liegt daran, dass er sich um mich
kümmert. Jeder andere Kerl wäre längst Geschichte, doch
Jaeger verschwindet nicht. Umgekehrt lässt er mich nicht
gehen.

Und im Augenblick brauche ich das.

»Es gefällt mir«, flüstere ich. Als ich ihn diesmal zurück
auf mich ziehe, gibt er nach. Seine Kieferpartie schrammt
innen an meinen Schenkeln entlang. Er küsst meine
Dehnungsstreifen, zieht die Zunge über die silbrigen Erhebungen. Ich hebe die Hüften an, sehne mich nach einer
Entladung, als seine Lippen meine Muschi erreichen.
Hingebungsvoll leckt er mich. Gleichzeitig schiebt er
mehrere Finger in meine feuchte Öffnung, ertastet den G-
Punkt und reibt ihn, bis ich zu explodieren drohe.

Kurz vor meinem Höhepunkt hört er auf. Ich knurre ihn
an, doch er richtet sich auf und zieht das Shirt aus. Der
Anblick des Spiels seiner Muskeln lenkt mich ab. Seine
Tätowierungen bilden ein dunkles, wirbelndes Chaos,
Schlangen und Ozeane, ein Schiffswrack, ein Gott mit
weißen Augen. Ein wild wirkender Wolf neben einer Lotusblüte. Eine Göttin mit verbundenen Augen. Der Gesamteindruck ist atemberaubend. Jaeger gleicht einem lebenden,
atmenden Kunstwerk.

Er schiebt die Jeans runter. Seine pulsierende, tropfende
Erektion wippt heraus. Ich lecke mir die Lippen. Meine
Atmung beschleunigt sich.

»Bist du bereit für mich, Häschen?« Er massiert sich, den Blick auf meine triefende Spalte gerichtet.

Ich rutsche tiefer und spreize die Schenkel. Er macht mich schwach. Ich muss von ihm ausgefüllt und in die Couch gehämmert werden, bis sich meine Gedanken verflüchtigen und alle meine Sorgen verfliegen.

Als er in mich sinkt, seufzen wir beide auf. Ich schlinge das linke Bein um seinen Rücken und dränge ihn, sein Gewicht auf mich zu verlagern. Da er so viel größer ist als ich, ende ich an seine Brust geschmiegt. Vollständig von ihm gedeckt. Ich fühle mich warm und geborgen.

Wenn er in mir ist, so nah, wie mir ein Mensch nur sein kann, scheint alles zusammenzupassen.

Und als er sich in Bewegung setzt, vertreibt er jegliche Gedanken aus meinem tosenden Kopf. Ich stütze mich an ihm ab. Der Ozean wirbelt vor meinen Augen. Die Lotusblüte welkt und erblüht abwechselnd.

Seine Hand streicht über mein angewinkeltes Bein und hievt es höher. Durch den Winkel reibt sein Körper über meinen Kitzler, was mich auf den Gipfel katapultiert. Auf dem Höhepunkt beiße ich ihm zart in einen Nippel. Seine Brustmuskeln spannen sich unter meinen Lippen an. Mit einem Aufschrei kommt er in mir.

Allerdings er ist noch nicht ganz fertig.

Er legt mir eine Hand in den Nacken und hebt meinen Kopf an. Jaeger bückt sich, um mich zu küssen. Seine Lippen pressen so dominant auf meine, dass er sie quetscht.

Im Nu schwillt er wieder in mir an.

»Noch mal?«

»Noch mal.«

Als er fertig wird, ist die Sonne bereits untergegangen. Nur die flackernden, nach Glühwein duftenden Kerzen erhellen das Penthouse. Wir liegen ineinander verheddert auf der Couch, ich auf der Seite, von ihm umhüllt. Irgendwie hat er es geschafft, dass mein verletzter Knöchel auf einem Kissen hochgelagert ist.

Meine Gedanken kehren einer nach dem anderen zurück. Ich beobachte, wie sie vorbeiziehen und verblassen. Die Panik ist aus ihnen entwichen.

Du bist meine Frau. Wann hat er das beschlossen? In der Nacht, in der er mich gejagt hat? Am Morgen danach?

»Alles in Ordnung?« Jaeger streicht mit den Fingern durch mein Haar. Mir wird bewusst, dass ich ihn stirnrunzelnd angestarrt habe.

»Ich versuche, schlau aus dir zu werden.«

Er grinst. »Ich bin einfach gestrickt. Meinen Brüdern gegenüber bin ich loyal, meine Frau beschütze ich. Was gibt's sonst noch über mich zu verstehen?«

»Wann hast du es gewusst? Dass du mich willst, meine ich. Du weißt schon, für das hier.« Als er mich mustert, kämpfe ich gegen den Drang an, mich zu winden. Sein Samen sickert aus mir. Ich will vermeiden, direkt anzusprechen, dass er mich als »meine Frau« bezeichnet. »Wann hast du entschieden, dass du mich für länger als eine Nacht willst?«

»Wann ich entschieden habe, dass du meine Frau bist?«

»Äh ...« Jetzt winde ich mich doch. »Ja.«

Zufrieden lehnt er sich zurück. »Du bist vor mir weggerannt. Ich konnte deine Angst riechen und war begierig darauf. Aber dann bist du wütend geworden. Du bist stehen geblieben und hast dich mir gestellt.«

An jenen Moment erinnere ich mich gut. Damals dachte ich, alles wäre vorbei. *Komm und hol mich,* habe ich ihn herausgefordert.

»Weißt du, früher habe ich Kämpfe im Untergrund bestritten. Dabei habe ich mich vielen Männern gestellt.

Alle haben selbstbewusst angefangen. Aber nach ein paar Treffern ist der Mut vor lauter Schmerzen aus ihnen geflossen wie ihr Blut, bis sie um das Ende gebettelt haben.«

Ich kenne das Gerücht über den Kampfklub von Fraternitas, dass es dort manchmal bis zum Tod geht. Keine Ahnung, ob Jaeger darauf anspielt, jedenfalls wirkt er gerade weit entfernt.

Ich lege ihm die Hand auf die Wange, um ihn zurückzuholen.

»Bei dir war es anders«, sagt er. »Du hattest keine Chance. Aber als dich die Angst verlassen hatte, bist nur du übrig geblieben.«

»Also wolltest du mich ... weil ich dich angeschrien habe?«

»Ja«, bestätigt er. Als wäre es eine simple, völlig logische Gleichung.

»Du kennst mich doch gar nicht«, murmele ich, vorwiegend zu mir selbst.

Dennoch hört es Jaeger. Er besitzt die geschärften Sinne eines Raubtiers. »Aber ich will dich kennenlernen.«

Ich seufze.

»Lass mich dich kennenlernen«, flüstert er und ergreift mit zwei Fingern mein Kinn so, damit ich mich seinem Blick nicht entziehen kann.

Wer ist dieser Mann? Er ist mit Tätowierungen übersät. Auf dem Rücken hat er einen eingebrannten Totenschädel. Er tötet ohne Skrupel. Und doch sieht er sich romantische Komödien an, kuschelt gern und will mich kennenlernen.

»Na schön.« Ich habe beschlossen, einen Test zu wagen. »Bring mich heut Abend wohin.«

Er richtet sich in sitzende Position auf und zieht mich mit. »Wohin du willst.«

Das sagt er jetzt, aber wir werden sehen, wie lange es anhält.

Eine halbe Stunde später hält er vor unserem Ziel an. Ich habe ihm die Adresse ohne Erklärung genannt. Bis sein Lykan mit schnurrendem Motor rechts ranrollt, hat er nicht gewusst, wohin wir unterwegs sind.

»Eine Kirche?« Sein Blick wandert über das vorn an dem bescheidenen Backsteingebäude angebrachte Kreuz.

»Was denn?«, stichle ich. »Hast du Angst, Feuer zu fangen, wenn du reingehst?«

Grinsend schaltet er den Motor ab. Wieder parkt er im Halteverbot direkt vor dem Eingang. Er scheint der Meinung zu sein, dass für ihn keine Gesetze gelten.

Er kommt auf meine Seite, öffnet die Tür und hebt mich hinaus. »Mich hat ein Geistlicher großgezogen, Häschen. Der Ort hier macht mir keine Angst.«

»Warte, im Ernst?« Ich habe ihm vorgeworfen, mich nicht zu kennen, doch auch ich weiß kaum etwas über ihn. »Wo bist du aufgewachsen?«

»Auf den Straßen von New Rome«, antwortet er so leichthin, dass ich mich versteife. »Obwohl sich Pater Francis alle Mühe gegeben hat.«

Er folgt meiner Wegbeschreibung und trägt mich zur Seite des Gebäudes. Dort befindet sich die Treppe ins Untergeschoss, wo die Treffen von Narcotics Anonymous stattfinden.

Drei Raucher stehen neben dem Gehweg. Als sie Jaeger und mich erblicken, machen sie große Augen. Ich winke ihnen zu. Mittlerweile habe ich mich so daran gewöhnt, von Jaeger herumgetragen zu werden, dass ich die verdutzten Blicke kaum noch wahrnehme.

»Warte«, sage ich, als wir im muffigen Keller weitere Gruppen plaudernder Leute passieren, bis wir einen langen, niedrigen, mit Klappstühlen gefüllten Raum betreten. »Wer ist Pater Francis?«

»Ein Priester der St. Xavier in der Innenstadt. Er hat die Hieronymus-Schule für Verlorene gegründet.«

Von St. Xavier habe ich gehört. Das ist eine mittelalterlich anmutende Kirche am Rand des Stadtzentrums. Tatsächlich ist mir auch die Schule schon zu Ohren gekommen. Es handelt sich um ein Waisenhaus.

»Du und Kaiser seid dort gewesen?«

Jaeger sucht Plätze für uns im Randbereich des Raums aus. Die meisten Leute haben sich am Eingang versammelt und am Tisch ganz hinten, wo Schachteln mit einen Tag alten Donuts und ein Kaffeespender stehen.

Mich hat Jaeger so platziert, dass er zwischen mir und der Tür sitzt. Außerdem lässt er unablässig den Blick durch den Raum wandern. Eine Hand belässt er dabei auf meinem Oberschenkel, und ich bin froh, dass er mich nicht auf seinen Schoß gesetzt hat.

»Ja und nein. Die Messe haben wir nur an den kältesten Tagen besucht. Pater Francis hat eine Suppenküche eingeführt. Wir haben angefangen, Straßenkinder hinzubringen, die zu jung waren, um sich allein durchzuschlagen. Da hat der Pater die Schule gegründet und Geld dafür gesammelt, Schlafsäle zu bauen.«

Ich starre ihn an. Instinktiv habe ich gespürt, dass er eine harte Kindheit gehabt haben muss, doch ich hatte keine Ahnung, dass sie so schlimm war. »Wie alt warst du damals?«

Er zuckt mit den Schultern. »Neun oder zehn.«

Scharf sauge ich die Luft ein. *So jung.* »Bist du in der Schule geblieben?«

»Nur für ein, zwei Nächte. Kaiser und ich waren zu wild dafür. Aber in der Hieronymus haben wir den Teufel und St.

James kennengelernt. Die letztlich Fraternitas gegründet haben.«

Um die Bruderschaft und den Mann namens Teufel ranken sich haufenweise Gerüchte. Honey wäre entzückt, wenn ich ihr Antworten liefern könnte.

Mich jedoch interessiert Fraternitas nicht. Ich möchte lieber weitere Fragen über Jaeger und Kaiser stellen, zwei Kinder im Schulalter ohne Zuhause.

Aber das Treffen fängt gleich an. Immer mehr Menschen strömen herein.

»Hi, Elodie.« Einer der Teilnehmer schlurft mit einem Donut in der Hand näher. Ich erkenne sein blaues Haar und sein schmales Gesicht.

»Hi, Tommy.«

»Hey.« Er hebt die Hand, grüßt Jaeger. Der sieht ihn nur an.

»Tommy, das ist Jaeger«, sage ich schnell. »Ein ... Freund.«

Jaeger ergreift meine Hand mit beiden Pranken.

»Mehr als ein Freund«, ergänze ich.

Tommys Blick schnellt zu dem Ring an meinem Finger, danach zu Jaegers Totenschädelring. »Äh, verstehe. Bis dann.« Er weicht zurück, bevor er rasch einen Sitz neben der Tür ansteuert.

Ich seufze. »Bitte schüchtere die Leute hier nicht ein.« Tommy habe ich in meinen frühen Tagen bei Narcotics Anonymous kennengelernt. Wir haben unsere Nummern ausgetauscht, damit wir uns gegenseitig bei den zwölf Schritten unterstützen konnten.

»Mache ich nicht.« Jaeger neigt mir den Kopf so zu, dass nur ich ihn hören kann. »Nur bei Freunden, die mehr als Freunde sind.«

»So jemanden gibt's hier nicht.« Ich sehe nach, ob es

Tommy gut geht. Er plaudert gerade mit jemand anderem, während er seinen Donut isst. Finster richte ich den Blick wieder auf Jaeger. »Abgesehen von dir. Das weißt du.«

Mit zufriedener Miene lehnt er sich zurück, meine Hand jedoch lässt er nicht los.

Beim heutigen Treffen ist eine Rednerin vorgesehen. Nach der Begrüßung der Neuen und dem üblichen Gebet steht eine Frau mit Box Braids auf und erzählt ihre Geschichte.

Im Keller der Kirche ist es trotz der Wärme der dicht beisammensitzenden Körper kalt, zugig und feucht. Es riecht nach Schweiß und abgestandenem Rauch.

Ich lasse die Erzählung der Rednerin auf mich wirken und weine bei den traurigeren Stellen ein wenig, wie ich es bei einem Film tun würde. Doch ihre Geschichte hat ein Happy End, weil sie hier ist und sich den anderen mitteilt. Für viele andere der Anwesenden wird es nicht so gut ausgehen, aber so ist nun mal das Leben. Wir alle erleben tausend Geschichten. Ob das Leitmotiv grauenhaft oder heroisch ist, hängt davon ab, welche Auszüge daraus man präsentiert.

Jaegers Hände fühlen sich warm an meiner an. Er sticht aus den Anwesenden hervor, und nicht nur, weil er am größten ist. Ihm haftet eine Art Glanz an, als wäre er ein Heiliger auf einem klassischen Gemälde. Vielleicht liegt es an seinem attraktiven Gesicht oder seinem goldenen Haar. Oder an seiner Ausstrahlung ruhiger Autorität. Er sieht realer aus als alle anderen, als wäre er im Scheinwerferlicht, während der Rest des Raums im Hintergrund verblasst.

Irgendwann steht er auf und verlässt mich. Sofort fehlt mir seine Wärme, und ich bin froh, als er mit einer Schachtel Taschentücher für mich zurückkehrt. Er holt eines heraus und wischt mir die Tränen ab.

»Danke«, murmle ich ihm zu. Kurz nimmt er mein Gesicht in die Hände und sieht mich so eindringlich an, dass ich den Blick abwende. Aber ich frage mich, was ihm durch den Kopf geht. Verurteilt er uns Süchtige hier? Hierher habe ich noch nie einen Mann mitgebracht. Ich bin mit niemandem mehr ausgegangen, seit ich clean bin. Und ich hätte mir nie jemanden wie Jaeger an meiner Seite vorstellen können. Ist es für ihn in Ordnung, an diesem Ort zu sein?

Wird er mich jetzt anders sehen, da er weiß, dass ich ein Junkie bin?

Schließlich endet das Treffen. Die Stimmung ist lockerer, als wäre die Geschichte der Rednerin die von uns allen gewesen und als würde es uns das kollektive Geständnis ermöglichen, einige Schatten hinter uns zu lassen.

Jaeger spürt, dass ich nicht bleiben oder mit irgendjemandem reden will. Er hebt mich hoch und ignoriert die ringsum hochgezogenen Augenbrauen. Als wir an Tommy vorbeigehen, winke ich ihm zu, und er erwidert die Geste. Ich werde ihm später texten und mitteilen, dass es schön war, ihn zu sehen.

Draußen begrüßt uns leichter Regen. Der Lykan steht unverändert am Straßenrand. Obwohl in der Nähe ein Polizeiauto mit Beamten darin parkt, klemmt kein Strafzettel auf der Windschutzscheibe.

Kurz sitzen wir im Auto und beobachten, wie die Wassertropfen über das Glas rinnen.

»Du sollst wissen, dass ich seit drei Jahren clean bin«, sage ich. »Als ich die Schule abbrechen musste, hab ich 'ne schwere Zeit gehabt.«

Jaeger drückt meine Hand und erwidert nichts. Sein Schweigen erleichtert es mir, ihm den Rest zu erzählen.

»Mein Lover damals ... hat gern gefeiert. Ich habe ...

einiges durchgemacht. Am College. Und ich dachte, Partys würden dagegen helfen.« Ich habe nur wenige Erinnerungen an jene Nächte – blinkende Lichter, versiffte Böden in Discos, ein körniges Gefühl in den Augen und im Mund. Tageslicht hat sich wie Messer im Schädel angefühlt, und ständig hat mich eine tief in den Knochen sitzende Erschöpfung geplagt, für die ich zu jung zu sein schien. »Wir haben uns getrennt, als ich beschlossen habe, nichts mehr einzuwerfen. Margot war schwanger, und es ging ihr nicht gut. Ich wusste, dass sie meine Hilfe gebraucht hat. Die Pillen waren eine Flucht, die ich mir nicht leisten konnte.«

Jaeger dreht sich auf dem Sitz, sieht mich an. Er legt mir eine Hand auf die Wange, nach wie vor schweigend. Ich lehne mich in seine Handfläche.

»Das Leben ist hart«, sage ich. »Andere haben es noch schlimmer.«

Sein Daumen streicht über meine Lippen. »War es für dich schwer, im *Inferno* zu arbeiten?«

»Du meinst, wegen der Versuchung? Die ist immer dagewesen. Aber ich habe etwas gelernt ...« Ich kämpfe darum, meine Gedanken in Worte zu fassen. »Jeder ... jeder Moment ist real. Auch wenn er wehtut, ist es den Schmerz wert. High zu sein, war eine Illusion. Und sie hat nicht lange angehalten.«

Er nickt, und mein Herz schlägt schneller, als ich spüre, dass er mich versteht. »Außerdem gibt es andere Freuden«, sagt er schließlich.

»Richtig.«

»Diese zum Beispiel.« Er beugt sich zu mir und streicht mit den Lippen über meine. Ich recke den Hals, um mich ihm zu nähern, weil ich mehr will.

»Du bist so wunderschön«, murmelt er an meinem Mund. »So tapfer.«

Die Zuneigung in seiner Stimme gleicht einem tiefen Teich, in den ich versinken möchte. Ich will ihn festhalten, den Körper an ihn schmiegen, ihm so nah sein, dass seine Wärme in mich sickert und alles in mir heilt, das gebrochen ist. So viele Jahre habe ich versucht, mich zusammenzureißen. Und jetzt ist da dieser Mann, der bereit ist, die starken Arme um mich zu legen und für mich einen sicheren Ort zu schaffen, an dem ich mich ausruhen kann.

Am liebsten würde ich mich abschnallen und auf seinen Schoß klettern. Aber da Polizisten in Sichtweite sind, fordere ich Jaeger stattdessen auf: »Bring mich nach Hause.«

Er legt den Gang des Lykan ein.

Während der gesamten Fahrt starre ich ihn an, präge mir das Spiel von Licht und Schatten auf seinen Zügen ein.

Und es kommt mir nicht merkwürdig vor, dass ich sein Penthouse als Zuhause bezeichnet habe.

JAEGER

ICH LIEGE IM BETT, Elodie döst in meinen Armen. Sie ist nackt, hat die kurzen Beine mit meinen verschränkt. Ich kann nicht aufhören, mit den Händen über ihre weiche Haut zu streichen. Sie hat unheimlich niedliche Sommersprossen auf den Schultern, und ihre mit Grübchen übersäten Oberschenkel fühlen sich so seidig an.

Ihr Fußgelenk sieht besser aus. In den vergangenen Tagen konnte sie sich ausruhen und heilen. Ich verlasse sie so wenig wie möglich, aber wenn die Pflicht ruft, weiß ich, dass sie in Sicherheit ist und es warm hat. Wenn ich nach Hause komme, liegt sie eingerollt unter mehreren flauschigen Decken auf der Couch und schaut sich Renovierungssendungen an. Ein Häschen in einem bequemen Bau.

Genau, wie ich sie haben will. Wenn sie so ist, es gemütlich hat und befriedigt ist, vergisst sie, gegen mich anzukämpfen, vergisst sich selbst, gibt sich dem Augenblick hin. Dann ist sie zufrieden.

Aber ich fürchte, sobald sie gesund ist, wird sie entscheiden, es wäre das Beste für sie, zu gehen. Ich muss mir neue Wege einfallen lassen, um sie in die Falle zu locken, sie in meine Welt zu ziehen.

Dafür gibt es mehrere Möglichkeiten. Ich lege die Hand mit gespreizten Fingern auf ihren weichen Bauch. Im Augenblick ist sie herrlich drall. Wie wird sie aussehen, wenn sie mein Baby in sich trägt? Atticus könnte sie mühelos sedieren und ihr eine Fruchtbarkeitsspritze verabreichen. Aber das merke ich mir als Option für später. Vielleicht gibt es einen einfacheren Weg.

In den letzten Tagen hat sie sich mir geöffnet, mir von ihrer Vergangenheit erzählt. Sie hat geglaubt, mich damit zu verschrecken. Allerdings kennt sie mich nicht, wenn sie denkt, das wäre so leicht. Ich würde für sie töten. Sie zu einem Treffen zu begleiten und ihre Genesung zu unterstützen, ist das Mindeste, was ich tun kann.

Aber sie fürchtet sich immer noch vor meinem Lebensstil. Meinen Brüdern. Fraternitas. Ich muss ihr verdeutlichen, dass es darin einen Platz für sie gibt. In meinem Bett, als meine Frau. An meiner Seite, verwöhnt als mein niedliches Haustierchen. Zu meinen Füßen kniend, mit meinem Halsband angelegt.

Ich werde sie meinen Brüdern vorstellen und dafür kämpfen, dass man sie akzeptiert. Und dann bringe ich ihr bei, wohin sie gehört.

ELODIE

»ICH HABE ETWAS ZU ERLEDIGEN«, teilt Jaeger mir mit.

Ich sitze auf dem Sofa und scrolle auf dem Handy durch soziale Medien, während im Hintergrund Liebeskomödien laufen. Dabei spiele ich mit dem Gedanken, mich bei Freunden von der Schule zu melden. Allerdings fühlt sich das nach meinem alten Leben an. Nach einigen schwärmerischen Beiträgen über »Professor Roylins brillante Vorlesung« ist mir mulmig geworden, und ich habe die App gelöscht.

Als Jaeger darauf besteht, dass ich ihn begleiten soll, bin ich froh, aus dem Penthouse rauszukommen.

Er fährt durch die Stadt, bahnt sich einen Weg zwischen den Hochhäusern der Innenstadt hindurch, bis die imposanten Türme einer Kathedrale auftauchen. St. Xavier. Ich erkenne den glänzenden weißen Stein und die majestätische Eingangstreppe.

Ich rechne damit, dass Jaeger wie üblich im Halteverbot direkt davor parken wird. Stattdessen biegt er auf einen kleinen Parkplatz seitlich mit einer Rollstuhlrampe.

Als Jaeger mich in das Gotteshaus trägt, beginnen die Glocken im Turm zu läuten. Drinnen herrscht Stille, und es riecht sauber sowie würzig nach Weihrauch. Er rückt tief in die Kirche vor, überquert einen karierten Marmorboden, passiert eine Reihe weißer Säulen, betritt den höhlenartigen Altarraum.

Beim Anblick der hohen Decken und gotischen Fenster klappt mir der Mund auf. Da ich nicht katholisch erzogen worden bin, habe ich keine Ahnung, welche Szenen auf dem edelsteinfarbenen Buntglas dargestellt sind, aber kleine goldene Tafeln darunter verkünden: »Stationen des Kreuzwegs«. Zwischen den Fenstern befinden sich Nischen aus Stein, jede mit einer anderen Statue aus weißem Marmor. Der Ort ist weitaus opulenter, als mir klar gewesen ist. Vielleicht besuchen hier viele wohlhabende Menschen den Gottesdienst, und die Gemeinde benutzt ihre Spenden sowohl für das Dekor als auch für den Betrieb der Schule und des Waisenhauses.

Im Augenblick ist niemand hier. Bisher habe ich weit und breit keine Menschenseele gesehen. Die Stille wirkt schwer. Ich kneife die Lippen zusammen, will die heilige Ruhe nicht stören.

Jaeger schreitet mit selbstsicheren Schritten durch den Mittelgang und setzt mich auf einer polierten Kirchbank ab. »Warte hier.«

Was? Er geht am Altar vorbei und verschwindet durch eine kleine Nebentür hinter der Chortribüne.

Unbehaglich sitze ich da, getüncht in gelbliches und rötliches Licht, das durch eines der Buntglasfenster hereinscheint. In der Stille höre ich die Rufe von draußen spielenden Kindern. Es leuchtet ein, dass es in der Nähe des Waisenhauses einen Spielplatz gibt.

Was hat Jaeger noch mal gesagt? *Die Messe haben wir nur an den kältesten Tagen besucht.* Ich versuche, mir vorzustellen, wie sein Bruder und er sich hinten in diesem wunderschönen Raum herumgedrückt haben, die Haut spröde und gerötet von Frost. *Pater Francis hat die Schule gegründet. Wir haben Straßenkinder hingebracht, die zu jung waren, um sich allein durchzuschlagen ...*

»Kann ich dir helfen?«

Beim unerwarteten Klang der Stimme zucke ich auf der

Bank zusammen. Im Gang neben mir steht ein Mann. Ich habe ihn gehört, wie er sich genähert hat.

»Entschuldige. Ich wollte dich nicht erschrecken.« Er streckt beruhigend eine Hand zu meiner Schulter aus, berührt mich jedoch nicht. Der Mann ist ein Weißer mit dichtem, hellbraunem Haar und einem kurzen Bart. Er ist wohl Mitte bis Ende vierzig. Sein Gesicht sieht verwittert aus.

Zu den schwarzen Gewändern trägt er einen weißen Kragen und ein großes Holzkreuz an einer Kette um den Hals. Ein Priester.

»Äh ... alles gut. Ich bin mit einem Freund hier. Er hat gesagt, er müsste etwas erledigen.« Ich deute nach vorn, wo Jaeger verschwunden ist. »Falls ich nicht hier sein soll, kann ich auch gehen ...«

»Aber nein. Die Kirche steht jederzeit jedem offen, der beten möchte.« Entspannt lehnt er sich an eine der Kirchenbänke und mustert mich.

Ich hingegen versteife mich. »Oh ... dafür bin ich nicht hier. Ich bin nicht religiös.«

»Ich weiß, warum du hier bist, Elodie.«

Kälte durchzuckt mich. Woher kennt er meinen Namen?

Er schmunzelt. »Ich vermute, Jaeger hat dich hergebracht, damit wir uns kennenlernen.« Um seine blauen Augen erscheinen Lachfältchen, doch irgendetwas an seinem Blick finde ich beunruhigend. »Ich bin Pater Francis.«

10

E *lodie*

ICH STARRE zu dem Mann hoch, von dem Jaeger mir erzählt hat.

»Aber ...« Jaeger hat gesagt, Pater Francis hätte ihn großgezogen. Dieser Geistliche sieht dafür nicht alt genug aus. »Das wusste ich nicht«, beende ich den Satz.

Pater Francis wirkt ungerührt davon, wie intensiv ich ihn mustere.

»Ich kenne Jaeger schon lange«, sagt er, als könne er meine Gedanken lesen. »Seit er ein Junge war. Ich habe diese Stelle hier angetreten, als ich sechsundzwanzig war. Damals waren die Gemeinde arm, der Klerus alt und die Kirche renovierungsbedürftig. Niemand wollte hier tätig sein.« Er sieht sich im prachtvollen Altarraum um.

Ich folge seinem Blick über all den Prunk um uns herum und finde die Stimme wieder. »Hier ist es wunderschön.«

»Mittlerweile sind wir mit einigen sehr großzügigen Spendern gesegnet. Ich glaube, ein paar davon hast du bei der Arbeit im *Inferno* kennengelernt.« Pater Francis faltet die Hände vor sich und blickt mich erwartungsvoll an, als hätte er gerade etwas Aufschlussreiches von sich gegeben.

Unterhält dieser Ort etwa Verbindungen mit Fraternitas? Jaeger hat gesagt, er, St. James und der Leiter der Organisation, den ich nur als den Teufel kenne, wären von Pater Francis großgezogen worden.

Könnte die Bruderschaft der Hauptspender der Kirche sein? Es wäre nur logisch, dass sie dem Mann etwas zurückgeben wollten, der ihnen und so vielen anderen Kindern geholfen hatte.

Aber würde ein Priester wirklich Umgang mit einem Ganganführer namens Teufel pflegen?

»Vielleicht«, erwidere ich unverbindlich. Ich blicke auf seine Hände, suche nach einem Totenschädelring.

Mit einem schiefen Lächeln hebt er sie, zeigt mir die Vorder- und Rückseiten. Er trägt nichts an den Fingern. Sein einziger Schmuck ist das Kreuz um den Hals.

Statt Erleichterung fühle ich, wie ich nur noch angespannter werde. Erneut scheint er meine Gedanken zu lesen. Und wirkt belustigt von meiner Musterung.

Er ist Priester, um Himmels willen. Warum also habe ich das Gefühl, im Wasser von einem Hai umkreist zu werden?

»Ich weiß, dass du St. James kennengelernt hast«, sagt er.

Ah ja. Bei jemandem, der Umgang mit St. James hat, heißt es, auf der Hut zu bleiben. Obwohl ich es ironisch finde, dass ein so seelenloser Mann wie St. James Verbindungen zu einer Kirche hat.

»Warum wollte Jaeger Ihrer Meinung nach, dass wir uns kennenlernen?«, frage ich.

Er legt den Kopf schief. »Das weißt du nicht?« Er presst

die Lippen zusammen, und ich habe das Gefühl, von einer anfangs interessanten Person zu einer Enttäuschung für ihn zu verkommen. »Ich denke, mir steht es nicht zu, es dir zu erklären.«

Was um alles in der Welt soll das heißen? Als ich den Mund zu einer Erwiderung öffne, fügt er hinzu: »Belassen wir es dabei, dass Jaeger mir sehr wichtig ist. Und er weiß, dass ich jemanden kennenlernen möchte, der ihm wichtig ist.«

Mein unhöflicher Konter verwelkt mir auf der Zunge.

Pater Francis verengt die Augen über meine Sprachlosigkeit. Bevor er mehr sagen kann, höre ich meinen Namen.

»Elodie.« Jaeger erscheint hinter dem Altar. Er kommt zu mir und legt die Arme um mich, ehe er sich an Pater Francis wendet. »Wie ich sehe, habt ihr euch schon kennengelernt.«

»Ja«, erwidert der Geistliche. »Wir haben gerade von dir gesprochen.«

»Nur Gutes, hoffe ich.« Jaeger lächelt und sieht mich fragend an. Vermutlich wirke ich ein wenig verdattert.

Ich habe das Gefühl, ohne Vorwarnung Jaegers einzigem Elternersatz begegnet zu sein.

Und so ist es wohl auch.

Ein Schatten fällt über uns, als eine weitere Gestalt um den Altar herumkommt. Kaiser in Jeans und Lederjacke, von Kopf bis Fuß schwarz gekleidet. Finster starrt er uns an. Ohne ein Wort zu uns stapft er den Seitengang hinunter und verlässt das Gotteshaus.

Nachdem ich ihm hinterhergeschaut habe, richte ich die Aufmerksamkeit wieder auf Jaeger. Treffen sich die Brüder an diesem Ort? Oder war Kaiser nur zufällig in der Kirche?

Was geht hier vor?

Jaeger erwidert meinen Blick schweigend.

»Schön, dich hier zu sehen, Jaeger«, sagt Pater Francis. »Bleibt ihr beide zur Messe?«

Jaeger schüttelt den Kopf.

»Tja.« Der Priester zuckt mit den Schultern. »Fragen musste ich.«

»*Dum spiro spero*«, sagt Jaeger, und Pater Francis grinst.

»Wie ich sehe, ist vom Lateinunterricht etwas hängen geblieben.« Der Geistliche tritt beiseite, damit Jaeger an ihm vorbeikann. »Dann auf Wiedersehen. Und es war schön, dich kennenzulernen, Elodie. Ich habe das Gefühl, wir werden uns noch öfter begegnen.« Er steht im Gang und beobachtet, wie wir gehen.

»Was hast du gerade gesagt?«, frage ich Jaeger, als er mich hinausträgt.

»Das ist Latein. ›Solange ich atme, hoffe ich.‹«

Als er mit mir hinaus auf die Treppe tritt, sehe ich auf das Grundstück nebenan. Es beherbergt einen Spielplatz voller Kinder.

»Ist das die Schule?« Ich zeigte hin.

»Ja.«

Ich verrenke mir den Hals, als wir am Zaun vorbeigehen, kann jedoch nur ein unscheinbares, fünf oder sechs Geschosse hohes Ziegelsteingebäude mit zahlreichen Fenstern sehen.

Jaeger hat mir erzählt, dass er die Schule nicht besucht hat. Anscheinend hat sich Pater Francis dennoch bemüht, ihm eine Ausbildung zu verpassen. Das würde passen. Manche von Jaegers Verhaltens- und Ausdrucksweisen sind eigenartig förmlich. Und mir ist noch nie ein Mann fürs Grobe untergekommen, der Latein beherrscht.

Nachdem er mich ins Auto gesetzt hat, geht er zur Fahrerseite. Bisher hat er mir nicht verraten, warum er oder Kaiser hier waren.

»Hast du alles erledigt?«, liefere ich ihm ein Stichwort.

»Ja.« Er legt die Hand auf den Schaltknüppel, hält jedoch inne, dreht den Kopf und bedenkt mich mit einem langen Blick.

Gern würde ich ihn weiter über seinen Bruder, und Pater Francis und darüber befragen, was er in der Kirche zu erledigen hatte, aber ich verkneife es mir. Stattdessen lecke ich mir die Lippen und lehne mich auf dem Sitz zurück. Jaeger legt den Gang ein, und wir lassen St. Xavier und Pater Francis hinter uns.

»ELODIE«, ruft eine tiefe Stimme meinen Namen. »Elodie, wach auf.«

Mit einem Japsen schlage ich die Augen auf. Ich bin im dunklen Schlafzimmer. Jaeger ist neben mir. Er hat sich auf einen Ellbogen gestützt, die freie Hand auf meiner Schulter. Mit einem Sprachbefehl schaltet er das Licht auf geringster Stufe ein.

»Du hast schlecht geträumt.«

Ich spüre immer noch die Klauen des Albtraums. Darin rannte ich durch einen dunklen Tunnel wie damals mit Jaeger. Nur hat nicht er mich verfolgt, sondern jemand aus der Vergangenheit. Jemand, den ich zu vergessen versuche.

Kalter Schweiß benetzt meine Haut, während ich die Decke umklammere. Ich atme tief durch, um mich zu beruhigen.

Jaeger klemmt mir eine Strähne hinters Ohr. »Alles in Ordnung?«

»Es geht mir gut.«

»Willst du mir davon erzählen?«

Statt zu antworten, schmiege ich mich an ihn und

vergrabe das Gesicht an seiner Brust. Obwohl wir uns in den letzten Tagen nähergekommen sind, will ich diesen Teil meiner Vergangenheit nicht preisgeben. Es würde zu viele Fragen aufwerfen. Er würde von meinem traumatischsten Erlebnis überhaupt erfahren.

Jaeger ist nicht das schlimmste Ungeheuer, dem ich je begegnet bin. Er ist zwar größer, krasser und wesentlich gefährlicher, doch offensichtlich wähnt sich meine Psyche bei ihm in Sicherheit. Deshalb träume ich von der Vergangenheit – um sie auszutreiben. Tief in mir weiß ich es – wenn ich Jaeger die Geschichte über den Mann erzähle, der mich verletzt hat, würde er ihn auf die eine oder andere Weise dafür bezahlen lassen.

Jaeger schlingt die Arme um mich und küsst mich auf den Kopf. Ich bin entspannt und döse gerade ein, als er mir die Hand zwischen die Beine legt.

Prompt öffne ich die Augen wieder und werde wacher. Das Licht ist noch an, zugleich ausreichend gedämpft zum Schlafen und hell genug, um das Funkeln in Jaegers stürmischen Augen zu erkennen. Es muss gegen Mitternacht sein. Er hat mich bereits genommen, deshalb bin ich mir nicht sicher, was vor sich geht. Will er mich vielleicht den Albtraum vergessen lassen?

Einen Moment lang streichelt er mich nur, sieht mir tief in die Augen, während sein Daumen über meine Lustperle kreist. Meine Hüften setzen sich in Bewegung. Er hört auf, bis ich innehalte, dann streichelt er mich weiter.

»Morgen werde ich fast den ganzen Tag weg sein. Wirst du mich vermissen?«

Ich starre ihn an. Er will sich jetzt unterhalten?

Wieder unterbricht er die Berührungen. »Wirst du mich vermissen?«, wiederholt er.

Ja. Mein Körper kennt die richtige Antwort. »Nein«, lüge

ich. Jeder Tag bringt mich der vollständigen Heilung und somit meiner Flucht näher.

Nur habe ich in letzter Zeit kaum noch daran gedacht, wegzurennen. Ja, alles im Zusammenhang mit Fraternitas und unser heutiger Ausflug zu Pater Francis beunruhigen mich zutiefst. Allerdings liebe ich die gemächlichen Tage in diesem wunderschönen Penthouse. Auf der Flucht werde ich in versifften Motels absteigen müssen, wo man in bar bezahlen und unter dem Radar bleiben kann. Ich werde mir ein Versteck suchen müssen. Und einen neuen Job.

Das wird beschissen, aber so ist das Leben. Wir sind alle ständig auf der Flucht, bis der Tod uns irgendwann einholt.

Wenn ich weit genug fliehe, kann ich Jaeger vielleicht vergessen, der mich gerade stirnrunzelnd ansieht, als könne er meine Gedanken lesen. Ich setze eine ausdruckslose Miene auf.

»Was ist?«

»Hm.« Er streichelt mich wieder, fährt mit dem Daumen über meine Schamlippen auf und ab. Gern würde ich sein Handgelenk packen, es fixieren, um mich an seinen Fingern zu reiben, aber ich will den Bann nicht brechen. Mein Orgasmus rückt mit jeder verstreichenden Sekunde näher. Als ich dazu ansetze, die sanfte Welle zu reiten, hört er abermals auf.

»Was hältst du von meinem Bruder?«, fragt er, und meine Lust erlischt, als ich an Jaegers Gesicht mit den kalten Augen eines Fremden zurückdenke. Es hat mich erschrocken, ihn in St. Xavier zu sehen.

»Ich glaube, er kann mich nicht leiden. Überhaupt nicht.« Schaudernd rufe ich mir seine Drohungen vor der Damentoilette des *Inferno* ins Gedächtnis.

Jaeger tut meine Äußerung mit einer knappen Kopfbewegung ab. »Er kann niemanden leiden.«

»Nicht mal dich?« Ich hatte das Gefühl, dass Kaiser mich eingeschüchtert hat, weil er seinen Bruder beschützen wollte.

Jaeger ergreift meine Hand und legt sie auf den prallen Brustmuskel unter seinem Schlüsselbein. Meine Finger streifen die erhabenen Ränder einer vor langer Zeit verheilten Wunde. Mittlerweile habe ich erkannt, dass seine Tätowierungen ein Gewirr von Narben kaschieren. Diese ist groß und liegt nah im Herzbereich.

»Was ist das?«

»Von damals, als Kaiser versucht hat, mich umzubringen.«

Meine Finger erstarren an seiner Brust. »Wie bitte? Wieso?«

»Da waren wir noch jung. Keine Sorge. Wahrscheinlich wird er es nie wieder tun.«

Ich bin sprachlos. Mein Körper ist erkaltet. Jaeger schiebt sich unter mich. Mein Bein streift seine Erektion. Noch vor einer Minute hätte ich mich auf den Rücken gerollt, um ihn aufzunehmen. Nun jedoch kämpfe ich gegen den Drang an, mich einzurollen.

Erzählt er mir das, weil er will, dass ich ihm von meinem Albtraum berichte?

Die Narbe unter meinen Fingerspitzen ist so real. Ich sollte nicht in Jaegers gewalttätiger Vergangenheit herumstochern. Bisher habe ich den Kopf im Sand behalten. Und dennoch ...

»Wie alt wart ihr?«, frage ich.

Er lächelt. »Fünfzehn.«

Scharf sauge ich die Luft ein.

»Es ist in einem der Kampfringe passiert. Denen unter der Stadt.«

»Die Fraternitas betreibt?«

»Damals noch nicht, weil es Fraternitas zu der Zeit kaum richtig gegeben hat. Kaiser und ich waren unter der Obhut« – ein freudloses Lächeln – »eines Kerls namens Maestro. Er war so was wie unser Vormund, hat uns von der Straße geholt und gefangen gehalten. Und als wir alt genug waren, hat er uns zum Kämpfen gezwungen.«

Der Atem erstarrt mir in der Lunge. Grauenhafte Bilder fluten meinen Geist. Meine Adern fühlen sich zu eng an. Wie damals, wenn ich mich nach einem High gesehnt habe.

»In welchem Alter?«, flüstere ich.

»Er hat uns in Besitz genommen, nachdem wir in die Pubertät gekommen waren. Anderthalb Jahre haben wir in den Ringen gekämpft.«

Ich streiche mit den Händen über seine Schultern und seine Brust, ertaste die zerklüfteten Erhebungen seiner Narben unter der Tinte. Obwohl ich gewusst habe, dass sein Leben brutal gewesen sein muss, war mir nicht klar, dass die Gewalt schon so früh begonnen hat.

»Was ist mit Pater Francis?«

»Er hat nach uns gesucht. Genau wie St. James und die anderen Straßenkinder, die zu Fraternitas werden sollten. Maestro hat Kaiser und mich an einem Ort versteckt, an dem sie uns nicht finden konnten. Bis zu dem Tag, an dem wir ausgebrochen sind.«

Meine Finger kehren zu der Narbe über seinem Herzen zurück. »Was ist passiert?«

»Wir haben ihn umgebracht. Nachdem er uns gezwungen hatte, gegeneinander zu kämpfen, und Kaiser mir das hier verpasst hatte.« Er legt seine Pranke über meine Hand, drückt sie an seine gezeichnete Brust. Sie hebt und senkt sich mit seinen Atemzügen. »Um mir das Leben zu retten. Uns beiden. Maestro hatte bestimmt, dass einer von uns fallen müsste. Also hab ich das gemacht. Und während ich blutend dagelegen habe, hat sich Kaiser gegen Maestro gewandt und ihn erledigt.«

Ich schließe die Augen, doch die von Jaeger beschriebene Szene läuft in meinem Kopf ab. Wieder und wieder, eine Endlosschleife. Zwei identische blonde Jungen, die blutüberströmt in einem schattigen Kreis wild miteinander ringen.

Jaeger streichelt meinen Handrücken. Jäh reiße ich die Lider auf. Ich starre in die stürmischen Tiefen seiner Augen und habe das Gefühl, jeden Teil von ihm gesehen zu haben, innen wie außen. Noch nie bin ich jemandem so nahegekommen.

Noch nie habe ich jemanden so nah an mich herangelassen. Unser Atem vermischt sich, wird eins. »Warum erzählst du mir das?«

»Ich weiß, dass du mich willst, Elodie. Aber zugleich hast du Angst.«

Ich drehe mich von ihm weg und rolle mich ein. Er ahmt die Bewegung nach, schmiegt sich um mich. Sein Ständer stößt gegen meinen Hintern, doch er behält die Hand mit meiner verschränkt an meinem Herzen.

Seine Lippen senken sich zu meinem Ohr. »Hast du gewusst, dass die Nacht, in der wir uns kennengelernt haben, mein Geburtstag war? Du warst St. James' Geschenk für mich.« In seinem Tonfall schwingt Verwunderung mit. »Ich habe vorher noch nie ein Geburtstagsgeschenk bekommen. Maestro hat uns in Käfigen gehalten.«

Ich presse die Lider zu.

Er fährt so leise fort, dass ich nicht sicher sein kann, ob ich mir seine Worte nur einbilde. »Ich weiß, dass du all das nicht über mich wissen willst. Und dass du ausreißen willst.« Sein Atem haucht über die Locken in meinem Nacken. »Aber du bist mutig – mutiger, als dir bewusst ist.«

Er ist mir so nah. Seine Lippen streifen von hinten mein Ohr. »Das habe ich niemandem erzählt, Elodie. Nicht mal Pater Francis oder meinen Fraternitas-Brüdern. Kaiser und ich sprechen nie darüber. Aber wenn jemand auf der Welt alles über mich wissen soll, dann möchte ich, dass du es bist.«

11

E *lodie*

AM NÄCHSTEN MORGEN weckt Jaeger mich mit seinem Gesicht zwischen meinen Schenkeln. Als ich erwache, schießt meine Erregung abrupt von null auf hundert. Mein Körper ist von seinen nächtlichen Berührungen vorbereitet. Die Schwere seiner Schilderungen und meiner intensiven Träume der vergangenen Nacht verfliegen.

Ich krümme mich, kämpfe gegen seinen Griff an meinen Oberschenkeln an, während er mich leckt, als wäre er ausgehungert und ich das Beste, was er je gekostet hat. Mein Höhepunkt rückt in Reichweite. Meine Pussy zieht sich um den Finger in mir herum zusammen. Ich brauche nur noch ein bisschen mehr …

Abrupt hält er inne und setzt sich auf. Meine inneren Muskeln verkrampfen sich um Leere und betteln um Stimulation.

»Was ...« Ich starre ihn an. »Was hast du vor?«

»Dafür sorgen, dass du mich vermissen wirst.« Jaeger streichelt meinen Bauch. Ich warte darauf, dass seine Hand zwischen meine Beine gleitet, doch sie rührt sich nicht von der Stelle. »Musst du auf die Toilette?«

Ich muss kommen! Aber ich nicke. Er trägt mich ins Badezimmer und lässt mich mein Geschäft verrichten.

Als wir zum Bett zurückkehren, beugt er sich zu mir und küsst mich. Ich schiebe eine Hand unter sein seidiges Haar, lege sie auf seinen Nacken, um ihn nah bei mir zu halten.

Er senkt sich auf mich, drückt mich zurück auf die Matratze. Seine Hände streichen über meinen Leib, seine Lippen lösen sich nicht von meinen.

So gefällt mir das schon besser. Sein großer Körper bedeckt den meinen. In meiner Mitte breitet sich Lust aus. Ich bin bereit, die Beine zu spreizen und mich von ihm beherrschen zu lassen.

Als er den Kuss abbricht, erschaudere ich unter ihm.

»Na, na.« Er wackelt mit einem Finger.

»Jaeger ...« Mein Mund klappt auf, als er das Bett verlässt, nackt zum Schrank geht und mich unerfüllt zurücklässt.

Was hat er vor? Ich denke an unsere Unterhaltung der vergangenen Nacht zurück. An all die intensiven Dinge, die er mir erzählt hat. Seine Teenagerjahre, das Trauma, die Narben. Er hat gesagt, er will mich kennenlernen. Vergangene Nacht hat er bewiesen, wie sehr er will, dass auch ich ihn kenne.

Mittlerweile habe ich genug erfahren, um ihn mir als kleinen Jungen vorzustellen, der ohne jemanden aufgewachsen ist, der sich anständig um ihn gekümmert hat. Woher weiß er, wie man jemanden so gut versorgt wie er mich?

Er verdient es, dass jemandem etwas an ihm liegt. Und der Gedanke, dass ich dieser Jemand bin, entfacht in mir ein warmes, hoffnungsvolles Gefühl.

Zugleich jedoch ist es überwältigend. Er ist erst seit so kurzer Zeit in meinem Leben. So viel ist so schnell passiert, und es macht mir Angst, wie sehr ich mich auf ihn stütze.

Ich weiß nicht, wie ich damit umgehen soll.

Nur durch das Verlangen in meiner Mitte kann ich nicht klar denken.

Glaubt er etwa, er kann mich aufgeilen und so verlassen? Aber ich kann mich auch um mich selbst kümmern.

Ich sinke auf die Kissen zurück und schiebe die Hand zwischen meine Beine. Im Vergleich zu Jaegers rauen Fingern sind meine klein und zierlich. Mit der freien Hand kneife ich mich in die Nippel. Das leichte Aufflammen von Schmerzen treibt mich näher zur Ziellinie.

»Na, na.« Jaeger beugt sich über mich und packt mich an den Handgelenken. Er spreizt mich – ja! Aber statt sich in meiner feuchten Mitte zu vergraben und mich mit harten Stößen zu bestrafen, fixiert er meine Arme über meinem Kopf und hantiert mit etwas am Bett herum.

Dann entfernt er sich von mir. Als ich die Arme bewegen will, bleiben sie über mir erhoben. »Was zum ...« Ich verrenke mir den Hals. Er hat mir Lederfesseln angelegt und sie ans Kopfteil gekettet. Als ich die rechte Hand zur linken strecke, um zu versuchen, mich zu befreien, erweist sich die Kette als zu kurz dafür.

»Jaeger?« Ich zerre daran, und sie rattern am Holz des Kopfteils. »Was soll das?«

Er legt mir eine Hand auf den Oberschenkel. »Kein Anfassen.« Wieder beugt er sich zu mir, um mich zu küssen. Knurrend drehe ich den Kopf weg, und seine Stoppeln schrammen stattdessen über meine Wange.

Er steht auf, streift ein T-Shirt über und vervollständigt seine übliche Aufmachung mit einer Jeans. In der Zwischenzeit bin ich nackt und ziehe mich an den Fesseln hoch. Ich will versuchen, die Lederlasche der Schnalle mit den Zähnen zu öffnen.

»Nein.« Er kommt zum Bett, packt mein linkes Fußgelenk und zieht mich zurück. Als ich ihn treten will, hält er mich mühelos fest, während er mit der freien Hand am Fußende weitere Fesseln hervorholt. Am Ende ist auch mein linkes Bein angekettet, und den Rest meines Körpers fixiert ein Riemen um meine Mitte.

»So.« Er schiebt ein Kissen unter mein rechtes Fußgelenk, lagert es hoch. Sosehr ich mich winde, ich kann mich kaum bewegen.

Ich keuche, als er um das Bett herumgeht, jede Fessel überprüft und sich vergewissert, dass meine Finger ausreichend durchblutet werden. Mein Orgasmus ist in weite Ferne gerückt, doch etwas an seiner Nähe, seinem Geruch und dem Umstand, dass ich gefesselt bin, bringt meinen Verstand durcheinander. Mein Innerstes pulsiert vor Verlangen.

»Warum machst du das?«, frage ich, um mich davon abzuhalten, ihn anzubetteln, mich zu berühren.

»Ich sorge nur dafür, dass du dich nicht selbst anfassen kannst.« Er zieht die Finger zwischen meinen Beinen hindurch, streift meine Schamlippen, bringt meine Oberschenkel zum Erzittern. Während er mir in die Augen sieht, leckt er meinen Geschmack davon ab. Ich erröte, doch als er sich abwendet, werde ich panisch.

»Jaeger.« Verzweifelt zerre ich an den Fesseln. »Ich brauche dich.«

»Ich weiß.« An der Tür hält er inne. »Ich komme ja wieder.«

»Wohin gehst du?« Sosehr ich gegen die Manschetten ankämpfe, sie geben nicht nach. »Verlass mich nicht.«

»Keine Sorge, Häschen.« Er zeigt mir sein Handy. Auf dem Display sehe ich mich in meiner aktuellen Lage auf dem Bett. Er deutet an die Decke in einen Winkel des Raums. »Da oben ist eine Kamera. Ich überwache dich die ganze Zeit.«

Un-fass-bar! »Jaeger, wenn du jetzt gehst, dann ...«

»Bis bald, Häschen.« Damit schließt er die Tür.

Ich sacke zurück auf die Matratze. Dieser Mistkerl!

Ich hoffe auf seine Rückkehr, doch die Minuten ziehen sich hin. Im Zimmer ist keine Uhr. Den Verlauf der Zeit kann ich allein am Licht abschätzen, das durch den Spalt unter der Tür hereinscheint und mir zeigt, wie die Sonne höher in den Himmel klettert.

Eine Weile versuche ich, mich in eine Position zu winden, in der ich die Manschetten erreichen kann, jedoch vergeblich. Am Ende bin ich verschwitzt, und sowohl meine Arme als auch meine Oberschenkel schmerzen vom Kampf gegen die Fesseln.

Gefühlt ein Jahr später öffnet sich knarrend die Tür, und Jaeger taucht mit einem schwarzen Stoffbeutel in der Hand auf.

»Noch da, Häschen?« Er schmunzelt. »Natürlich.« Er setzt sich hin und hält mir eine Wasserflasche an die Lippen.

Obwohl ich ihn finster anfunkle, trinke ich. Nachdem die Flasche leer ist, gibt er mir mit einem Strohhalm einen Smoothie. Er bindet mich los, damit ich auf die Toilette kann. Danach jedoch trägt er mich zurück zum Bett und legt mir die Fesseln erneut an.

»Willst du mich wieder so zurücklassen?«

»Ja. Noch hungrig?«

Ich schüttle den Kopf.

»Du bist so brav.« Er fasst in den schwarzen Beutel. Zum Vorschein kommt ein rosa Dildo mit schwarzen Lederriemen. »Mal sehen, ob wir es interessanter gestalten können.«

»Jaeger, bitte ...« Sosehr ich mich wehre, ich kann ihn nicht daran hindern, mich festzuhalten und den Dildo in mich zu schieben. Ich bin so feucht, dass er mühelos in mich gleitet, und ich stöhne, als er mich ausfüllt. Ein angenehmes Gefühl, aber nicht genug, um mich zum Kommen zu bringen. Jaeger befestigt die daran angebrachten Riemen um meine Oberschenkel, damit der Dildo in mir bleibt.

»Das ist nicht fair«, klage ich wimmernd.

»Ich weiß. Deshalb macht es solchen Spaß.« Er drückt mir einen Kuss auf die Nase. Ich blecke ihm die Zähne entgegen.

Der Dildo erweist sich als Vibrator, der zum Leben wacht. Mein Knurren schlägt in einen spitzen Aufschrei um. Ich wölbe mich vom Bett, so weit es die Fesseln zulassen. Das Spielzeug berührt all die richtigen Stellen in mir und geilt mich auf, bis ich schwer atme. Jeder Muskel in mir spannt sich an – doch als ich mich dem Orgasmus nähere, verstummt der Vibrator.

Zu überwältigt für Worte erschlaffe ich im Bett.

»Ich komme wieder, Häschen«, sagt Jaeger und geht. Vergeblich versuche ich, mich zu befreien, bevor der Vibrator erneut in mir erwacht.

Ich weiß nicht, wie lange er mich so zurücklässt, nehme nur noch die intensiven Momente wahr, wenn sich das Sexspielzeug einschaltet und mich foltert. Obwohl ich die Oberschenkel zusammenpresse, um den Druck zu erhöhen, genügt es nicht, um den Höhepunkt auszulösen. Schweiß läuft mir über die Schläfen. Meine inneren Muskeln brüllen, als ich sie anspanne. Allzu bald schaltet sich der

Vibrator ab. Ich unterdrücke einen Aufschrei und zähle die Sekunden herunter, bis er wieder loslegt.

Als Jaeger viele Vibratorzyklen später zurückkommt, bin ich ein zu hundert Prozent mürrisches Häschen. Es hilft auch nicht, dass er genauso heiß wie beim Weggehen aussieht.

»Du«, stoße ich knurrend hervor.

»Ich.« Er lässt sich auf dem Bett nieder, macht allerdings keine Anstalten, mich zu befreien.

»Du hast mich allein gelassen. Den ganzen Tag.« Zur Betonung der Worte rassle ich mit den Ketten.

»Willst du etwas, Häschen?« Er streicht mir mit den Fingern über die Brust, und ich kämpfe gegen den Drang an, mich in seine Berührung zu wölben.

»Du weißt genau, was ich will.«

»M-hm.« Er knetet meine Brust, und ich seufze. Sein Mund senkt sich herab. Seine Zunge schnippt über meinen Nippel.

Unwillkürlich kralle ich die Finger in den Kissenbezug. Ich will, dass er mich nimmt. Ich will, dass er mich losbindet, damit ich ihn erst ohrfeigen und sein Gesicht dann zwischen meine Schenkel drücken kann.

Es ist erschreckend, wie sehr ich ihn brauche.

Mit einem verruchten Funkeln in den stürmischen Augen hebt er den Kopf. »Noch ein bisschen länger, denke ich.«

»Nein!«

Aber er hört nicht auf mich. Stattdessen bringt er an dem Vibrator eine Ergänzung an, die sich zwischen meine Pobacken schiebt und meinen empfindsamen Hintereingang stimuliert. Obwohl ich mich winde, gelingt es mir nicht, ihn zu lösen. Er fügt meiner Erregung eine weitere erlesene Dimension hinzu. Erlesen und verstörend. Mir ist nie in den Sinn gekommen, dass sich ein Vibrator an der Stelle gut anfühlen könnte.

Diesmal verlässt er mich länger. Die Zeit verliert ihre Bedeutung. Das Licht unter der Tür verdüstert sich zur dunklen Schattierung von Gelblich, bevor es verschwindet, von Schatten verjagt.

Als sich die Tür das nächste Mal öffnet, bin ich erleichtert, Jaeger zu sehen, doch zu erschöpft, um mich zu rühren. Meine Haut glänzt vor Schweiß.

Er entfernt das Spielzeug, und ich schäme mich nicht mal für den feuchten Schmatzlaut, als er es aus mir zieht. Als er mir die Fesseln um die Taille und am Bein abnimmt, wimmere ich.

»Jaeger, du musst mir helfen.«

»Werde ich, Häschen. Sch-sch.« Er zieht mich in seine Arme und küsst mich. Dann löst er die Kette, damit er mich vom Bett heben kann, lässt die Manschetten jedoch um meine Handgelenke angelegt. Er klemmt sie so zusammen, dass meine Hände gefesselt bleiben.

»Kein Anfassen«, warnt er mich. Ich bin derart ausgelaugt, dass ich nur nicke. Mir ist alles recht, um von dieser schwelenden Folter erlöst zu werden.

Er bringt mich ins Badezimmer und platziert mich in der Dusche. Ich sitze da und lasse mich von ihm waschen. Um meine geschwollene Scham herum geht er besonders vorsichtig mit dem Wasserstrahl um. Als ich die Beine spreize, schüttelt er den Kopf.

Er wird mich nicht kommen lassen. Und dass er es mir verweigert, finde ich extra geil. Mich verstört, wie sehr es mich erregt.

Ich habe das Gefühl, auf etwas vorbereitet zu werden, will jedoch nicht fragen, worauf. Und ich fürchte, ich ahne es bereits.

Nach dem Abendessen, mit dem er mich füttert, fühle ich mich wieder mehr wie ich selbst. Er befestigt meine Manschetten seitlich am Stuhl und verlässt mich kurz, bevor er zurückkommt und mich zum Bett trägt, wo er die Laken gewechselt hat.

»Ich nehme dir die Manschetten ab. Aber wenn ich dich dabei erwische, wie du dich anfasst, bleibst du die ganze Nacht und morgen den ganzen Tag gefesselt.«

»Na schön.« Ich strecke ihm die Handgelenke hin. Er entfernt die Manschetten und massiert die Rötungen darunter, küsst sie sogar. Der zarten Berührungen seiner Lippen entfesseln ein Flattern in meinem Bauch.

Dabei fällt mir ein ... »Was, wenn ich versehentlich komme?«

»Dann wirst du bestraft.« Der Blick, den er mir zuwirft, löst zugleich Furcht und Erregung in mir auf. »Und das würde dir nicht gefallen«, fügt er hinzu.

Ich wünschte, ich wäre mutig genug, es trotzdem zu tun. Über welche Art Bestrafung reden wir?

Wie schon des Öfteren scheint er meine Gedanken zu lesen. »Es gibt Keuschheitsgürtel aus Metall, die man den ganzen Tag tragen kann. Sie bedecken alles von hier bis hier.« Er deutet mit der Hand den Bereich von meinen Lenden bis über den Hintern an. »Du hältst einen Tag für schlimm? Warte, bis du eine Woche hinter dir hast.«

Einen Moment lang steht mir der Verstand still. »Das würdest du nicht tun.«

»Und ob.« Seine Miene wirkt so kalt und beängstigend ernst, dass ich vor ihm zurückschrecke.

»Aber« – mein Blick fällt auf den von einer Erektion ausgebeulten Schritt seiner Jeans – »dann kommst du auch nicht.«

»Das ist es mir wert.« Er küsst mich auf die Stirn. Wieder

löst allein die Berührung seiner Lippen ein Flattern in meinem Unterleib aus. Mir ist zum Weinen. Er zieht sich zurück und betrachtet meinen Gesichtsausdruck. »Nicht schmollen.« Als er mich zudeckt, achtet er darauf, meine Hände obenauf zu legen.

Wie soll ich mit diesem Pulsieren in meinem Schritt schlafen?

Als Jaeger die Jeans auszieht, steht sein bestes Stück stramm wie ein Fahnenmast. Wäre ich in besserer Stimmung, würde ich davor salutieren.

Traurig betrachte ich ihn, bis er sich zudeckt.

»Ich hasse dich«, teile ich ihm mit.

Er grinst nur und fährt mir mit dem Daumen über die Lippen. Ich neige den Kopf zurück. Meine Atmung wird schwer.

Als er die Hand entfernt, knurre ich tief in der Kehle. Mir ist nicht bewusst gewesen, dass ich schon die ganze Zeit solche Laute von mir gegeben habe, bis er mich darauf hingewiesen hat. »Ich werd dich umbringen.« Er ist definitiv weiter nach oben in meiner Liste der Menschen gerutscht, die ich gern um die Ecke bringen würde.

»Rede mit mir, lenk dich davon ab.«

Ach, jetzt will er reden? Ich denke daran zurück, wie tiefgründig es vergangene Nacht geworden ist, und schüttle den Kopf. »Nein.«

Er streckt sich neben mir aus, als würden wir eine träge Unterhaltung nach einem befriedigenden Liebesakt führen. Was ich beschissen finde, weil seine Anwesenheit, sein Geruch und seine Wärme meine Erregung schüren. Mein Kitzler pocht so heftig, dass mir zum Schreien ist.

»Du hast mir nie auf die Frage geantwortet, was du von meinem Bruder hältst«, sagt er.

»Er steht auf der Liste«, murmle ich.

»Auf welcher Liste?«

»Der von Leuten, die ich gern umbringen würde«, erwidere ich, weil ich keinen Filter mehr habe.

Er wirkt belustigt. »Stehe ich darauf ganz oben?«

Ich verdrehe die Augen. Mr. Ego. »Nein. Nicht ganz.« Allerdings könnte er dort landen, wenn er mich nicht bald kommen lässt.

Er legt den Kopf schief. »Wer dann?«

»Warum spielt das eine Rolle? Stört es dich nicht, dass du überhaupt draufstehst?«

Er zuckt mit den Schultern. »Ich stehe auf vielen solchen Listen. Du bist bloß die Erste, die es mir unverhohlen sagt.« Er grinst, als wäre er erfreut darüber. »Jetzt raus damit. Wen willst du sonst noch umbringen?«

Ich rutsche von ihm weg und drehe mich auf die Seite, um zu verdeutlichen, dass die Unterhaltung für mich beendet ist.

Er rollt mich zurück herum. »Ich habe Möglichkeiten, dich zum Reden zu bringen.«

»Und welche? Willst du mir auch noch das andere Fußgelenk verstauchen?«

Er legt die Hand auf meine Brust und streicht mit dem Daumen über den Nippel. »Nein. Es gibt Unterhaltsameres, was ich mit dir anstellen könnte.«

Als ich die Hand wegschiebe, bewegt er sie nur weiter zu meiner Taille.

»Weißt du, was ich für Fraternitas mache?«

»Du arbeitest für die Bruderschaft.« Ich habe mich bemüht, nicht zu viel darüber nachzudenken, aber es ist einfach, es sich zusammenzureimen. Und nach der Beichte gestern Nacht habe ich das Gefühl, dass wir kilometerweit über die Grenze hinausgeschossen sind, die ich hätte ziehen sollen, wenn ich klug gewesen wäre. »Als Vollstrecker?«, rate ich.

»Das ist ein Wort dafür. Ich bin der Mann fürs Grobe. Fraternitas' Machtdemonstration. Ich entsorge den Müll.« Also waren die Morde, die er im Treppenhaus begangen hat, nicht seine ersten. Seine Aufgabe besteht darin, Menschen zu töten oder verschwinden zu lassen.

Seine beringte Hand ruht auf meiner Hüfte. Die Hand eines Mörders, groß genug, um das Leben aus Opfern zu würgen, die als Letztes sein Gesicht sehen.

Dabei ist es ein so schönes Antlitz. Ich strecke die Finger danach aus und berühre es, weil ich es kann. Niemand sonst erlebt ihn so, kann ihn so anfassen.

Ich fühle mich dadurch mächtig.

Er drückte die Wange an meine Handfläche. Seine Stoppeln schrammen über meine Haut. »Du tust so, als wärst du gemein und hasserfüllt, aber tief in dir drin bist du süß.«

»Nein, bin ich nicht.« Ich verlagere auf den Laken das Gewicht und versuche, meine sich steigernde Erregung zu dämpfen. »Halt die Klappe. Ich bin eine Psychokillerin. Wie du.«

Seine Stimme klingt so warm wie dann, wenn er mir nach dem Sex liebliche Worte ins Ohr säuselt. »Häschen ...«

»Ich bin ein tödliches Kampfhäschen.« Sanft lege ich ihm einen Finger auf die Lippen. »Ich warne dich.«

Er leckt über meinen Finger, bevor er ihn sich in den Mund saugt. Ich schließe die Augen. Mir wird schwindlig vor Verlangen.

»Oh ihr Götter, Jaeger ...«

Er zieht meinen Finger aus dem Mund und küsst die Spitze. »Ich möchte wissen, wen du umbringen willst.«

»Niemanden.« Wieder will ich mich wegrollen, doch er hält mich zurück. Wir ringen miteinander, bis ich unter ihm feststecke und schwer atme, bereit für eine schöne harte Nummer.

Ich neige ihm die Hüften entgegen. »Wenn ich es dir sage, fickst du mich dann?«

»Ja ... später.«

Ich verengte die Augen zu Schlitzen. »Wie viel später?«

»Über Zeit und Ort entscheide ich.«

Also erfüllt all das Aufgeilen einen Zweck. Er hat Pläne für mich. »Dann nein.« Ich werde ihn so auf die Folter spannen wie er mich.

»Ich kann dich berühren ...«

Bevor er mir die Hand in den Schritt schieben und mich weiter erregen kann, packe ich seinen Arm und halte ihn auf. »Nein. Ich bin eine Nonne.« Darüber wirkt er erfreut, und da ich von all der Orgasmuskontrolle in einem Zustand der Gleichgültigkeit bin, mache ich in die Richtung weiter. »Keine Todesliste mehr. Ich lege ein Gelübde für Gewaltverzicht ab. In meinem Herzen lebt Vergebung.«

Lächelnd fasst er nach unten und verpasst mir einen Klaps auf den Hintern. »Lügnerin.« Aber er setzt nicht nach. Stattdessen sinkt er zurück aufs Bett und zieht mich an sich. Mit einem Sprachbefehl schaltet er das Licht im Schlafzimmer aus.

In der drückenden Dunkelheit hört man nur unsere Atemgeräusche. Mein Verlangen nach ihm legt sich zu einem Köcheln, das weniger qualvoll, jedoch immer noch mächtig ist. Wir befinden uns wieder im Schutz der späten Nacht, wo alles friedlich ist, sogar meine rasenden Gedanken.

»Ich würde gern so viele Menschen umbringen«, gestehe ich der Schwärze des Zimmers. »So viele. Aber das würdest du nicht verstehen.«

Seine Hand legt sich auf meinen Hals. »Erzähl mir davon.«

Wir scherzen nicht mehr. Allerdings hat er so viel mit mir geteilt, dass ich finde, er hat sich meine Geheimnisse verdient.

»Du weißt nicht, wie das ist.« Die Worte brennen mir wie Säure in der Kehle. »Du bist größer und stärker als alle anderen. Mit dir legen sich die Menschen nicht an. Die meisten schauen drein, als würden sie am liebsten die Beine in die Hand nehmen, wenn du einen Raum betrittst. Für mich ist es nicht so. Auf mir trampeln alle herum. Mein schmieriger Vermieter, mein Boss, sogar du.« Ich balle die Hände zu Fäusten. »Und ich muss es einfach hinnehmen.« Ich knirsche so krampfhaft mit den Zähnen, dass sie schmerzen, deshalb entspanne ich die Kiefermuskeln und atme stockend durch. »Deshalb hab ich so eine Liste erstellt und male mir gern aus, wie es wäre, stark zu sein.«

Jaeger und Kaiser stehen nicht ganz oben. Nicht mal annähernd. Der Platz gehört den Drecksäcken, die mich ruiniert, die genommen haben, ohne etwas zurückzugeben; die sich von mir haben lieben lassen und dann gegangen sind, als wäre ich bedeutungslos. Und der Schlimmste von allen ist derjenige, der seine Position mir gegenüber ausgenutzt und mein Leben, meinen Seelenfrieden dermaßen zerstört hat, dass ich meine Ausbildung abbrechen musste.

Ich bin nicht bereit, Jaeger davon zu erzählen, und er drängt mich nicht dazu.

»Tut mir leid, Häschen.«

»Was soll's?« Ich stimme ein verbittertes Lachen an. »So ist das Leben. Die Starken unterdrücken die Schwachen. Manche Menschen gleichen Raubtieren, die anderen sind Beute. Man kann nur versuchen, zu überleben.«

Er reibt mir den Rücken. So tröstlich es sich anfühlt, ich

weiß, dass er am Finger einen Ring trägt, der ihn als eines der Raubtiere ausweist.

»Ich bin nicht immer größer und stärker als alle anderen gewesen«, sagt er. »Auf der Straße war ich Beute.«

Darauf weiß ich nichts zu erwidern, denn er hat mir nur ansatzweise von seiner Versklavung durch den Mann namens Maestro erzählt, und schon das war so grauenhaft, dass es meinen Verstand übersteigt.

»So wollte ich nicht mehr leben. Meine Brüder auch nicht. Deshalb sind wir zu Fraternitas geworden.«

Das kann ich verstehen. Hätte ich dasselbe wie sie durchgemacht, ich hätte ebenfalls alles getan, um stark und mächtig zu werden. Entweder wird man selbst zum Raubtier, oder man stirbt als Beute.

Wie gesagt, am Ende versuchen wir alle nur, zu überleben.

Ich ergreife seine Hand und drücke sie. »Mir tut's auch leid.« Bei dieser mitternächtlichen Beichte sind wir gegenseitig unsere Zeugen.

Aber die Absolution können wir uns nur selbst erteilen.

12

E *lodie*

ICH TRÄUME DAVON, mich selbst anzufassen, und erwache wimmernd, weil Jaeger meine Oberschenkel streichelt. An der Haut zwischen meinen Beinen spüre ich meine triefenden Säfte. »Jaeger, bitte.« Ich schaudere, brauche meine Erlösung. »Bitte bring mich zum ...«

»Später.« Er küsst mich auf die Wange. »Noch nicht.«

Ich stöhne. Dennoch versuche ich nicht, mich zu berühren, als er sich zurückzieht.

»Ich muss heute wieder wohin. Wenn ich dich nicht fessle, bist du dann ein braves Mädchen?«

Ich nicke mit Nachdruck. Alles, nur kein weiterer langer Tag mit dem Vibrator.

Er verengt skeptisch die Augen zu Schlitzen, doch was auch immer er in mir sieht, es überzeugt ihn davon, dass ich die Wahrheit sage. »Du tust mir so gut, Häschen.« Als er sich an meine Wange schmiegt, drehe ich den Kopf weg. Das Gefühl seiner Stoppeln auf meiner Haut ist zu viel.

Ich weiß nicht, was er plant, doch irgendetwas hat er vor, und ich fürchte mich davor, es zu erfahren. Was es auch sein mag, es muss sich um etwas Großes handeln.

Er zieht sich zurück, und wir spulen unsere morgendliche Routine ab. Jaeger hilft mir in eine weite Jeans und ein eng anliegendes weißes Oberteil.

Erst, als er mich mit hochgelagertem Fußgelenk auf der Couch abgesetzt hat, verkündet er: »Ich habe deine Freundinnen zu einem Besuch eingeladen.«

»Freundinnen? Welche Freundinnen?«

Er bückt sich, zündet die Kerzen auf dem Couchtisch an und richtet sich wieder auf. »Die Frauen aus dem *Inferno*.«

»Honey und Daria? Du hast sie eingeladen? Hierher?«

»Es ist auch dein Zuhause.«

Ich presse die Lippen zusammen. Gut, ich wohne hier, trotzdem ist es nicht wirklich mein Zuhause.

»Sie werden bald hier sein. Ich hab Essen bestellt. Der Portier wird sie reinlassen.«

Ich drücke mir eine Kaschmirdecke an die Brust und beobachte, wie er sich herumbewegt, alles so gemütlich herrichtet wie die Kulisse einer Liebeskomödie meiner Träume.

Als das Essen geliefert wird, holt er es von der Tür, danach küsst er mich, bevor er geht. »Denk dran, kein Anfassen. Sonst hat es Konsequenzen.«

Meine Freundinnen treffen rechtzeitig zu einem späten Brunch ein. Abseits der Arbeit haben wir uns noch nie so getroffen, daher frage ich mich nervös, wie es sein wird. Wenigstens ist es in Jaegers Penthouse schöner für ein solches Beisammensein, als es in meiner alten Wohnung gewesen wäre.

Daria tritt langsam ein. Ihr Kopf bewegt sich hin und her, während sie sich umsieht. Sie begrüßt mich mit einem Nicken und behält die Hände in den Taschen ihrer schwarzen Lederjacke.

Hinter ihr folgt Angel, eine der Tänzerinnen im *Inferno*. »Hi, Mädel.« Sie grinst mich an. »Ist's okay, dass ich mit von der Partie bin?«

»Natürlich«, erwidere ich. Zwar kenne ich Angel nicht besonders gut, doch sie scheint nett zu sein. Auf der Bühne trägt sie meistens Perücken, aber ihr Haar ist lang, glatt und schwarz gefärbt.

Honey kommt beschwingt und lächelnd in einem taubengrauen Bodycon-Kleid herein, das Haar in Ringellocken. »Elodie! Du siehst spitze aus! Wer hat dir die Frisur gemacht?«

»Hi, Honey. Siehst auch toll aus.« Ich erwähne nicht, dass Jaeger mir die Haare gerichtet hat. Obwohl er nicht danach aussieht, ist er darin besser, als ich es je war. Er scheint es zu genießen, sich die Zeit zu nehmen, mich zu verwöhnen. Die Ablage in der Dusche ist voll von Haarbehandlungen und speziellen Conditionern für meine Locken, und die Ergebnisse sind sagenhaft. Meine Haut strahlt regelrecht, und meine glänzenden Locken sind gebändigt, wie es mir selbst nie gelungen ist.

Honey ist bereits weitergegangen. »Oh mein Gott!«, entfährt es ihr, als sie den von Jaeger bestellten Brunch sieht. Angel schließt zu ihr auf und greift sich eine Erdbeere aus einer Schale mit aufgeschnittenem Obst.

»Hier also lebt er, ja?« Daria drückt sich noch im Eingangsbereich herum und beugt sich vor, um durch die offene Tür in unser Schlafzimmer zu spähen.

»Ja.« Ich winke sie vorwärts. »Kannst ruhig rumschnüffeln.«

Honey lacht, und Daria lässt die Schultern ein wenig hängen.

»Komm schon.« Angel winkt sie zu sich. Ihr Teller ist bereits mit Speck und Pfannkuchen gefüllt. Das Essen ködert Daria, sich den beiden anderen anzuschließen.

»Du siehst gut aus«, sagt Honey.

»Danke.« Ich lasse mir von ihr einen Kaffee mit Karamellcreme reichen.

»Also echt, die Wohnung hier ...«, murmelt Angel.

»Ich weiß«, erwidere ich.

Daria ist noch im Küchenbereich, öffnet Schränke, stöbert herum. Würde mich nicht wundern, wenn sie Jaegers Safe entdeckt.

»Gefällt mir«, verkündet Honey. Angel wirft ihr einen zustimmenden Blick zu, während Daria die Augen verdreht. Offensichtlich fand jedes Fraternitas-Mitglied Honeys Bewunderung. Ihr mangelnder Selbsterhaltungstrieb bereitete mir Sorgen.

»Hat er noch etwas über ... du weißt schon worüber gesagt?« Honey schwenkt einen Speckstreifen in meine Richtung.

»Seht euch ihren Ring an«, merkt Daria an. Honey lässt alles fallen, um ihn schwärmerisch zu begutachten. Sogar Angel wirkt beeindruckt. Ich kämpfe gegen den Drang an, die Hand zurückzuziehen.

»Er hat deutlich zum Ausdruck gebracht, dass er mich als seine Frau betrachtet«, gebe ich zu.

Honey faltet die Hände. »Was ist mit der Zeremonie, um Anspruch auf dich zu erheben? Hat er darüber was gesagt?«

Ich schüttle den Kopf.

»Angeblich ist sie geheim.« Honey hat einen abwesenden Blick aufgesetzt.

»Was bedeutet, dass du alles darüber weißt«, stichelt Daria.

Honey streckt ihr die Zunge heraus. »Es gibt widersprüchliche Berichte darüber. Manche sagen, sie findet in einem BDSM-Klub im Zentrum statt.«

»Nicht im *Inferno*?«, hakt Daria nach.

»Nein, woanders. Im *Club Empire*.«

Daria nickt.

Angel ist still geworden. Durch einen langen Ärmel reibt sie sich den Oberarm an der Stelle, wo sie eine Schlangentätowierung hat, wie ich weiß. Normalerweise verbirgt sie das Tattoo unter Make-up, doch ich habe es in der Garderobe gesehen.

Ein Klopfen ertönt an der Tür.

»Ich geh schon.« Honey springt auf. Daria schnellt ebenfalls vom Stuhl hoch und hastet hinter ihr her.

»Nicht so schnell.« Sie drängt sich an Honey vorbei und ruft: »Wer ist da?«

Die vertraute Stimme des Zustellers verkündet: »Ich hab hier eine Lieferung für Häschen.«

»Häschen?«, hakt Honey nach.

»Schon gut«, rufe ich den beiden zu. »Lasst ihn rein.«

Beide öffnen die Tür und nehmen das Päckchen entgegen.

Es handelt sich um eine rechteckige Geschenkbox. Angel hilft dabei, die Kerzen und den Nippes wegzuräumen und Platz dafür auf dem Couchtisch vor mir zu schaffen.

»Mach's auf«, fordert Honey mich schrill vor Aufregung auf.

In der Schachtel verströmt dickes, cremefarbenes Seidenpapier den Duft von Lavendel und Sandelholz. Ich hole ein kurzes, weißes, mit Seide gefüttertes Etuikleid mit Spitzen heraus.

»Oh ihr Götter«, murmelt Angel.

Honey rutscht ein verhaltenes Kreischen heraus, und sie reißt die Hand an den Mund. Sie hält es für ein Hochzeitskleid.

Mein Herz setzt einen Schlag aus.

Ein cremefarbener Zettel flattert zu Boden. Angel fängt ihn auf und reicht ihn mir.

»Für heute Abend«, liest sie vor. Es muss von Jaeger kommen.

Ich zeige den anderen die Nachricht.

»Heute Abend? Was ist heute Abend?«, fragt Daria.

»Oh.« Wieder klingt Honey schrill. »Ich weiß es.«

»Was?«, verlangen wir anderen zu erfahren.

»Er geht mit dir zum Pandemonium.«

Pandemonium. Ich bilde das Wort mit den Lippen. Davon habe ich im *Inferno* schon gehört.

»Wo ist das?«, hakt Daria nach.

»Es ist ein Event, kein Ort«, erklärt Honey. Wie zur Bestätigung schaut sie Angel an, doch die Tänzerin schweigt verdächtig. »Dieses Jahr findet es im *Club Empire* statt. Das ist eine große private Party. In der Regel eine Art Maskenball für die perverse Elite von New Rome. Man munkelt, dass Senator Nero daran teilnimmt. Und Rex Roy.«

»Wer ist Rex Roy?«, frage ich. Der Name kommt mir zwar bekannt vor, aber ich kann ihn nicht auf Anhieb einordnen.

»Du weißt nicht, wer Rex Roy ist?« Honey sieht mich mit großen Augen an. »Der Milliardär?«

»Ach ja, richtig.« Jetzt erinnere ich mich. Einer der reichsten Männer im Land. Er ist mir in den Zeitungen und im Fernsehen untergekommen. »Natürlich kenne ich ihn. Er und ich hatten erst letzten Donnerstag Tee mit der Königin.«

»Hör auf.« Honey bewirft mich mit einem Kissen und erhebt sich würdevoll. »Muss mir die Nase pudern.«

Ich zeige in die Richtung des nächstgelegenen Badezimmers, aber sie winkt ab und steuert ins Schlafzimmer, um jenes dort zu benutzen. Damit kommt sie auf mein Angebot zurück, ruhig herumzuschnüffeln.

Kaum hat sich die Tür hinter Honey geschlossen, beugt sich Daria zu mir. »Hör mal, Elodie, du musst vorsichtig sein.«

Bei ihrem gedämpften Ton runzle ich die Stirn. »Was?«

»Honey hält das alles für eine Fantasiewelt. Intrigen, Gefahr ... sie sieht es durch eine rosa Brille. Sie ist halt noch jung.«

»Das bist du auch«, merke ich an, obwohl mir auffällt, dass sie dunklere Ringe unter den Augen hat. Ich schaue zu Angel auf, die bisher kein Wort verloren hat. »Wir sind alle jung.«

»Sie versteht es nicht«, sagt Daria. »Dieser Scheiß ist echt. Sei ... einfach vorsichtig.«

Ich beiße mir auf die Unterlippe. Wenn Daria meine Gedanken lesen könnte, wüsste sie, dass ich besorgt bin.

Jaeger achtet darauf, mir eine Fantasiewelt vorzugaukeln, die aus langen Tagen mit Romantikkomödien in seinem Penthouse besteht, teurer Kleidung und einem schnittigen Auto. Aber ich weiß, dass sein Leben eine andere, eine dunkle Seite hat, mit der er für all den Luxus bezahlt. Auch davon hat er mir schon etwas gezeigt – das *Inferno*, seine Erledigung in der Kirche, Pater Francis, Kaiser. Und er hat mir von seiner Vergangenheit erzählt.

Sosehr ich mich bemühe, Jaegers Aspekt als Mafioso zu verdrängen, allmählich wird es unmöglich. Ich fühle mich wie ein Frosch, der langsam in einem Topf gekocht wird. Mir graut bei dem Gedanken, dass ich eines Tages aufwachen und alles wissen werde. Jaeger wird mich in seine dunkle Unterwelt ziehen. Und ich werde nicht stark genug sein, um die dort lauernden Monster zu überleben.

Vielleicht bin ich paranoid, aber ich habe zunehmend die beklommene Vorahnung, dass der gefürchtete Moment nah ist. Mir läuft die Zeit davon, um mir zu überlegen, wie ich entkommen kann.

Dass ich vor Geilheit durch seine Orgasmuskontrolle kaum klar denken kann, ist dabei nicht hilfreich.

Ich schlage die Beine übereinander, achte nicht darauf, wie meine Klitoris nach mehr Berührung schreit, und nicke. »Bin ich«, verspreche ich kleinlaut, kurz bevor Honey aus dem Badezimmer zurückkehrt und sich wieder hinsetzt.

Daria wirft mir zwar einen besorgten Blick zu, wechselt aber das Thema. Ihre Warnung geht mir nicht aus dem Kopf. Ich muss vorsichtig sein, wenn ich in Jaegers Welt eintauche.

Das Dumme ist nur, dass nicht ich die Kontrolle habe.

Wie auf ein Stichwort klopft es an der Eingangstür, bevor sie aufschwingt. Jaeger tritt ein und nickt uns zu.

»Ladys«, begrüßt er uns. »Amüsiert ihr euch?«

Meine Freundinnen antworten ihm, Honey enthusiastischer als Angel und Daria.

»Hervorragend.« Er richtet ein wölfisches Grinsen auf mich, und ich erstarre mitten im Greifen nach meiner Kaffeetasse. »Bitte entschuldigt Elodie und mich kurz.« Schwungvoll hebt er mich in seine Arme und steuert auf das Schlafzimmer zu.

»Äh, ich bin gleich zurück«, rufe ich zu meinen Freundinnen.

Honey wirkt begeistert. Angel kämpft gegen ein Lächeln an.

Kaum hat sich die Schlafzimmertür geschlossen, legt Jaeger mich aufs Bett.

»Worum geht's hier?« Ich stütze mich auf die Ellbogen. Jaeger sinkt am Fußende auf die Knie, streckt die Hand aus und öffnet den Reißverschluss meiner Jeans. Er streift sie mir zusammen mit dem Slip ab und zieht mich näher, hievt sich meine Beine über die Schultern.

»Ich beeile mich«, kündigt er an und stülpt den Mund auf meine Scham.

Meine Hüften bäumen sich auf, und im Nu erschaudere ich. Er presst die Zunge an mich und bearbeitet meinen Kitzler. Ich krümmte mich, rase bereits auf einen Orgasmus zu.

Und dann hört er auf. *Nein!*

»Jaeger?« Ich richte mich auf, um ihn zu packen, doch er hat sich schon zurückgezogen. Da ich klatschnass bin, wischt er mich mit meinem Slip ab, wobei er darauf achtet, mich nicht zu sehr zu berühren.

»Nicht kommen. Noch nicht.« Er zieht mich wieder an, streift zuerst einen frischen Slip über meine Beine hoch, dann meine Jeans. Ich wimmere. Das bloße Gefühl der frischen Unterwäsche genügt, um meine Pussy zum Pulsieren zu bringen.

»Warum nicht?«

»Weil ich es sage.« Jaeger legt mir die Hand in den Nacken und küsst mich mit nassem Gesicht. Ich gebe mich ihm hin, und sei es nur, um zu zeigen, wie sehr ich ihn brauche. Als ich nach seinen Schultern greife und ihn auf mich ziehen will, hebt er den Kopf und bedenkt mich mit einem zugleich strengen und sinnlichen Blick. »Wenn du kommst, merke ich es. Und du wirst bestraft.«

Ich glotze ihn an und kann ein Aufflackern von Erregung bei der Androhung von Bestrafung nicht verhindern.

»Warum?«, frage ich, zu überwältigt von Geilheit, um mich vorzusehen. »Was ist hier los?«

Er streichelt meine Wange. »Heute Abend findet eine Party statt.«

Ein rosa Nebel umhüllt mein Gehirn, doch in der Ferne flammt ein Licht auf, als ich die Verbindung herstelle. »Hast du deshalb das Kleid liefern lassen?«

»Ja. Du kommst dorthin als meine Begleitung mit.« Er hält wieder meine Wange und wirkt dabei ausgesprochen zufrieden.

Mir fällt ein, was Honey über dieses *Pandemonium* in einem BDSM-Klub gesagt hat. »Du meinst ... als deine Sub?«

Er legt mir die Hand zart um die Kehle. »M-hm.«

Der Nebel lichtet sich. Das sehnsüchtige Ziehen in meiner Mitte lässt mich mürrisch werden. »Und ich soll einfach so dabei mitmachen?«, frage ich barsch.

Jaeger senkt das Gesicht dicht vor meines. »Willst du kommen?«

Ich knurre ihn an.

Er küsst mich wieder und knöpft meine Jeans zu. Er nimmt mich in die Arme, und ich vergrabe die Nase an seinem Hals.

»Alles in Ordnung?«, flüstert er.

Als Reaktion darauf kann ich nur stöhnen. Ich will kommen. Natürlich möchte ich auch Antworten über den Ausflug heute Abend, mehr als das jedoch will ich endlich kommen!

»Liebe dich, Häschen«, murmelt er und streichelt meine Locken. Ich lehne mich zurück, starre ihn suchend an, erkenne in seiner Miene allerdings nur gelassene Überzeugung.

Er liebt mich?

»Und du liebst mich.« Er klingt so sicher.

Mein Herz setzt einen Schlag aus. Um meine unstete Atmung zu kaschieren, verschränke ich die Arme vor der Brust und verenge die Augen zu Schlitzen. »Ach ja?«

»Ja. Tust du.« Er sieht mich mit so zufriedener Gewissheit an, dass ich seinem Blick nicht begegnen kann.

»Ich finde, du bist ein Arschloch.« Die Worte klingen verdammt bockig.

»Das gefällt dir am besten an mir.«

Ich knurre, und er schmunzelt. Ein letzter Kuss, dann trägt er mich zurück zu meinen Freundinnen.

»Danke, Ladys. Viel Spaß noch«, sagt er über die Schulter, als er geht.

Ich sitze starr auf der Couch, die Knie zusammengepresst. Einen Moment lang ist mir schwindlig. Meine Klitoris pocht, schreit nach Erlösung. Wären meine Freundinnen nicht hier, wäre ich versucht, die Bestrafung zu riskieren, mich aus der Jeans zu schälen und es mir selbst zu besorgen.

»Alles in Ordnung?«, fragt Daria.

Ich drücke mir die Hände auf die Wangen. Meine Haut lodert.

Langsam nicke ich.

»Bist du sicher?«, hakt Angel nach. Mit einem wissenden Gesichtsausdruck reibt sie ihre Tätowierung.

Liebe dich. Und du liebst mich.

Ich schüttle den Kopf.

»Hast du ihn wegen heute Abend gefragt?«, will Honey atemlos wissen. »Geht es um die Zeremonie?«

Die Zeremonie ... das Kleid. *Du kommst dorthin als meine Begleitung mit.* »Keine Ahnung. Eine Zeremonie hat er nicht wirklich erwähnt. Wir haben ... über was anderes gesprochen.«

Honey kichert. Sogar Daria hat ein Lächeln im Gesicht.

Sie wissen genau, was hinter der verschlossenen Tür vor sich gegangen ist, und es schert mich beim besten Willen nicht.

Ich starre zur Eingangstür und wünsche mir, Jaeger würde zurückkommen.

Er will dich als seine Elita.

»Ich weiß nicht, was ich tun soll«, gestehe ich meinen Freundinnen.

»Bist du in ihn verliebt?«, fragt Honey.

Wieder hebe ich die Hände an die Wangen. Ich glühe. »Er gehört zu Fraternitas.«

»Und wenn schon.« Honey schnaubt. Als sie dazu ansetzt, etwas hinzuzufügen, hebt Angel die Hand und bremst sie.

»Wenn er nicht bei der Mafia wäre, würdest du ihn dann wollen?« Angel setzt sich aufrechter hin und mustert mich aufmerksam.

Ich kaue auf der Unterlippe. »Spielt ohnehin keine Rolle. Er wird mich nicht gehen lassen.«

Honey macht große Augen, Daria schüttelt den Kopf, Angel wirkt ungerührt. »Möchtest du denn gehen?«

»Ich weiß es nicht.«

»Hast du Angst davor, zu bleiben?«, bohrt Angel nach. Honey schaut zwischen ihr und mir hin und her, während sie das Verhör mitverfolgt.

»Himmel noch mal, Engel.« Ich stoße die Luft aus. »Vielleicht.«

»Tja, dann bleibt eigentlich nur eine Frage, die du dir stellen musst. Was würdest du tun, wenn du keine Angst hättest?«

Mürrisch sehe ich erst sie an, danach Daria, die sich schweigend auf die Unterlippe beißt. *Sei vorsichtig.*

Und die ganze Zeit pulsiert mein Schambereich vor Verlangen. Denn tief in mir geilt mich Gefahr auf.

Dummes Häschen. Hoppelt direkt zum Wolf.

Aber es steckt mehr dahinter. Jaeger ist mein sicherer Hafen. Alles, was er getan hat, um sich um mich zu kümmern, hat mich Stück für Stück näher zu ihm geködert.

Ich brauche ihn. Ich begehre ihn. Ich will ihn und möchte mich meinerseits um ihn kümmern. Er hat so wenig gehabt, und doch gibt er mir so viel.

Ich möchte ihm umgekehrt alles geben.

Und das jagt mir am meisten Angst von allem ein.

Ich lehne mich auf der Couch zurück. Am liebsten würde ich mir die Kaschmirdecke über den Kopf ziehen.

Honey fuchtelt abweisend durch die Luft. »Genug davon. Du hast heute Abend ein Date. Mir bleiben noch zwei Stunden vor meiner Schicht. Also bereiten wir dich vor. Haare, Make-up, Nägel. Das volle Programm.«

»Okay«, stimme ich matt zu. Vielleicht kann ich mich so zumindest von meiner sehnsüchtigen Pussy ablenken.

Jaeger taucht wieder auf, als meine Freundinnen gerade gehen. Mittlerweile bin ich verzweifelt. Meine Selbstbeherrschung hängt an einem seidenen Faden. Die untergehende Sonne erfüllt das Penthouse mit goldenem Licht.

Ich höre, wie Angel und Honey ihn an der Tür grüßen und er brummend antwortet. Dann schließt sich die Tür, und die einzigen verbleibenden Geräusche zeugen davon, dass er in meine Richtung unterwegs ist. Endlich.

Ich liege bereits herausgeputzt auf dem Bett. Damit meine Freundinnen mir Make-up auftragen und die Haare richten konnten, habe ich das Kleid angezogen. Honey hat etwas gemacht, das sie als »Airbrush«-Effekt bezeichnet hat. Angel hat sogar meine Arme mit Schminke versehen. Anscheinend ist das bei einem ärmellosen Kleid nicht unüblich. Ich wage kaum, mich zu bewegen, um all ihre harte Arbeit nicht zunichtezumachen.

Jaeger bleibt im Schatten an der Tür stehen.

Bei seinem Anblick beschleunigt sich meine Atmung. Meine Muschi trieft in den Zwickel meines Slips, meine Nippel sind prall wie reife Beeren, die darum betteln, geerntet zu werden.

Er hat mich konditioniert. Angespannt liege ich da, bin bereit dafür, von ihm genommen zu werden. Ich brauche ihn. Den ganzen Tag herumzusitzen und darauf zu warten, dass er zurückkommt und beendet, was er begonnen hat, war die reinste Folter.

Ich strecke die Arme aus, als wolle ich sagen: *Na?* Nur für ihn bin ich so herausgeputzt und aufgetakelt. Dabei würde ich alles dafür geben, mir das Kleid vom Leib zu reißen und die Hände zwischen die Beine zu schieben. Sogar das seidige Innenfutter empfinde ich als zu viel Stimulation.

Schließlich betritt er den Raum, gerät ins Licht, und bei seinem Anblick komme ich beinah. Er trägt einen von oben bis unten weißen Smoking der exakten Schattierung meines Kleids. Die makellose Farbe lenkt die Aufmerksamkeit auf die perfekte Symmetrie seines Gesichts und die dunklen Tattoos, die unter seinen Manschetten und seinem Kragen hervorlugen.

»Du bist wunderschön, Häschen«, sagt er schroff. Dann bemerkt er meine verblüffte Reaktion. »Gefällt dir, was du siehst?«

Da ich immer noch sprachlos bin, nicke ich nur. Die kultivierte Anmutung des Anzugs verstärkt irgendwie zusätzlich das wilde Flair, das ihm die langen Haare und die Tätowierungen verleihen. Er sieht elegant und zugleich gefährlich aus. Durch den noblen Anstrich umso gefährlicher.

Jaeger kann sanft sein, aber er ist kein Gentleman. Ein Appell an Ritterlichkeit wird mich nicht retten.

Er behauptet zwar, dass er mich liebt, doch ich darf ihn nicht unterschätzen.

»So wunderschön.« Er streckt einen Finger aus und wischt mir eine Locke seitlich aus dem Gesicht. »Hm.« Seine Augen verengen sich zu Schlitzen, während er mein schweres Make-up betrachtet. Honey wollte mir falsche Sommersprossen ins Gesicht tupfen, nachdem sie die echten mit Concealer überdeckt hatte, doch das habe ich abgelehnt.

»Etwas fehlt noch.« Er legt mir die Hand auf die Brust und drückt mich zurück auf die Matratze. Während ich daliege, beobachte ich ihn argwöhnisch. Beim letzten Mal hat er mich aufgegeilt und verlangend zurückgelassen.

Was wird er diesmal tun? Mein Herz tobt in der Brust, dennoch liege ich still, weil ich neugierig bin, was als Nächstes passieren wird.

Er zieht etwas aus der Tasche und schiebt den seidigen Stoff des Kleids zu meiner Taille hoch. Als ich einen protestierenden Laut von mir gebe, bringt er mich zum Schweigen.

»Die sind für dich.« Er zeigt mir zwei silbrige Kugeln. Sie sehen wie große Murmeln aus und klacken, als sie auf seiner Handfläche zusammenstoßen.

Meine Frage, was er damit vorhat, bleibt mir im Hals stecken, als er meinen Tanga zur Seite zieht und eine davon an meiner Spalte ansetzt. Er sieht mir in die Augen. Das Dunkel seiner Pupille verschlingt das Blau, während er die Kugeln in mich schiebt. So feucht, wie ich bin, gleiten sie mühelos hinein. Sie fühlen sich schwerer an, als sie aussehen, und reiben mit herrlichem Gewicht an meinen empfindsamen Innenwänden.

»Du musst die inneren Muskeln um sie herum zusammenziehen, damit sie drinbleiben.« Sein Daumen streicht über meine Schamlippen. Ich spanne den Beckenboden an und stöhne, als sich die Kugeln dadurch in mir bewegen. »Wenn du eine verlierst ...« Er lässt die Drohung unausgesprochen.

»Warum?« Ich schnappe nach Luft, als die Kugeln nach vorn rollen und mich tief in mir stimulieren.

»Weil ich dich so haben will. Feucht und geil auf mich.«

Ich schüttle den Kopf. Die Kugeln stimulieren, aber befriedigen mich nicht. Dafür sind sie nicht groß genug. Sie reichen gerade dafür, mich zu erregen. »Ich kann das nicht.«

»Doch, kannst du. Und wirst du.« Jaeger hilft mir, mich auf die Bettkante zu setzen, und streicht mein bezauberndes Kleid zurecht. Er berührt mich am Kinn und neigt meinen Kopf zurück. »Du musst.«

Überwältigt keuche ich.

Er dreht mein Gesicht hin und her, mustert es. »Hm.« Eingehend betrachtet er meine Wangen. »Ich brauche noch etwas.«

Er fährt mit dem Daumen über meine Wange, und ich weiche zurück.

»Vorsicht.« Meine Erregung bringt mich halb um den Verstand, aber meine Freundinnen haben sich solche Mühe dabei gegeben, mich aufzutakeln. »Du verschmierst mein Make-up.«

Er richtet sich auf und zieht mich hoch, hebt mich jedoch nicht in seine Arme, sondern drückt mich auf die Knie. »Ist dein Fußgelenk in Ordnung?«, fragt er.

»Ja ...« Ich starre zu ihm hoch.

Er ragt über mir auf, der Kopf von Licht gekränzt, das

Gesicht im Schatten. Seine weiße Hose ist im Schritt ausgebeult.

Ich verlagere auf den Knien das Gewicht. »Was ...«

Er öffnet den Reißverschluss und bietet mir seinen Schaft an.

»Mach den Mund auf.« Er kneift mich in die Nase, obwohl es überflüssig ist. Ich habe den Kopf bereits zurückgeneigt und die Lippen für ihn geteilt. Mich giert nach sexueller Stimulation jeder Art. Ich lasse ihn nicht aus den Augen und frage mich, was er vorhat. Seine dicke, pralle Erektion füllt meinen Mund aus.

Er legt die Hände seitlich an meinen Kopf und drückt mich auf sich. Ich würge, doch er wölbt die Hüften vor, schiebt sich tiefer in mich. Seine Eichel trifft auf meine Kehle, und es reckt mich. Ich klatsche gegen seine Taille und drücke dagegen, weil ich nicht atmen kann.

Schließlich lässt er mich los. Keuchend schnappe ich nach Luft. Meine Augen tränen.

»Noch mal.« Er nimmt mein Gesicht in die Hände und führt mich wieder nach vorn. Diesmal hole ich tief Luft, damit ich gewappnet bin, als er sich in mich presst und ich würgen muss. Sein Schaft schwillt an und schneidet mir die Luftzufuhr ab. Ich bearbeite ihn mit der Zunge und versuche, ihn zu stimulieren, damit er schneller kommt. Aber er schiebt sich tiefer in meinen Rachen, bis er abermals in meine Kehle dringt.

Ich kralle die Finger in seine weiße Hose. Ziehe ich ihn näher oder drücke ich ihn weg? Ich habe keine Ahnung. Ich weiß nur, dass ich keine Luft bekomme. Mein Körper fühlt sich überhitzt an, der Druck in meinem Schambereich steigert sich.

Auf die eine oder andere Weise wird das hier enden.

Als er sich zurückzieht, sacke ich nach vorn. Ich würde

fallen, aber er stützt mich, während ich röchle und huste. Speichel tropft von meinen Lippen. Ich wische ihn weg. Damit ist mein Lippenstift dahin. Tränen strömen mir aus den Augen.

»Warte«, murmelt Jaeger. Er streichelt mein Gesicht, verschmiert die Grundierung und den Concealer weiter. Seine Daumen streichen über meine Wangenknochen und lösen sich schwarz davon. Mein Mascara muss mir über das gesamte Gesicht zerlaufen.

Mein Make-up ist ruiniert. All die Schichten aus Grundierung und Concealer, weg.

Er holt ein Taschentuch hervor und wischt mir den Rest der Tränen ab.

»Ich kann deine Sommersprossen wieder sehen«, sagt er. Das letzte schwindende Tageslicht bringt sein blondes Haar derart zum Schimmern, dass er so wunderschön wie ein Engel wirkt.

»Was?«, stoße ich krächzend hervor. Meine Kehle fühlt sich rau von der Misshandlung an.

»Ich wollte deine Sommersprossen sehen.« Seine Berührung ist geradezu ehrfürchtig. Er liebkost die von meinen Tränen gesäuberte Haut. »Jetzt können wir gehen.«

13

E*lodie*

ALS DER LYKAN vor den *Club Empire* rollt, gleicht mein Gehirn einem Brei. Jedes Mal, wenn ich die Empfindungen zwischen meinen Lenden vergesse, bewegen sich die Kugeln, ich spanne die Muskeln an, und meine Erregung flammt wieder auf. Meine Nippel sind verhärtet, haben sich aufgerichtet und scheuern an der Seide meines Kleids. Am liebsten würde ich Jaeger packen und verschlingen.

Es ist unmöglich, so geil zu sein und zu überleben.

Immer wieder spähe ich zu seinem Schritt, wo sich der Stoff spannt. Ich bin nicht gekommen, aber er auch nicht. Noch nicht mal, als er meinen Mund benutzt hat. Er verweigert sich selbst die Entladung genau wie mir.

Nur fühle ich mich dadurch nicht besser.

Der *Club Empire* entspricht überhaupt nicht meinen Vorstellungen. Zum einen fällt er in keiner Weise auf. Kein

Schild an der Tür kündet von den perversen Freuden, die einen dahinter erwarten. Das schwarze Gebäude mit dem förmlichen Eingang könnte auch jeden gewöhnlichen Betrieb beherbergen.

Ich habe Gerüchte über den Ort gehört. Die Platin-Mitgliedschaft kostet angeblich hunderttausend Dollar im Jahr – oder pro Monat? In den Spielzimmern darin leben die Reichen und Berühmten ihre geheimsten, finstersten Fantasien aus.

Und jetzt bin ich hier. Mit einem Fraternitas-Mitglied.

Mein altes Ich fragt sich, wie um alles in der Welt es dazu gekommen ist.

Mein neues Ich ist zu geil, um klar zu denken. Vermutlich war das von Anfang an Jaegers Absicht.

Der Parkdiener nähert sich und will Jaegers Tür öffnen, der jedoch die Hand hebt und ihm anzeigt, zu warten.

Jaeger holt zwei weiße Masken aus der Tasche. Meine ist aus Spitzenmaterial, passend zum Kleid, seine eher schlicht. Er knotet mir die Bänder hinter dem Kopf zusammen.

»Bist du bereit?«, fragt er mich.

Mit einem schweren Schlucken betrachte ich den roten Teppich auf dem Bürgersteig vor dem Klub. Ein Paar in edler Abendgarderobe schlendert gerade heran und verschwindet durch den Eingang.

Als Jaeger meine Hand ergreift, umklammere ich sie fest.

»Ich bin bei jedem Schritt an deiner Seite«, verspricht er mir. Eigentlich sollte das meine Beklommenheit lindern, stattdessen schürt es sie zusätzlich.

Worauf lasse ich mich nur ein?

Schließlich öffnet Jaeger die Tür und wirft den Schlüssel dem Parkdiener zu, ehe er mich abholen kommt. Bevor wir losgehen, sagt er: »Noch etwas.« Er bückt sich und bringt ein weißes Band um meinen Hals an.

»Was ...« Als ich daran ziehen will, fängt er meine Hand ab.

»Nicht abnehmen.«

»Was ist das? Was bedeutet es?«

Seine von der weißen Maske umrahmten Augen wirken düster. »Es bedeutet, dass du unantastbar bist.«

»Was?«

»Jeder darf dich ansehen, aber wenn sich jemand zu nehmen versucht, was mir gehört ...« Er fährt das Band um meinen Hals nach. »Dann stirbt er.«

Scharf sauge ich die Luft ein. Er legt die Hand um meine Kehle und drückt leicht zu. Nachdem er die Finger entfernt hat, spüre ich den Abdruck seines Griffs.

Ich klammere mich an ihn, als er mich in den Klub und eine Wolke teuren Parfüms trägt. Er fegt regelrecht durch das Foyer, vorbei an anderen Gästen, und steuert nach oben. Jaeger kennt sich hier eindeutig aus.

Ich bin dankbar, dass er mich trägt. Mein Knöchel ist verbunden, und ich trage weiche Seidenslipper, die zum Kleid passen. Wahrscheinlich könnte ich auch allein gehen, doch es ist schön, Jaeger das Kommando zu überlassen, obwohl durch die Bewegungen die silbernen Kugeln in mir bald hierhin, bald dorthin rollen.

Ich presse die Beine zusammen. Meine Klitoris pulsiert in einem stillen Takt.

Im Obergeschoss befindet sich eine Bar, in der es schwach nach Zigarrenrauch und Nelken riecht. Die Tische und Bänke aus Mahagoni und die Vorhänge aus Samt erinnern mich an das *Inferno*. An einer Wand erstreckt sich eine lange Bar aus poliertem Holz. Dahinter reihen sich vor einem Spiegel von hinten beleuchtete Spirituosenflaschen ohne Etiketten. Die Flüssigkeiten darin umspannen jede Schattierung von Whisky, von satter Bernsteinfarbe bis hin zu hellem Gold.

Jaeger setzt mich auf einen gepolsterten Hocker an einem Hochtisch in der hintersten Ecke und marschiert zur Bar. Ich halte still, werde eins mit den Schatten. Es strotzt vor Menschen in teurer Garderobe – Milliardäre und Prominente, die hier sind, um zu sehen und gesehen zu werden.

Zum Glück beachtet mich niemand. Ich achte auf die Hände der Leute, halte Ausschau nach Totenschädelringen, entdecke aber nur zwei.

Die Männer sitzen an einem in Schatten getünchten Tisch. Beide tragen einen schwarzen Smoking, mit dem sie zum Rest der Gesellschaft passen. Einer hat helles Haar und eine lange, schlanke Statur, die den durchtrainierten, muskulösen Körper darunter erahnen lässt.

Der andere Mann ist kleiner, dafür gebaut wie ein Boxer. Er hat dunkles Haar und tiefe Schatten unter den Augen. In seinem Smoking sieht er zwar elegant aus, doch seine Hände sind mit den Kiefern und Zähnen eines Totenschädels tätowiert, und sein Ring ist anders als jeder, den ich bisher zu Gesicht bekommen habe. Diamanten funkeln in den Augenhöhlen des Schädels, auf dem eine Krone prangt.

Ich starre hin. Zu Mitgliedern von Fraternitas. Bei der Erkenntnis löse ich jäh die Aufmerksamkeit von ihnen. Jaeger ist nach wie vor an der Theke und spricht vorgebeugt mit dem Barkeeper.

Als ich jemandes Blick auf mir spüre, drehe ich den Kopf.

Der kleinere Mann ist vom Tisch aufgestanden, steht da und starrt mich an. Seine Aufmerksamkeit gilt insbesondere meinem Hals. Unwillkürlich lehne ich mich zurück, als mir bewusst wird, dass er das Band betrachtet, das Jaeger mir angelegt hat. Obwohl seine Miene ausdruckslos ist, steigt Panik in mir auf. Mich beschleicht der Eindruck, dass dieser emotionslose Gesichtsausdruck das Letzte ist, was viele Menschen vor ihrem Tod gesehen haben.

Der zweite Mann steht auf und stellt sich neben den Dunkelhaarigen. Ich erkenne sein blasses, schmales Gesicht und die farblosen Augen. Es ist St. James. Er hebt das Kinn, nickt mir zu.

Mein Herz setzt einen Schlag aus. Automatisch hebe ich die Hand schützend an den verletzlichen Hals. Diese Männer sind Spitzenprädatoren, und sie haben mich ins Auge gefasst. Der Drang, mir das Band abzureißen und es wegzuwerfen, wird stark, doch ich befinde mich jetzt in Jaegers Welt. Ich darf nicht schwach sein.

Also senke ich die Hand, balle sie zur Faust, und der Moment vergeht. Der Mann mit den Schädeltätowierungen an den Händen bricht den Blickkontakt ab und entfernt sich in Richtung der Tür. St. James folgt ihm.

Letzterer steht weit oben in der Hierarchie von Fraternitas. Alle, die ich kenne, befolgen seine Befehle.

Wer war dann der Mann mit dem gekrönten Totenschädel am Ring? Und warum hat er mich so angesehen?

Jaeger kehrt mit zwei mit roter Flüssigkeit gefüllten Gläsern zu mir zurück. Ich entspanne mich, als mir sein großer Körper die Sicht auf den Rest des Raums versperrt.

»Braves Mädchen«, lobt er mich. Mir wird bewusst, dass ich wieder das Band um meinen Hals betaste, und senke die Hand. »Du machst dich gut«, fügt er hinzu, wodurch ich vermute, dass er die stumme Begebenheit zuvor bemerkt hat.

»Wer waren diese Männer?«, frage ich. Ich sollte klug sein und schweigen, doch ich kann nicht anders.

»Das war St. James. Du kennst ihn.« Jaeger hat sofort

geantwortet. Also hat er es gesehen. Er hat mich hergebracht, um mich vorzuzeigen. »Und der Mann bei ihm war
Damien. Der Teufel.«

Und somit weiß ich, dass der Mann, den alle »der
Teufel« nennen, auch einen richtigen Namen besitzt, und er
lautet Damien. Spitze. Honey wird ausflippen.

Sei vorsichtig, geht mir Darias Warnung durch den Kopf.

»Warum hast du mich hergebracht?«, frage ich. Ich muss
es wissen. Ahnungslosigkeit wird mich nicht mehr retten.

»Heute ist eine besondere Nacht. Wir sind für eine Zeremonie hier, bei der einer meiner Brüder an seine *Elita*
gebunden wird.«

Ich presse die Beine zusammen. Mittlerweile möchte ich
so dringend kommen, dass ich vielleicht selbst bereit wäre,
mich einer Zeremonie zu unterziehen. »Nur zum Zusehen?«

»Nur zum Zusehen.«

Ich bin mir nicht sicher, ob ich erleichtert oder
enttäuscht sein soll.

»Keine Sorge, Häschen. Ich bin die ganze Zeit bei dir.
Hier.« Er setzt ein Glas an meinen Lippen an. »Das ist Saft«,
stellt er klar, als ich zögere. »Kein Alkohol.«

Als ich daran nippe, stelle ich fest, dass es stimmt. Etwas
Prickelndes darin kribbelt auf meiner Zunge. Der
Geschmack ist komplex.

Jaegers Getränk sieht gleich aus.

»Du kannst doch ruhig was Alkoholisches trinken«,
meine ich zu ihm. Immerhin sind wir in einer Bar.

»Ich trinke, was du trinkst«, erwidert er. Trotz meiner
sehnsüchtigen Mitte und meiner Nervosität wärmt mir
seine Solidarität das Herz.

Als ich mich an ihn lehne, verlagern sich die Kugeln in
mir, und mir wird schwindlig. Ich umklammere seinen Arm,
drücke die Stirn an seine Schulter.

»Was ist los?«

Ich schlucke schwer. »Die Kugeln ... sie ...« Ich kann nicht erklären, wie ich mich fühle. Stattdessen sehe ich ihn nur um Gnade flehend an.

»Mein armes Häschen. Du bist so brav und leidest für mich.« Als er mir das Gesicht streichelt, unterdrücke ich ein Stöhnen. »Keine Sorge. Bald darfst du kommen.«

»Wann?« Meine Pussy ist so geschwollen, dass mich die geringste Berührung zur Entladung bringen könnte.

»Wenn ich es sage. Keinen Moment früher.« Ich schließe die Lider, und er flüsterte mir ins Ohr. »Tu das für mich, Häschen, und ich lege dir die Welt zu Füßen.«

Als ich die Augen wieder öffne, lichtet sich die Bar. Die Leute strömen zur Tür.

»Komm mit.« Jaeger leert sein Getränk in einem Zug. Er bietet mir den Rest von meinem an. Als ich ablehne, trinkt er auch mein Glas aus. »Die Feierlichkeiten fangen bald an.«

Diesmal benutzen wir den Aufzug, begeben uns zurück nach unten. Die Türen öffnen sich, und wir steigen in einen überfüllten, mehrere Geschosse hohen Raum aus, erhellt von einem gewaltigen Kronleuchter.

Die Elite von New Rome ist anwesend, überwiegend in Smokings und Ballkleidern, vereinzelt jedoch auch in Catsuits aus Lackleder. Dazwischen schlängeln sich klubeigene Subs in schwarzen und roten Korsetts auf Stilettos mit roten Sohlen durch die Menge.

Jaeger trägt mich zur gegenüberliegenden Wand. Dort steht ein großer vergoldeter Stuhl auf einer kleinen Plattform. Mit mir in den Armen lässt sich Jaeger auf dessen roter Samtpolsterung nieder. Durch die Erhöhung befinden sich unsere Köpfe und Schultern über der Menge, und ich kann alles sehen.

Einige Gesichter drehen sich in unsere Richtung.

Abrupt richte ich mich in Jaegers Armen auf. Die meisten Anwesenden tragen schlichte schwarze oder weiße Masken, manche auch aufwendigere, verziert mit funkelnden Edelsteinen. Aber nicht die Männer von Fraternitas.

Ihre sind anders – Totenschädelmasken. Manche schwarz, andere weiß, einige silbrig. Die Gesamtwirkung ist furchterregend.

»Jaeger«, flüstere ich vor allem deshalb, weil ich Kontakt mit ihm brauche. Mein Blick fällt wie gebannt quer durch den Raum auf einen riesigen Mann mit der Skimaske eines Vollstreckers, bedruckt mit einem Totenschädel. Gesicht und Haare sind bedeckt, doch auf der Hand prangt eine Tätowierung in Form eines Spinnennetzes.

Kaiser. Und er starrt mich an.

»Hab keine Angst«, murmelt Jaeger. »Lächle und wink.« Ich komme der Aufforderung nach, aber sich nicht zu fürchten, ist leichter gesagt als getan.

In der Mitte des Raums befinden sich weitere Leute mit verschiedenen Totenschädelmasken um eine weitere Plattform herum. Alle mit Totenschädelringen.

Der uns am nächsten stehende Maskierte hat sein Jackett abgelegt und den Oberkörper entblößt. Er trägt eine schwarze Weste und hat die dicken nackten Arme um eine große, schlanke Frau geschlungen. Nach kurzer Überlegung fällt mir ein, wieso sie mir bekannt vorkommt – es ist Odette. Ihre perfekte Haltung einer Tänzerin würde ich überall erkennen. Sie trägt ein elegantes mitternachtsblaues Kleid, in dem ihre braune Haut förmlich zu schimmern scheint. Ihr Ballerina-Dutt bringt einen anmutigen Hals zur Geltung.

Als ich Odette zuletzt gesehen habe, hatte sie ein schwarzes Band mit einem dunkelblauen Edelstein um die Kehle. Jetzt ist es ein Kragen aus Metall, entweder Silber oder Weißgold, und das blaue Juwel daran sieht nach dem gleichen aus. Er passt zu dem im Ring des Mannes.

Genau, wie Honey es mir beschrieben hat. Ich wünschte, sie wäre hier, um mir zu erklären, was ich gerade sehe.

Sobald ich Odette bemerkt habe, fallen mir weitere Gestalten neben den maskierten Männern auf. Einige tragen ein schwarzes Band um den Hals, andere ein weißes.

Bei einer Frau ist es rot. Sie befindet sich weit rechts von mir und kniet in der Nähe der Wand. Ihr Haar ist burgunderrot gefärbt. Im Mund hat sie einen schwarzen Ballknebel, die Arme sind ihr mit roten Lederriemen auf den Rücken gefesselt. Sie trägt ein dazu passendes rotes Lederbustier, das die Brüste ausspart. Ihre Nippel sind gepierct und mit einer Kette verbunden. Der Maskierte neben ihr hält eine an der Kette befestigte Leine.

Mir stockt der Atem. Jaeger bemerkt meinen Blick und beugt sich zu mir. »Gefällt dir, was du siehst?«

Ich schlucke schwer. Eigentlich sollte ich wegschauen, doch mir sind soeben die Augen der Frau aufgefallen. Sie sind geöffnet, aber sowohl die Iris als auch die Pupille sind einheitlich schwarz. Zusätzlich zu den Fesseln muss sie Kontaktlinsen tragen, die ihr die Sicht rauben.

»Häschen?« Jaeger wartet darauf, dass ich mein Interesse gestehe.

Ich schüttle den Kopf und wende mich ab. Dennoch kann ich nicht leugnen, dass meine Mitte heftiger pulsiert.

Im Raum wird es zunehmend voller, da immer mehr Menschen hereinströmen. Es herrscht Gemurmel. Als jedoch St. James die Plattform in der Mitte erklimmt, verstummen alle.

»Meine Lieben«, beginnt er, und es wird allseits leise gelacht, als wäre es ein Scherz. »Wir haben uns hier zur Verpflichtungszeremonie zweier unserer geschätzten

Mitglieder versammelt. Zum einen haben wir ihn, den man Asmodeus nennt, und sie, auf die er Anspruch erhebt. Sarah.«

Ein Mann mit silbriger Totenschädelmaske betritt die Plattform. Sein Oberkörper ist nackt. Eine Tätowierung in Form eines roten Drachen erstreckt sich über die definierten Muskeln. Abgesehen davon, dass er langes schwarzes Haar hat, kann ich keine weiteren Merkmale erkennen, auch nicht seinen Ring.

»Sarah.« Asmodeus streckt die Hand aus und hilft einer jungen Blondine auf die Plattform. Sie trägt ein kurzes weißes Gewand. Es ist schlicht und beinah durchsichtig, mehr ein Seidenhemdchen als ein echtes Kleid.

Nicht unähnlich dem, das ich trage.

Sobald sie sich auf der Plattform befindet, zeigt Asmodeus auf eine Stelle vor ihm. Ich atme scharf ein. In meinem Magen flattert es. Sarah beißt sich auf die Unterlippe, bevor sie auf die Knie sinkt. Sie schaut zu dem über ihr aufragenden Maskierten hoch, die Augen vor Erwartung und Furcht weit aufgerissen.

Ihre Hand hebt sich langsam und berührt das Band um ihren Hals. Es ist schwarz.

»Hände hinter den Rücken«, befiehlt Asmodeus weithin hörbar. Sarah gehorcht, und er beugt sich vor und fügt leise etwas hinzu, das niemand sonst im Raum verstehen kann.

»Gefällt dir das, Häschen?« Jaeger verlagert das Gewicht so, dass er mir ins Ohr flüstern kann. »Macht es dich feucht?« Er wartet nicht auf meine Antwort, sondern fasst unter mein Kleid, zwischen meine Beine und überprüft es selbst. Ich atme scharf ein und spanne den Bauch an. Die Kugeln bewegen sich in mir. Ich greife nach seinem Handgelenk, kann ihn jedoch nicht davon abhalten, mich zu berühren.

»Jaeger, hier sind Leute.«

»Niemand achtet auf uns.« Er fängt an, mich zu streicheln, und mein nach einem Orgasmus gierender Körper jauchzt vor Lust. Ich klammere mich an seinen Arm, mehr um mich an ihm abzustützen, als um ihn zu bremsen.

Sein Finger ertastet meine Klitoris und umkreist sie. Noch etwas mehr Druck, und ich werde kommen.

St. James verkündet den Anwesenden erneut etwas, doch meine Ohren werden von einem lauten Rauschen beherrscht. Aber obwohl meine Aufmerksamkeit allein Jaegers Finger gilt, kann ich den Blick nicht vom Geschehen in der Mitte des Raums lösen.

Eine klubeigene Sub betritt die Plattform, sinkt auf ein Knie und streckt ein Kissen mit einem silbernen Halsband vor.

Asmodeus stellt sich hinter Sarah und nimmt ihr das schwarze Band ab. Daran befindet sich ein Edelstein, den ich zuvor nicht bemerkt habe. Die Farbe kann ich nicht erkennen. Er löst das Juwel vom Band und ergreift den Kragen aus Metall.

Jaeger knabbert an meiner Ohrenspitze, und ich erschaudere. Ich bin so knapp vor dem Höhepunkt, doch das scheint er zu wissen. Sein Finger zieht sich zurück.

»Nicht kommen. Noch nicht.«

Um mich von dem intensiven Ziehen zwischen den Beinen abzulenken, frage ich: »Was passiert jetzt?«

Auf der Bühne hat Asmodeus den Edelstein an dem Halsband aus Metall befestigt. St. James befiehlt Sarah, den Hals vorzustrecken, um es entgegenzunehmen. Sie hebt die Haare an.

»Er erhebt Anspruch auf sie als seine *Elita*. Seine Auserwählte. Sie wird ihm in jeder Hinsicht gehören, und ganz Fraternitas wird zu ihr so loyal sein wie sie zu ihm.«

Und das willst du auch für uns? Die Frage liegt mir auf der Zunge. Stattdessen beobachte ich nur, wie Sarah von Asmodeus das Halsband angelegt wird. Er bückt sich, packt ihr blondes Haar und zieht ihren Kopf zurück, um sie zu küssen.

Die maskierten Männer strecken die Fäuste hoch. »Fraternitas.« Sie stimmen einen Sprechgesang an. Jaeger hält mich mit einem Arm fest, während er darin einstimmt. »Fraternitas. Fraternitas.«

Die Rufe verstummen.

Asmodeus hilft Sarah bereits von der Bühne.

St. James hebt die Hände, bedingt sich Ruhe aus. »Ladys und Gentlemen, willkommen beim Pandemonium.«

Abrupt wird es stockdunkel. Aus den Ecken dröhnt Musik, tiefe Bässe, die mir die feinen Härchen an den Armen aufrichten. Bunte Lichter blitzen kreuz und quer durch die Finsternis, verwandeln den Raum in eine Tanzfläche. Einzelne Gestalten in der Menge schillern in Neonfarben. Die von den Mitarbeiterinnen getragenen Korsetts sind mit grünen und rosa fluoreszierenden Streifen besetzt. Einige halten rot schimmernde Flogger.

An den Wänden links und rechts von uns leuchten nacheinander türförmige Bögen auf. Vier Geschosse mit einsehbaren Kammern offenbaren die Menschen und deren Treiben darin. Ineinander verschlungene Körper, küssend, tastend, vögelnd.

Ich sollte nicht hinsehen, kann den Blick jedoch nicht davon lösen.

Jaegers Hände wandern über mich. Mein bereits heißes Blut beginnt zu kochen.

»Jaeger ...«

»Schhhh, Häschen. Gib dich mir hin.« Seine Hand legt

sich auf meine Brust. Ich lehne mich rückwärts an ihn, schmiege mich in seine Berührungen.

Hinter der nächstgelegenen Tür presst eine maskierte Gestalt eine kleinere an die Wand und rammt sich von hinten in sie. In der Kammer daneben steht jemand mit gespreizten Gliedmaßen an einem Andreaskreuz, während jemand anders dahinter eine Peitsche hält. Bei einer dritten Person ragt ein großer, auffälliger Penis oder Dildo zwischen den Beinen hervor.

Jaeger streift mir die Träger von den Schultern und zieht mein Kleid runter, legt meinen Brustkorb frei. Ich hadere mit mir, weiß nicht, ob ich ihn wegstoßen oder an mich ziehen soll. Er nimmt mir die Entscheidung ab, fixiert mich an sich, hält meine Handgelenke hinter mir fest, dreht mich auf seinem Schoß seitwärts und beugt mich zurück gegen die Armlehne des Stuhls. In dieser Lage habe ich den Raum im Blick, während er mit meinen nackten Brüsten spielt. Er senkt den Kopf herab und saugt sich einen Nippel in den Mund.

Ein elektrisierendes Knistern durchzuckt mich und lässt mich nach Luft schnappen. Ich bin gefangen, hilflos, während ich beobachte, wie sich die Menschen auf der Tanzfläche vor uns verrenken. Die Menge lichtet sich ein wenig, da sich einige Anwesende zu zweit, zu dritt und in noch größeren Gruppen nach oben zu privaten Räumen begeben. Der Rest hat sich in einen Moshpit verwandelt. Mehrere Paare ringen unmittelbar vor uns miteinander. Zwei Männer haben eine Frau zwischen sich. Einer küsst sie, während der andere den Reißverschluss ihres Ballkleids öffnet und sie vor meinen Augen entblättert.

Jaeger klemmt die Zähne um meinen Nippel und beißt zu. Ich zucke zusammen, als hätte ich einen Stromschlag abbekommen.

Ein junger Mann mit einer weißen Spitzenmaske wie meiner flüchtet vor einem anderen mit einer goldenen Maske. Der Verfolgte schaut zu seinem Jäger zurück, stolpert dabei und fällt. Aus den Schatten treten zwei Figuren mit langschnäbeligen Pestmasken hervor. Sie packen den Jüngeren und halten ihn fest, bis ihn der Mann mit der goldenen Maske übernimmt und wegschleift.

Eine weitere Dreiergruppe zieht an mir vorbei, bestehend aus einem großen Kerl in der Mitte, der zwei halb nackte Subs an Leinen führt. Die Subs weisen Keuschheitsvorrichtungen auf – einen Peniskäfig und einen glatten silbernen Gürtel –, und ihre Hände sind hinter den Rücken gefesselt. Ein Schauder durchläuft mich, als mir klar wird, dass ich den Mann in der Mitte kenne. Atticus. Er zwinkert mir zu, bevor er sich seinen Untergebenen zuwendet und ihre ehrfürchtigen Küsse entgegennimmt.

Der Raum hat sich vor meinen Augen in eine Orgie verwandelt. Die Männer mit den Totenschädelmasken sind entweder verschwunden oder haben sie abgenommen. Ich sehe mich nach ihnen oder ihren Partnerinnen mit den Halsbändern um, entdecke sie jedoch nicht.

Allerdings beschäftigt mich gerade etwas anderes mehr. Jaeger küsst meine Brüste, aber seine Hand zwischen meinen Beinen bewegt sich nicht mehr.

Ich drücke gegen seinen Kopf. Als er ihn hebt, nehme ich sein Gesicht in die Hände und küsse ihn. Er brummt, beugt sich in den Kuss und neigt mich dann über seinen Arm zurück. Seine Lippen wandern zu meinem Mundwinkel und anschließend tiefer. Er saugt an meinem Nippel, und ich schreie auf.

Ich zittere vor lauter Verlangen danach, zu kommen. Meine inneren Muskeln ziehen sich um die Kugeln zusammen. Erregung durchströmt mich, raubt mir regelrecht den Verstand. Ich stehe so kurz davor.

Jaeger schaut auf. Laserdünne Lichtstrahlen zucken kreuz und quer über sein Gesicht. »Willst du so kommen? Vor allen?«

Ich schüttle den Kopf, aber meine Hüften drängen wie von selbst nach oben, suchen seine Berührung. Mir bleibt vielleicht keine andere Wahl.

Er klemmt die Finger so fest um meine Schamlippen, dass ich aufschreie. Der Schmerz ist so herrlich. »Fleh mich an, Elodie.«

»Jaeger, bitte.« Ich schluchze. Die Lichter, die wummernde Musik, alles an dieser Nacht überwältigt mich.

Er lässt mich los, und die Schmerzen verflüchtigen sich zusammen mit meiner Hoffnung auf einen Orgasmus.

Jaeger steht mit mir in den Armen auf, dann jedoch dreht er sich um und setzt mich auf den Stuhl. Ohne seine Wärme zittere ich, fühle mich verloren.

Er beugt sich zu mir, legt mir die Hand in den Nacken. »Bist du brav für mich?« Seine Finger krallen sich in meine Locken, ziehen ein wenig daran und entfachen ein Kribbeln auf meiner Kopfhaut.

Der restliche Raum, die dröhnenden Bässe, die blinkenden Lichter, alles weicht in den Hintergrund zurück. Es gibt nur noch uns beide.

Ich lecke mir die Lippen. »Ich will kommen.«

»Bald.« Mit der freien Hand drückt er mein Knie.

»Ich hasse dich«, teile ich ihm mit. Er grinst. Mich überkommt der Drang, ihm die Wahrheit zu sagen. Ich nehme sein Gesicht in die Hände. »Das hab ich nicht so gemeint. Jaeger, ich ...« Als ich tief in seine stürmischen Augen blicke, kann ich den Rest nicht aussprechen. *Ich vergehe mich nach dir. Ich will mehr Zeit mit dir im Penthouse beim Kuscheln auf der Couch. Ich will diejenige sein, der du in der Dunkelheit deine Geheimnisse zuflüsterst.*

Aber ich habe Angst.

Sein Blick wird sanfter. »Ich weiß.« Er streicht mit den Lippen über meine. »Ich liebe dich auch.«

Er weiß es.

Ein Gefühl von Frieden senkt sich auf mich. Ich hätte Jaeger niemals für jemanden gehalten, in den ich mich verlieben könnte. Und nicht ich habe ihn ausgesucht, sondern er mich. Aber jeder andere Mann in meinem Leben ist gegangen. Vielleicht brauche ich einen, der mich nicht gehen lässt.

»Ich liebe dich«, platzt aus mir hervor, weil ich es keine Sekunde länger aushalte, es ihm nicht zu sagen.

Er zieht sich zurück, ragt über mir auf, und ein Schauder läuft mir über den Rücken. Irgendetwas wird gleich passieren.

»Du musst jetzt tapfer sein. Und sehr, sehr brav.« Er verbindet mir die Augen, stürzt mich abrupt in die Dunkelheit.

Unwillkürlich zapple ich vor Panik. »Was ...«

Er legt mir einen Finger auf die Lippen. »Kein Wort mehr. Sonst muss ich dich knebeln.« Er wartet auf mein Nicken, bevor er meine Hände ergreift und mit irgendeinem weichen Seil fesselt.

Dann bringt er etwas über meinem Kopf an. Es bedeckt meine Ohren, dämpft die Geräusche um mich herum, nicht jedoch die pulsierende Musik.

Ich kämpfe gegen einen weiteren Anflug von Angst an. Er hat mir die Sicht genommen, meine Fähigkeit, meine Hände zu benutzen, und nun auch noch das Gehör. Mir geht die Frau mit dem Monohandschuh und mit dem roten Band durch den Kopf.

Ich öffne den Mund, bevor mir einfällt, dass er mir einen Knebel angedroht hat. Dennoch winde ich mich, als er mich berührt. Er hebt eine der weichen Abdeckungen von meinem Ohr. »Ganz ruhig, Häschen. Wehr dich nicht. Spar dir die Kraft auf. Du wirst sie noch brauchen.«

Dann senkt er die Abdeckung wieder, lässt mich gefangen in meiner dunklen Welt zurück. Ich kann nur die Handgelenke in den Fesseln bewegen, als er mich hochhebt und irgendwo hinträgt. Irgendetwas hat er geplant. Ich habe keinen Schimmer, wohin wir unterwegs sind, kann nur raten. Nach oben zur Bar? Oder in eine dieser erhellten Kammern, um darin eine Show zu liefern?

Ich weiß nur, dass ich bei ihm sein werde. Er hat versprochen, an meiner Seite zu bleiben.

Ich habe ihm gesagt, dass ich ihn liebe. Und ich habe es ernst gemeint. Keine Ahnung, wann genau er zum Einzigen auf der Welt geworden ist, auf den ich mich stützen kann.

Ich hoffe nur, er lässt mich nicht fallen.

J*AEGER*

D*IE* *WUMMERNDEN* B*ÄSSE* und die Geräusche der Tänzer bleiben hinter mir zurück, als ich den Ballsaal verlasse und tiefer in die Eingeweide des Gebäudes vorrücke. Am Ende des Korridors befindet sich ein weiterer geheimer Aufzug. Dieser setzt sich nur in Bewegung, wenn ich einen Sprachbefehl erteile und die Hand in einem bestimmten Winkel halte, damit ein verborgener Sensor meinen Ring abtasten kann.

Dann fahren wir abwärts, tief unter den *Club Empire* zu

einem Ort, den nur Fraternitas kennt. In den *Abyssus*, wie wir ihn nennen.

Wer auf den Straßen aufwächst, erfährt schnell von den geheimen Gängen unter der Stadt. Unter New Rome existiert eine eigene Welt – alte Kanäle, U-Bahn-Tunnel, unterirdische Kammern. Wir haben nicht lange gebraucht, um zu erkennen, dass wir den Ort für uns allein haben konnten. Ist man klein und unbedeutend, bekommt es niemand mit, wenn man verschwindet. Das ist die größte Schwäche eines Gossenkinds – und unsere größte Stärke.

Pater Francis hat uns Weltgeschichte beigebracht, den Aufstieg und Fall von Imperien. Damien und St. James haben als Erste etwas Entscheidendes begriffen – wer über die Unterwelt herrscht, der regiert auch die Straßen. Zuerst durch Schmuggelrouten, dann durch illegales Glücksspiel und Kampfklubs. Und als Fraternitas genug Reichtum und Kontrolle erlangt hatte, um uns mächtig zu machen – die gesamte Stadt.

Mittlerweile herrschen wir oben, aber wir haben nie den Ort vergessen, der es uns ermöglicht hat. Wir dürfen ihn nicht verlieren, benutzen ihn für unsere geheimsten Treffen und Rituale.

Und jetzt bringe ich Elodie her. Meine Brüder müssen erfahren, was sie mir bedeutet. Und sie muss verstehen, was Fraternitas wirklich ist. Der beste Weg dafür besteht darin, es ihr und ihnen allen zu zeigen.

Mit schnellen Schritten marschiere ich durch den feuchten Tunnel, folge dem schwindenden Licht. Ich kenne die Route auswendig. Als ich einen Abschnitt mit verdreckten U-Bahnfliesen erreiche, biege ich nach rechts ab. Es wird dunkler. Inzwischen befinde ich mich im ältesten, längst vergessenen Teil der Stadt.

Elodie zittert in ihrem dünnen Kleid, doch sie gibt

keinen Mucks von sich. Es ist nicht fair, sie das durchma-
chen zu lassen, aber sie muss erfahren, was Fraternitas ist.
Ich habe der Bruderschaft mein Leben gewidmet. Sie hat
meinem Hang zu Gewalt einen Zweck verliehen. Und jetzt
hat sie mir Elodie beschert.

Ich verstoße gegen unsere höchsten Gesetze, indem ich
sie herbringe, allerdings war es St. James, der alles in Gang
gesetzt hat. Davor habe ich nie etwas zum Geburtstag
bekommen, und er hat sie mir geschenkt. Auf der Straße
lernt man als Erstes, an dem festzuhalten, was man hat.
Diese Lektion kennt er genauso gut wie ich. Er kann mir
keinen Vorwurf daraus machen, dass ich mich weigere, sie
aufzugeben.

In der Ferne hallen Stimmen wider. Ich nähere mich
meinem Ziel.

Licht dringt über grau-grüne Stufen herauf. Als ich in
die gleißende Helligkeit hinabsteige, bewege ich mich langsam, damit sich meine Augen daran anpassen können. Wir
befinden uns auf einem schmalen Vorsprung, einer Art
Balkon mit Blick auf unseren Ritualbereich. Damien
bezeichnet unseren Treffpunkt als »Kirche«, was sowohl
ironisch als auch zutreffend ist. Hier versammeln wir uns,
planen und geloben uns gegenseitig Loyalität. In Nächten
wie dieser vergießen wir hier Blut.

Ich lasse mich auf einer niedrigen Stufe nieder, von der
wir das Geschehen mitverfolgen können. Elodie sitzt starr
auf meinem Schoß.

»Du musst still sein«, warne ich sie, als ich ihr die
Augenbinde abnehme und ihren verängstigten Blick auf das
dunkle Heiligtum unter uns lenke. »Die Zeremonie geht
gleich los.«

❧

ELODIE

ICH BEKOMME DEN MOMENT MIT, in dem wir den *Club Empire*
verlassen. Der Geruch verrät es mir. Ich nehme den Moder
dunkler, unterirdischer Orte wahr. Schimmel und Abwas-
serkanäle. Feuchte Kälte wechselt sich mit vereinzelten
Schüben von Wärme und dem entfernten Kreischen und
Rumpeln einer U-Bahn ab.

Ich drücke mich an Jaegers starke Brust und hoffe, er
wird mich nicht absetzen. Je weiter er geht, desto mehr steigert sich meine Angst.

Dann trägt er mich eine Treppe hinunter in einen
wärmeren Bereich. In der Luft liegt ein Hauch von etwas,
das mich an Weihrauch erinnert.

Unter dem würzigen Geruch jedoch nehme ich etwas
anderes wahr. Etwas Unangenehmes mit einer metallischen
Note.

Die Augenbinde wird mir abgenommen. Einen Moment
lang werden meine Sinne von Licht überwältigt. Schließlich
blicke ich blinzelnd in Jaegers Züge. Er warnt mich, still zu
sein, und murmelt etwas von einer Zeremonie. Panik rast
mir heiß über die Haut und vertreibt die Kälte.

Jaeger hat mich in einen höhlenartigen, von Kerzen
erhellten Raum gebracht. Wir befinden uns in einer Ecke
und überblicken den Rest der riesigen rechteckigen
Kammer. Als wären wir in einer Loge eines Theaters, wo wir
auf das Geschehen hinabschauen.

Ich spähe über die Kante des Vorsprungs und dränge
einen Aufschrei zurück. Der Raum ist voller Menschen,
jeder Einzelne mit einer Totenschädelmaske. Einige tragen
Straßenkleidung, andere schwarze Roben. Die unheilvolle
Wirkung ist dieselbe. Sie füllen den Raum, nehmen ihre

Plätze in Reihen mit Sitzbänken ein. Es ist so still, dass ich eine Kerze in ihrer Halterung zischen höre.

Kein Wunder, dass Jaeger mich aufgefordert hat, keinen Laut von mir zu geben. Ich glaube, niemand weiß, dass er und ich zusehen. Ich glaube, ich sollte nicht an diesem Ort sein. Von hier aus kann ich es zwar nicht erkennen, doch ich würde meine hunderttausend Dollar darauf wetten, dass alle Gestalten dort unten Ringe tragen.

Die Wände und der Boden bestehen aus schwarzem Stein, glänzend wie Obsidian. Sie reflektieren das gelblich-goldene Licht. In die Mauern sind Kamine eingebaut. Eine Reihe Gasflammen erstreckt sich um den gesamten Raum herum.

Vorn befindet sich ein offener Bereich mit hohen Kandelabern und einem mit dunklem Wasser gefüllten Steinkreis – ein kleines Becken.

Mir wird klar, woran der Ort mich erinnert. Der Geruch von Weihrauch, die Bankreihen, der zeremonielle Bereich vorn – es handelt sich um eine verkommene Nachahmung einer Kirche. Nischen säumen die Wände, genau wie in St. Xavier. Nur statt Heiligenfiguren enthält jede eine Totenschädelmaske, erhellt von einem schaurigen gelblichen Licht.

Im Altarbereich vorn versammelt sich eine Gruppe von Gestalten in Roben. Ich sollte nicht hinstarren – *sollte gar nicht hier sein* –, doch ich kann den Blick nicht abwenden.

Jemand sticht aus der Gruppe hervor. Blondes Haar, blasse Haut. Sarah mit ihrem neuen silbrigen Kragen. In der Dunkelheit schillert ihr weißes Kleid wie ein Leuchtfeuer. Sie wird an einer silbrigen Leine von dem Mann mit den Drachentätowierungen geführt. Asmodeus.

Ein kleinerer Mann mit einer schwarzen, zu einem Totenschädel mit Krone geformten Maske tritt vor. Er hebt die Arme und stimmt einen Sprechgesang in einer Sprache an, die ich nicht erkenne.

»Das ist Damien.« Kaum hörbar dringt Jaegers Flüstern in mein Ohr. »Und da ist St. James.« Er deutet auf eine Gestalt in Roben, die regelrecht mit den Schatten hinter dem Becken verschmilzt. »Asmodeus kennst du ja schon. Er ist einer der Sieben, die der Teufel zu seinen Generälen ernannt hat.«

Oh ihr Götter. Ich will das alles nicht wissen. Neben Damien sitzt eine weitere in Roben gekleidete Person in einem Rollstuhl. Der Körper wirkt zierlicher. Als der Gestalt ein Zeremoniendolch gereicht wird, fallen die Ärmel des Gewands zurück. Bunte Tätowierungen kommen zum Vorschein. Grüne Ranken mit Dornen, weinende blutrote Rosen. Ich erkenne die Tattoos. Von der Frau, die das *Inferno* leitet.

»Lucy«, bestätigt Jaeger meinen Verdacht. Ich spanne unter meinen Fesseln die Unterarme an und wünschte, ich könnte flüchten.

Eine andere Frau steht in der Nähe. Eine Kapuze verdeckt ihr Gesicht.

»Das ist die Frau des Teufels«, murmelt Jaeger. Sein Atem haucht in mein Haar. »Seine *Elita*. Ich könnte dir ihren Namen sagen, aber dann würde er mich umbringen. Er schützt ihre Identität mit allen Mitteln.«

Die Zeremonie geht weiter, geleitet vom Teufel und Lucy. Asmodeus führt Sarah zum Rand des Beckens. Lucy reicht ihm einen Kelch. Er setzt ihn an Sarahs Mund an und befiehlt ihr, daraus zu trinken. Obwohl sie heftig zittert, gehorcht sie, bevor sie den Kelch ergreift und ihn ebenfalls daraus trinken lässt.

Dann benutzt er den Dolch, um sowohl ihre Handfläche als auch seine aufzuschlitzen, und sie tauschen irgendein

Gelübde aus. Eine weitere Gestalt in Roben tritt vor und leitet die beiden an. Mit tiefer, leiernder Stimme spricht der Mann lateinische Sätze. Die für mich bedeutungslosen Worte hallen von den Wänden wider. Es lässt sich nicht übersehen, dass die Zeremonie so förmlich wie eine Eheschließung ist. Doch wer weiß, was für Gelübde in dieser verkehrten Welt gesprochen werden?

Mir wird bewusst, dass ich diese Stimme schon einmal gehört habe. Das Gesicht des Mannes liegt unter einer tiefen Kapuze verborgen, aber ich sehe ihn vor meinem geistigen Auge – bärtig, bekleidet mit einer schlichten Soutane, ein Holzkreuz um den Hals.

Pater Francis. Warum ist der Priester hier?

Eine Tür schwingt auf und knallt gegen die Wand. Das Echo des Geräuschs hallt laut durch die unterirdische Kammer. Ich zucke heftig zusammen, und Jaeger hält mich fest. »Sieh zu«, fordert er mich auf.

Zwei Männer mit Vollstreckermasken schleifen jemanden herein. Ihr Gefangener ist ein Anzugträger. Geknebelt setzt er sich zur Wehr. Sein Haar steht in alle Richtungen ab, während er sich unter ihrem Griff windet. Unerbittlich zerren sie ihn weiter und zwingen ihn nahe dem Becken vor dem Priester und dem Teufel auf die Knie. Beide entfernen sich rückwärts, bis nur Sarah und Asmodeus verbleiben.

Sarah tritt vor den Mann hin, der sich verbissener wehrt, als er sie erblickt. Asmodeus hilft dabei, ihn festzuhalten, und beugt ihn rückwärts über das Becken.

Meine Eingeweide verwandeln sich in Blei. Obwohl ich nicht weiß, was passieren wird, beschleicht mich das untrügliche Gefühl, dass es nichts Gutes sein wird.

Lucy bewegt ihren Rollstuhl vorwärts und reicht Sarah einen Dolch. Silber funkelt, als sie ihn in den Händen dreht. In ihrem schlichten weißen Kleid wirkt sie so zerbrechlich.

Aber sie verzieht keine Miene, als sie mit der Klinge in der Hand vortritt. Ein wildes Zittern erfasst mich. Jaeger hält mich fester.

Sarah beugt sich vor und sagt etwas zu dem Mann. Er schüttelt den Kopf, zu mehr ist er nicht in der Lage. Asmodeus reißt das Hemd des Mannes auf, entblößt bleiche Haut und nickt Sarah zu.

Mit beiden Händen hebt sie den Dolch hoch über den Kopf, bevor sie ihn in die Brust des Opfers stößt.

14

E *lodie*

BLUT SPRITZT in Sarahs ernstes Gesicht.

Ich knirsche so verbissen mit den Zähnen, dass sie schmerzen, und kämpfe gegen einen Schrei an. Säure brodelt in meinem Magen, während ich mich an Jaeger winde.

Der Tod setzt nicht sofort ein. Sarah war nicht stark genug, um das Messer ausreichend tief hineinzurammen. Die Adern am Hals des Mannes treten hervor, als er in den Knebel schreit. Sosehr er sich zu wehren versucht, die ihn festhaltenden Fraternitas-Mitglieder sind übermächtig.

Schließlich beendet es Asmodeus. Er tritt hinter Sarah, ergreift um sie herum die Klinge, legt die großen Hände über Sarahs kleinere. Seine Muskeln spannen sich an, als er seine Kraft einsetzt, um den Dolch bis zum Anschlag in die Brust zu drücken.

Der Kopf des Opfers erschlafft auf den Schultern. Nach einem letzten Zucken des Mannes lassen die Vollstrecker ihn los und in das Becken fallen. Dunkles Blut quillt um die Klinge herum aus der Wunde und vermischt sich mit dem Wasser.

Sarah tritt mit geballten, bis zu den Gelenken nassen Händen zurück. Ihr weißes Kleid ist vor Blut grellrot verfärbt.

Asmodeus dreht sie zu sich herum. Er berührt ihr Gesicht und krallt die Faust in ihr blondes Haar. Überall, wo er sie anfasst, hinterlässt er Rot.

»Zusammen im Leben. Gebunden durch den Tod«, spricht der Priester feierlich. Asmodeus führt Sarah zur Seite. Sie halten sich über einer silbernen Schale an den Händen, und Lucy gießt einen mit blutigem Wasser gefüllten Kelch über ihre vereinten Hände.

»Mut, kleine Dämonin«, sagt er zu ihr, und sie nickt ruckartig. Ihr blondes Haar hängt strähnig herab, dunkelrot, wo es Blut aufgesogen hat.

»Zum Ritual gehören Blut, Wasser und Feuer«, flüstert Jaeger, und ich zucke zusammen. Ich habe beinah vergessen, dass er hier ist. »Wir verpflichten uns einander und Fraternitas.«

Ich beiße mir auf die Unterlippe, denke an sein Brandzeichen.

»Auf Sarah wird Anspruch erhoben, und jetzt ist sie genauso an Fraternitas gebunden, wie Asmodeus sie an ihn gebunden hat.«

Weil sie mitschuldig ist, wird mir klar. Sie hat vor allen einen Mord begangen.

Die maskierten Männer holen den Leichnam aus dem Wasser. Ich kann nicht länger zusehen, drehe mich Jaeger zu.

»Warum hast du mir das gezeigt?« Meine Stimme ist kaum ein Flüstern.

Er hebt mich hoch und trägt mich die Treppe hinauf. Ich empfinde es als Erleichterung, dass wir aufbrechen, aber als wir einen dunklen Tunnel durchqueren, gehen die Nerven mit mir durch.

Ich zapple und winde mich aus seinen Armen. Meine Hände sind zwar gefesselt, nicht jedoch meine Füße. Er lässt mich runter, und ich stolpere auf dem kalten Steinboden. Die Kugeln fallen aus mir, holpern und rollen weg, aber ich bemerke es kaum.

Halb rennend, halb humpelnd entferne ich mich Jaeger und allem, wohin er mich gebracht hat. Allerdings ist es finster, und ich kenne den Weg nicht. Und Jaeger hatte noch nie Mühe, mich einzuholen.

Ich ende in einem schwach erhellten Raum aus poliertem Stein. An der Wand sind Namen in den Marmor eingeritzt, jeweils mit einem Totenschädel versehen. Es ist ein Mausoleum, ein Ort für die Toten von Fraternitas.

Jaegers Schatten füllt den Eingang aus, bevor er hereinkommt.

»Du wolltest, dass ich das sehe«, sprudle ich heraus. »Du hast mich hergebracht, mich zuschauen lassen. Und jetzt bin ich auch mitschuldig.«

Jaeger nähert sich mir. Ich schaue zu ihm auf. »Aber es steckt noch mehr dahinter, nicht wahr? Wenn sie erfahren, dass ich davon weiß, und ich flüchte, werden sie mich aufspüren.« Mit »sie« meine ich seine Brüder. Fraternitas.

»Ja.« Er deutet hinter sich. »Das passiert mit Menschen, die zu viel wissen. Wir verschleppen sie hierher. In den Abyssus.«

Die Beine versagen mir den Dienst, und ich falle, doch er fängt mich auf, bevor ich den Boden erreiche.

Der Jäger hat mich erwischt, nur ist es kein Spiel mehr.

»Ich kann das nicht«, presse ich erstickt hervor.

»Doch, du kannst. Du bist stark genug.« Er drückt mich gegen die Wand, legt mir eine Hand zwischen die Schenkel. »Ich werde dich behalten, Häschen.« Seine wilden Augen sind alles, was ich wahrnehme. »Du weißt zu viel. Jetzt kannst du mich nie mehr verlassen.«

Ich schüttle den Kopf, bin zu verängstigt, um zu sprechen.

»In der Nacht im Wald, als es nur uns beide gegeben hat, wusste ich sofort Bescheid. Keine gesellschaftlichen Regeln, keine Zivilisation, kein Verstellen. Da hast du mir ungeschönt dein wahres Wesen gezeigt. Du warst animalisch.« Er streichelt mich, und trotz allem, was passiert ist, flammt meine Erregung auf. Ich durchnässe seine Finger. »Du willst mich. Wenn du dazu ja sagst, bejahst du zugleich dein Ich.« Er lehnt sich an mich, hält mich zwischen seinem harten Körper und der Wand gefangen.

Ich schließe die Augen, doch seiner Berührung kann ich nicht entkommen.

Er will mich in seiner Welt haben. Und er wird kein Nein als Antwort akzeptieren.

Ich lege die Hand an den Hals, betaste das Band dort, zerre daran. »Was ist das wirklich? Was bedeutet es?«

»Es bedeutet, dass du mir gehörst.«

Meine Hüften drängen gegen seine Hand, mein Körper bettelt um einen Orgasmus.

»Sag die Wahrheit, Elodie. Tu es, dann darfst du kommen.« Seine Lippen an meinem Ohr jagen mir eine Gänsehaut über den Rücken. »Erzähl mir von dem Mann, den du am meisten umbringen willst.«

»Was?« Das Wasser schwappt über meinem Kopf zusammen. Ich gehe unter.

»Ist es dein Ex?«, fragt Jaeger.

»Nein.« Ich kann nicht. Das kann ich einfach nicht. Aber ich ertrinke in ihm, und es ist mir egal.

»Erzähl mir von ihm.« Jaeger verdreht die Finger, stößt sie tief in mich. Der Druck in meinem Schädel steigert sich, meine Gliedmaßen beginnen zu zittern. Mein Mund öffnet sich, und ich höre mich sagen: »Mein Professor.«

»Braves Häschen. Du wirst mir seinen Namen nennen.«

Und ich tue es.

Jaeger packt mich mit einer Hand an der Kehle. Gleichzeitig rammt er die Finger tiefer. Als mein Orgasmus über mich hereinbricht, drückt er zu und schneidet mir die Sauerstoffzufuhr ab. Das Gefühl schraubt mich in noch lichtere Höhen.

Dann ist er plötzlich in mir, presst mich an sich, während er mich pfählt. Wuchtig stößt er sich in mich, und meine Welt schrumpft auf das blaue Feuer in seinen Augen. Er lockert den Todesgriff um meine Kehle, und ich ertrinke nicht mehr. Stattdessen entfliege ich an einen Ort, an den nur er mich schicken kann.

Jaeger

Es ist ein weiter Weg vom Abyssus zurück zum *Empire*. Wir haben den versteckten Aufzug fast erreicht, als ein Schatten auf den Weg vor mir fällt. Kaiser. Er ist mir gefolgt. Aber da er sich bemerkbar macht, weiß ich, dass er jetzt reden will.

Er trägt noch seine Vollstreckermaske. Sein Blick heftet sich auf Elodie, die besinnungslos in meinen Armen liegt. »Sie sollte nicht hier sein.«

Ich widerspreche ihm nicht. Mir war bewusst, dass es ein Regelverstoß war, sie unser geheimstes Ritual mit ansehen zu lassen.

»Der Teufel wird es herausfinden.«

»Wirst du es ihm melden, Bruder?«, frage ich und gehe an ihm vorbei, ohne eine Antwort abzuwarten.

Er erzählt mir nur, was ich bereits weiß. Der heutige Abend war der Anfang vom Ende. Wenn der Teufel erfährt, was ich getan habe, wird er ein Urteil fällen. Je nachdem, wie er sich entscheidet, bin ich vielleicht ein wandelnder Toter.

Auf die eine oder andere Weise hat der Countdown begonnen.

∾

ELODIE

ALS ICH IM BETT ERWACHE, strömt Morgenlicht unter der Tür herein, und ich bin allein. Vage erinnere ich mich, dass Jaeger früh aufgestanden ist, mich auf den Kopf geküsst und mir mitgeteilt hat, dass er zurückkommen würde.

Mein Haar ist noch feucht vom Duschen. Jaeger muss es gewaschen haben, bevor wir schlafen gegangen sind. Mit gerunzelter Stirn betrachte ich meine nackten Füße und denke daran zurück, wie ich über den kalten Steinboden vor ihm weggerannt bin. Wie ich an jenem dunklen Ort des Bösen in Panik geraten bin, das Grauen in mir angeschwollen und aus mir hervorgebrochen ist, mich überwältigt hat. Meine Scham fühlt sich genauso wund wie mein Rücken an, so hart hat er mich an der Wand des Mausoleums genommen.

Weitere Erinnerungen an die vergangene Nacht fluten meine Gedanken, und ich gehe die schemenhaften Bruchstücke nacheinander durch. Die Kirche, die keine ist; das Ritual, das in der Ermordung eines Mannes gegipfelt hat; eine Frau wie ich, blutverschmiert. Die Dämonen in Totenschädelmasken; die wie Höllenfeuer an den schwarzen Wänden flackernden Flammen.

Es fühlt sich wie ein Albtraum an, der mich heimsucht. Vielleicht habe ich Glück und es stellt sich tatsächlich als Traum heraus.

Allerdings glaube ich das nicht.

Meine Gliedmaßen fühlen sich schwer wie Blei an, als ich mich aus dem Bett mühe. Mein Knöchel ist zwar nach wie vor nicht vollständig verheilt, dennoch gelingt es mir, ins Badezimmer zu humpeln und mich im Spiegel zu betrachten.

Immer noch trage ich ein Band um den Hals, allerdings kein weißes. Es ist schwarz.

Die vergangene Nacht war kein Traum.

Wo bin ich da nur reingeraten? Wenn nur Jaeger hier wäre, um mich festzuhalten und mir zu sagen, dass alles gut ist. Dann könnte ich weinen und ihn schlagen, bis er mich niederdrückt und mich Häschen nennt. Er besitzt die Fähigkeit, den Dingen einen Sinn zu verleihen.

Auch wenn er ein Teil der Dunkelheit ist, bleibt er meine sichere Zuflucht.

Ich knöpfe gerade meine Jeans zu, bin fast fertig angezogen und bereit für den Tag, als die Eingangstür zufällt.

Jaeger muss zurück sein.

Ich hinke aus dem Schlafzimmer – und erstarre. Der Mann im Foyer trägt eine zerrissene Jeans und ein schwarzes T-Shirt. Das lange goldene Haar hat er aus dem

Gesicht zurückgebunden. Er sieht aus wie Jaeger, ist es aber nicht.

Kaiser schreitet durch das Penthouse, als würde es ihm gehören.

Ich fühle mich gelähmt wie ein Häschen beim Anblick eines Wolfs.

Kurz hält er inne und betrachtet abschätzig die Farne und Zierkissen, bevor er seine gesamte Abscheu in einen Blick auf mich legt.

Zu gern würde ich ihn auffordern, sich zu verpissen, doch ich will heute nicht sterben. Meine einzige Hoffnung besteht darin, dass Jaeger zurückkommt und ihn rauswirft.

Kaiser begnügt sich damit, mich schweigend anzustarren. Vielleicht ist er gar nicht hier, um mich umzubringen. Jaeger hat gesagt, Kaiser hätte eine Wohnung in der Nähe. Er könnte unser Nachbar sein. Vielleicht ist er nur gekommen, um sich ein paar Eier zu leihen.

Um die unangenehme Stille zu durchbrechen, frage ich: »Kann ich dir helfen?«

Seine Miene verfinstert sich zusätzlich, doch schließlich ergreift er das Wort. »Weißt du, wo mein Bruder gerade ist?«

JAEGER

ALS ICH HEUTE AUFGEWACHT BIN, hatte ich eine nur aus einem Wort bestehende Nachricht auf dem Handy. *Inferno.* Damien hat sie geschickt. Er ist in meinem Telefon nur als Nummer eins gespeichert. Damien hat immer Feinde gehabt, und je reicher und mächtiger Fraternitas wird, desto mehr werden es. Deshalb fördert er das geheimnisvolle

Flair, das sich um den sogenannten »Teufel« rankt. Je weniger er als menschlich und real wahrgenommen wird, desto sicherer ist er.

Bevor er Anspruch auf seine *Elita* erhoben hat, war ihm die eigene Sicherheit noch egal. Seither jedoch hat er mehr, wofür es sich zu leben lohnt.

Und jetzt, da ich Elodie habe, verstehe ich seine Denkweise. Auf einmal habe ich mehr Grund, mich um das eigene Leben zu scheren.

Ich kann nur hoffen, dass Damien mir verzeiht, was ich getan habe.

Elodie habe ich schlafend in unserem Bett gelassen, ausgelaugt von unserer gemeinsamen Nacht.

Ich kann mich glücklich schätzen, dass Damien mich zu einem Treffen ins *Inferno* beordert statt in den Untergrund. Wer vom Teufel in den Abyssus eingeladen wird, kehrt nicht von dort zurück.

Ich finde Damien mit Lucy in ihrem Büro vor, die Köpfe zusammengesteckt. Die Tür steht offen. Sie verstummen, als ich mich nähere und aus Höflichkeit an den Rahmen klopfe.

Lucy mustert mich von oben bis unten und schnaubt. »Wir reden später weiter«, sagt sie zu Damien, bevor sie mit ihrem Rollstuhl um den Schreibtisch herumkommt.

»Schön, dich zu sehen, Lucy«, wende ich mich an sie, und sie schwenkt unwirsch die Hand. Sie mag mich. Schroffe Gesten sind ihre bevorzugte Art, es zu zeigen.

Oder sie ist besorgt um mich. Immerhin habe ich vergangene Nacht gegen ein Gesetz verstoßen.

Mir gefällt, dass Damien keine Zeit damit verschwendet, um den heißen Brei herumzureden. Er steht auf, lehnt sich an den Schreibtisch und wartet, bis ich die Tür geschlossen habe, bevor er das Wort ergreift.

»Man hat mir gesagt, dass du eine Uneingeweihte in die

Kirche gebracht hast.« Er verschränkt die Arme vor der Brust.

Ich hebe grinsend die Hände. »Schuldig.«

Damiens finsterer Blick bohrt sich in mich. Er ist nicht so groß oder breit wie ich, dennoch ein wilder Kämpfer, der sich vielfach bewiesen hat. Seit unserer Kindheit ist er unser Anführer. Pater Francis war unser Patriarch, Damien jedoch einer von uns. Darum hat er die Krone.

»Ich habe dich nur deshalb nicht zum Folterknecht in den Abyssus werfen lassen, weil St. James gemeint hat, ich soll dir die Gelegenheit bieten, dich zu rechtfertigen. Und weil ich weiß, dass du loyal bist.«

»Und ob ich das bin. Ich war bei deiner Hochzeit, als du Anspruch auf deine widerspenstige Braut erhoben hast.«

Es ist gefährlich, die *Elita* des Teufels anzusprechen. Er ist verrückt nach ihr, und seit sie ihm gehört, ist er geradezu psychotisch darauf versessen, sie zu beschützen.

Er reibt sich das Kinn, bedeckt den Mund, verdeckt seinen Gesichtsausdruck mit dem Schädeltattoo auf dem Handrücken. Aber er lässt mich sprechen.

»Hast du bei der ersten Begegnung mit ihr gewusst, dass sie dir gehören würde?«

Er senkt die Hand gerade weit genug, um zu antworten. »Ja.«

Ich lehne mich an die Wand, starre an die Decke, während ich nach den richtigen Worten suche. »Bei mir ist es genauso. Du kennst meine Vorgeschichte. Meine Vergangenheit. Die Kindheit, die ich nie hatte. Ich hatte gar nichts.«

»Hatten wir alle nicht.«

»Aber ich hatte meinen Bruder. Wir hatten erst einander und dann dich. Du hast etwas aus uns gemacht. Du, Pater Francis und St. James. Zusammen sind wir etwas Großes geworden. *Totum maius est partibus suis.*«

Damiens Lippen verziehen sich zum Ansatz eines Lächelns über mein holpriges Latein.

»Ich bin dankbar. Mehr habe ich nie gewollt.« Kurz verstumme ich, lass die Worte einwirken. »Bis ich ihr begegnet bin.«

Er seufzt. »St. James hat mir erzählt, dass er dir eine Belohnung gegeben hat.«

»Ich habe so lange gekämpft. Aber jetzt will ich jemanden haben, für den ich kämpfe. Für den ich lebe.« Damit verstumme ich und warte. Es liegt am Teufel zu entscheiden, ob ich für mein Vergehen sterben werde. Doch wenn ich Elodie nicht haben kann, will ich ohnehin nicht weiterleben.

Damien seufzt schwer. Er reibt sich mit der Hand über das Gesicht und senkt sie, betrachtet seinen Ring. »Ich verstehe.«

Damien weiß, dass ich für ihn und für meine Brüder sterben würde. Dasselbe würde er für mich, für uns tun. Das bedeutet es, bei Fraternitas zu sein.

Und wenn wir Anspruch auf eine *Elita* erheben, legen wir ein neues Gelübde ab. Damien würde sein Leben für seine Auserwählte opfern. Ich genauso. Meine Loyalität zu Fraternitas erstreckt sich auch auf die Frau, die er für sich auserkoren hat. Deshalb lassen wir größte Vorsicht dabei walten, wen wir uns aussuchen. Das *Elita-Ritual* ist bindender als eine gesetzliche Ehe. Das Gelübde wird dabei mit Blut geschrieben.

»Ich brauche jemanden, den ich lieben kann.« In meiner Brust breitet sich eine Sehnsucht aus, tiefer als jeder körperliche Schmerz, als ich an mein Häschen denke, das zu Hause in meinem Bett auf mich wartet. »Elodie ist dieser Jemand.«

Damien dreht seinen Fraternitas-Ring. Ich weiß, dass er

gerade an seine *Elita* denkt, an den langen, steinigen Weg, den er bewältigt hat, um Anspruch auf sie zu erheben. »Dann nimm sie dir. Mit meinem Segen.«

Damit gehört Elodie so gut wie mir.

Jetzt muss ich nur noch sie überzeugen.

Ich wende mich zum Gehen.

»Aber Jaeger«, bremst mich Damien, bevor ich die Tür öffnen kann. Mit der Hand am Knauf halte ich inne. »Die Regeln besagen, dass sie den Test bestehen und ihre Loyalität zu Fraternitas beweisen muss. Sonst ...«

Sonst steht mein Leben auf dem Spiel. Das war mir bewusst, als ich sie in den Abyssus mitgenommen habe. »Sie wird den Test bestehen.« Dafür werde ich sorgen.

Oder beim Versuch sterben.

ELODIE

ICH STARRE KAISER AN, er seinerseits mich. Inzwischen sollte ich mich daran gewöhnt haben, aus nächster Nähe jedoch ist er zutiefst beängstigend.

»Nein. Sollte ich das?« Gern würde ich hinzufügen, dass Jaeger macht, was er will. Aber ich will den Mund nicht unnötig weit einem Mann gegenüber aufreißen, der mich grundlos hasst.

»Er ist heute Morgen zu einem Gespräch mit Damien beordert worden. Dem Mann, den man den Teufel nennt. Weißt du, was das bedeutet?«

Ich möchte erwidern: *Nein, ich weiß nichts über eure bescheuerte Bruderschaft oder deren Hierarchie.* Stattdessen schüttle ich den Kopf.

»Es bedeutet, dass sie Bescheid wissen. Alle. Sie wissen, dass du dort warst.«

Er redet von gestern Abend. Von dem Mord, den ich bezeugt habe. Von dem Ritual, das Sarah für immer an Fraternitas gebunden hat – und mich noch wird.

Kaiser rückt weiter in das Penthouse vor, geht zur hinteren Wand. Er öffnet die Verkleidung, hinter der sich der Tresor befindet. Ich frage nicht, woher er weiß, wo er ist, oder woher er den Code kennt. Er holt den Aktenkoffer mit meinem Geld heraus.

»Du wirst Folgendes tun.« Er kommt auf mich zu. Ich versteife die Beine, um nicht vor ihm zurückzuweichen. »Du nimmst das hier und verschwindest.«

»Was?«

»Hol deine Handtasche«, befiehlt er mir. In seiner Stimme schwingt eine unterschwellige Drohung mit. Ich wage es nicht, mich ihm zu widersetzen. Also gehe ich ins Schlafzimmer und kehre mit Schuhen, einer Jacke und meiner Handtasche zurück.

Er öffnet den Aktenkoffer und winkt mich zu sich. »Nimm dein Geld.«

Wortlos stopfe ich so viele Bündel wie möglich in meine Handtasche, während Kaiser hinter mir auf und ab läuft.

»Und jetzt hau ab.«

Ich begebe mich ins Foyer, wo er ein Paar Krücken bereitgestellt hat. Er folgt mir und wartet kaum lang genug, bis ich mit den Gehbehelfen das Gleichgewicht gefunden habe, ehe er mich zur Tür hinausscheucht.

Im Flur bleibe ich mit einem Schluchzen in der Kehle stehen. So also endet es? Indem ich gehe, ohne mich zu verabschieden? Ohne Nachricht?

Eigentlich hatte ich genau das von Anfang an geplant – bis mir klar geworden ist, dass ich mich in Jaeger verliebt habe. Bis ich erkannt habe, wie sehr ich einen Mann wie ihn brauche. Jemanden, der für mich kämpfen würde. Jemanden, der nicht verschwinden und umgekehrt mich nicht gehen lassen würde.

Aber vielleicht ist es so am besten. Ich bin mir nicht sicher, ob ich stark genug wäre, um mit ihm zusammen zu sein. Er verdient jemanden, der mit hoch erhobenem Haupt in seine dunkle Welt eintauchen kann.

Kaiser hält vor der Eingangstür seines Bruders Wache. Er zeigt auf den Aufzug, bevor er die Arme vor der Brust verschränkt und verdeutlicht, dass er mich nicht zurück hineinlassen wird. Er will sehen, wie ich gehe. Und falls ich mich weigere, würde mir bestimmt nicht gefallen, was er als Nächstes täte.

Linkisch entferne ich mich mit den Krücken. Meine Handtasche klatscht dabei gegen meine Beine. Erst als ich draußen bin und mir ein beißender Wind ins Gesicht weht, ereilt mich die Erkenntnis, dass ich allein bin. All meine Ängste und Sorgen aus der Zeit vor der ersten Begegnung mit Jaeger bestürmten mich, als hätten sie nur auf diesen Augenblick gewartet. Den Moment, in dem ich niemanden mehr habe. Keinen Jaeger, der Dinge für mich mit den Fäusten oder mit Geld in Ordnung bringt. Er hat mich nicht nur gestützt, sondern sogar getragen.

Das werde ich nie wieder haben. Ich werde ihn nie wiedersehen. Der Gedanke droht, mich zu ersticken.

Ich wische eiskalte Tränen weg und versuche, nachzudenken. Dabei halte ich mir vor Augen, dass ich eine Überlebenskünstlerin bin. Ich schaffe das.

Nur wird sich mein Dasein ohne Jaeger tatsächlich auf das bloße Überleben beschränken.

Eins nach dem anderen. Zuerst brauche ich eine nicht

rückverfolgbare Transportmöglichkeit zu einem möglichst weit entfernten Versteck.

Ich gehe mit den Krücken, bis die noblen Gebäude und Geschäfte von Lagerhallen und zwielichtig wirkenden Läden abgelöst werden. Dann biege ich in eine Gasse ab, lasse den Wind hinter mir.

Ich hole mein Handy aus der Jackentasche und scrolle durch meine Kontakte. *Honey, Daria, Angel* – meine Freundinnen aus dem *Inferno*. Sie kann ich nicht anrufen. Immerhin arbeiten sie für einen Betrieb, der Fraternitas gehört. Ich darf sie nicht in Gefahr bringen.

Wenn bekannt wird, was ich weiß und dass ich geflüchtet bin, wird die Bruderschaft mich jagen. Es spielt keine Rolle, dass Kaiser mich gehen lassen hat – man wird nicht dulden, dass jemand frei herumläuft, der die Geheimnisse von Fraternitas kennt. Man wird mich zurück in diese Mordkirche schleifen und dort beseitigen. Jaeger wird mich nicht beschützen können.

Er ist nicht mal hier.

Mein Daumen hält beim Namen *Tommy* inne. Er ist einer meiner Kontakte von Narcotics Anonymous. Vor ein paar Tagen hat er mir eine Nachricht geschickt und sich erkundigt, ob ich in nächster Zeit wieder ein Treffen besuchen würde. Vielleicht kann er mich fahren.

Beim dritten Klingeln geht er ran. »Elodie?«

»Hi«, sage ich mit brüchiger Stimme. Mir wird bewusst, was ich gerade mache. Ich bin im Begriff, Jaeger zu verlassen. Ich werde ihn nie wiedersehen.

Oder er erwischt mich, und dann bin ich tot.

Ich zwinge mich, Tommy um den Gefallen zu bitten, mich zu fahren. »Ich weiß, wie schräg die Frage ist, aber könntest du mich abholen?«

Er klingt überrascht, willig jedoch ein, herzukommen.

Ich danke ihm und nenne ihm den Namen der Querstraße. Dann lehne ich mich zum Warten an die Ziegelsteinmauer.

Das ist der Beginn meines neuen Lebens. Kein Jaeger mehr. Kein nächtliches Treiben mehr, kein Kuscheln mehr, keine Geständnisse in der Dunkelheit mehr. Niemand mehr, der mich mit seiner tiefen, grollenden Stimme sein »Häschen« nennt.

Keine Romantikkomödien mehr auf der Couch.

Nur ich auf der Flucht. Für immer. Ständig betend, dass meiner Familie nichts passiert und ich meinen Jägern einen Schritt voraus bleiben kann.

Die Vorstellung ist so niederschmetternd, dass ich mich auf dem Asphalt einrolle.

Der Wind dreht und heult so brutal zwischen den Gebäuden hindurch, dass es mir den Atem verschlägt. Obwohl er eiskalt ist, begrüße ich ihn. Wenn ich Glück habe, betäubt er mich, bis ich den Schmerz meiner aufbrechenden Brust nicht mehr spüre.

Schließlich kommt Tommy. Allerdings nicht allein.

15

E *lodie*

TOMMYS kleine weiße Rostlaube biegt in die Gasse ein. Mit vor Kälte steifen Gliedmaßen rapple ich mich auf, um ihn zu begrüßen. Er steigt aus und schirmt das Gesicht gegen den Wind ab. »Elodie?«

Bevor ich mich mit den Krücken zu ihm schleppen kann, nähert sich ein anderes, mir unbekanntes Auto. Es ist lang, niedrig, schwarz und sieht teuer aus.

Mein Herz stockt in der Brust. Hat Fraternitas mich so schnell gefunden?

Die Männer, die aus dem zweiten Wagen steigen, tragen zwar keine Totenschädelringe, dennoch sehen sie wie Knochenbrecher aus.

Einer hält die Tür für einen Anzugträger auf, der sich herausmüht, das Gesicht über den beißenden Wind verzieht und seinen Wollmantel zuknöpft.

»Es tut mir leid«, murmelt mir Tommy zu. Mir sackt das Herz in den Magen.

Oh Tommy, was hast du getan?

»Das ist sie?«, wendet sich der Anzugträger an Tommy.

»Ja.« Tommy sieht mich nicht an. Mit einem Sneaker schrammt er über den Bürgersteig.

Deshalb hat Tommy mir aus heiterem Himmel getextet. Es ist eine Falle, und ich dummes Häschen bin direkt hineingehoppelt.

Ich bewege mich in die Mitte der Gasse, doch die Männer fürs Grobe nähern sich mir bereits.

»Hau ab«, raunt einer von ihnen Tommy zu. Sofort kommt mein Freund der Aufforderung auf und steigt wieder in sein Auto. Meine Hoffnung schwindet, als ich beobachte, wie Tommy davonfährt.

»Hallo, Elodie. Ich habe schon überall nach dir gesucht.« Der Anzugträger lächelt. Ein Goldzahn blitzt dabei auf. »Umberto lässt grüßen.«

Umberto, der Kredithai, der es auf Margot und mich abgesehen hat.

Adrenalin flutet meine Blutbahnen. Jeder Instinkt fordert mich brüllend auf, zu flüchten, doch die Schlägertypen haben mich umzingelt. »Ich habe Geld«, stoße ich krächzend hervor.

»Das ist gut. Hilfreich. Aber ich will noch etwas. Tommy hat mir erzählt, dass du einen Kontakt bei Fraternitas hast.«

Um ein Haar hätte ich laut aufgelacht. Mein Leben geht zu Ende, und alles kommt mir surreal vor.

Ich schüttle den Kopf.

»Lüg mich nicht an, Elodie. Das kann ich nicht leiden. Er hat gesagt, dass er dich mit einem von denen gesehen hat. Und diese Typen sind besitzergreifend. Anscheinend war der Kerl ziemlich angetan von dir.« Sein lüsterner

Tonfall bei den Worten weckt in mir den Wunsch, mir die Ohren mit Bleiche auszuwaschen.

»Das war damals«, sage ich. »So ist es nicht mehr. Aber ich kann dir Geld geben. Für den Kredit. Ich hab's hier drin.« Ich halte die Handtasche hoch.

Einer der Knochenbrecher tritt zu mir und entreißt sie mir. Ich protestiere nicht dagegen. So beschissen es ist, wenn ich Glück habe, erkauft mir der Inhalt mein Leben.

Der Mann kramt in meiner Tasche und holt ein Bündel Bargeld daraus hervor. Der Anzugträger verengt die Augen zu Schlitzen.

»Du hast mich hingehalten.« Sein Handlanger durchstöbert meine Tasche, zählt rasch den Inhalt. Er nennt die Summe, und der Anzugträger merkt an: »Lohnt sich anscheinend, die Geliebte eines Fraternitas-Mitglieds zu sein.«

Ich war nicht Jaegers Geliebte. Ich war mehr. In Gedanken höre ich Jaeger sagen: *Ich liebe dich, und du liebst mich auch.* Dabei wird mir warm ums Herz, obwohl ich ihn verlassen habe.

»Nimm das Geld. Alles«, biete ich an. »Nur lass mich gehen.«

»Das könnten wir. Oder wir könnten dich mitnehmen und gegen Millionen eintauschen.« Ein eisiger Schauder läuft mir über den Rücken. Genau das habe ich befürchtet. »Diese Fraternitas-Typen sind alle stinkreich.«

»Er wird nicht für mich bezahlen. Er hat mich rausgeworfen. Sehe ich etwa aus, als wäre ich noch mit ihm zusammen?« Ich breite die Hände aus.

»Du trägst das Band um den Hals.«

Ich fasse mir an die Kehle. Er hat recht. Ich habe vergessen, es zu entfernen. Nur eine Nacht habe ich es getragen, und schon fühlt es sich wie ein Teil von mir an. Ich könnte es abreißen, doch es ist zu spät. Diese Männer haben es bereits gesehen, und ich möchte jedes mir verbliebene Andenken an Jaeger behalten.

Es spielt auch keine Rolle, denn der Anzugträger verkündet:»Er hat verbreiten lassen, dass du ihm gehörst.«

»Wie gesagt, das war vorher. Dinge ändern sich.« Der Wind weht mir mein Haar in den Mund. Ich spreche durch die Strähnen hindurch. »Männer verschwinden immer. Alle.« Noch während ich es sage, weiß ich, dass es gelogen ist.

Jaeger würde mich nie verlassen.

Du gehörst mir. Und in seiner Welt gilt ein solches Gelübde in beide Richtungen. Ich gehörte ihm, doch umgekehrt er mir. Er hat mich auserwählt. Und ganz gleich, was passiert, er wird immer mein sein.

Als hätten meine Gedanken ihn herbeibeschworen, hallt Jaegers Stimme durch die Gasse. »Elodie.«

Ich schließe die Augen und hoffe, sie mir nicht nur eingebildet zu haben. Aber nein.

Jaeger steht an der Mündung der Gasse. Er trägt eine Jeans und seine schwarze Lederjacke. Keine erkennbaren Waffen. Die braucht er auch nicht.

Langsam kommt er näher.

»Sofort stehen bleiben«, fordert ihn einer der Schlägertypen auf.

Jaeger steuert weiter auf mich zu. »Hab gehört, ihr wollt mit mir reden«, sagt er, ohne den Blick von mir zu lösen. Ich versinke in den Tiefen seiner Augen.

Hat er gehört, was diese Männer gesagt haben? Wie lange ist er schon hier?

»Habt ihr etwas mit meiner Elodie zu klären?«, fragt er den Anzugträger.

»Hatten wir tatsächlich. Aber jetzt würden wir gern mit dir reden.«

»Dann rede.«

»Ich hab von dir und deinem Bruder gehört.« Der Anzugträger klingt wie ein Fan. »Ihr habt als Legenden in den Kampfringen gegolten. Und damals wart ihr wie alt, siebzehn?«

»Fünfzehn. Man hat uns zum Kämpfen gezwungen.« Ein Stück entfernt bleibt Jaeger stehen und streckt mir die Hand entgegen. »Elodie, komm her.«

Es dauert einen Moment, bis es der Befehl von meinem Gehirn zu den Beinen schafft, dann jedoch setze ich mich seine Richtung in Bewegung. Obwohl mir die Entfernung wie tausend Kilometer vorkommt, bewältige ich sie im Nu.

»Jaeger«, flüstere ich, als ich ihn erreiche. Sein Blick sucht mich auf Anzeichen von Verletzungen ab. Er legt mir den Daumen auf die Lippen, und Wärme kehrt in meinen Körper zurück.

Ich kann wieder atmen. Mein Herz schlägt weiter. Und mir ist bewusst, dass ich mich seit dem Aufbruch aus dem Penthouse gefühlt habe, als wäre ich gestorben.

»Ihr habt euren Trainer umgebracht.« Der Anzugträger labert immer noch.

»Er war nicht unser Trainer, sondern unser Aufpasser. Und ja, wir haben ihn umgebracht. Aber zurück zur Sache.« Jaeger legt mir die Hand auf die Schulter und dreht sich dem Anzugträger zu. »Du hast etwas über einen Handel gesagt?«

Der Anzugträger gibt ein Zeichen, und die Schlägertypen umzingeln uns. »Ich bin sicher, wir können uns einigen. Gib uns einfach, was wir wollen, dann rücken wir ab. Zehn Millionen.«

»Du weißt, wer ich bin.«

»Man nennt dich den Wolf.« Der Anzugträger verlagert das Gewicht von einem Bein aufs andere. Vielleicht wird ihm allmählich klar, wie dumm der Versuch ist, ein Mitglied von Fraternitas zu erpressen. »Du kannst es nicht mit uns allen aufnehmen.«

Jaeger zieht die Brauen hoch. »Bist du bereit, dein Leben darauf zu verwetten?«

Zur Antwort zückt einer der Knochenbrecher eine Waffe.

»Na schön«, sagt Jaeger. »Ihr gewinnt.« Als er lächelt, weichen alle Schlägertypen einen Schritt zurück, sogar der mit der Pistole.

Jaeger drückt mir ein Handy an die Brust und steckt es in meine Innentasche. »Bleib nicht stehen, bevor du in Sicherheit bist. Ruf meinen Bruder an. Er wird dich abholen.«

»Jaeger ...« Aber ich weiß nicht, was ich sagen will. *Es tut mir leid. Ich bin froh, dass du hier bist. Tu das nicht.*

»Geh.« Er schiebt mich weg.

»Nicht so schnell«, meldet sich der Anzugträger zu Wort.

»Lasst sie gehen.« Jaeger hebt die Arme. »Ihr wollt mich. Ich gebe euch das Geld, wenn ihr mich bewusstlos schlagen könnt. Ihr alle gegen mich. Sollte einfach sein.«

»Du bist nicht bewaffnet?«, fragt der Knochenbrecher, der ihm am nächsten steht.

»Nicht mit einer Pistole.«

Alle stehen wie versteinert da und starren Jaeger an. »Worauf wartet ihr?«, stichelt Jaeger. »Kommt und holt mich.«

Einer der Schlägertypen macht einen Schritt in meine Richtung. Knurrend stößt Jaeger hervor: »Rühr sie an, und du bist tot.« Der Mann hält abrupt inne.

Ich eile los, finde rasch mit den Krücken in einen

schwingenden Rhythmus, der mich in Richtung der Straße befördert.

Auf keinen Fall will ich die Gewalt bezeugen, die gleich losbrechen wird.

Zumindest rede ich mir das ein.

Doch am Ende der Gasse zögere ich. Der Wind weht zerknüllte Lebensmittelverpackungen und Zeitungspapier an meinen Füßen vorbei.

Ich könnte verschwinden, könnte Jaegers Handy wegwerfen und fliehen. Ihn verlassen. Ich habe mir diesen Moment und den vor mir liegenden Fluchtweg ausgemalt. Jetzt, da er gekommen ist, ist mir klar, dass ich mich niemals für die Flucht entschieden hätte.

Ich wähle Jaeger. Meine Entscheidung würde immer auf ihn fallen.

Eher würde ich mit ihm in einer Gasse sterben, als wegzurennen und weiterzuleben. Denn ein Leben ohne ihn wäre keines.

Ich hole sein Handy heraus. Das Display ist gesperrt. Nach kurzem Zögern gebe ich das Datum ein, an dem wir uns kennengelernt haben, und es funktioniert.

Die letzte angerufene Nummer ist jemand namens K. Wohl Kaiser, vermute ich. Kaum habe ich auf die Wahlwiederholung getippt, hebt er nach dem ersten Klingeln ab und brummt: »Was ist?«

»Eine Gasse an der Daphne Street.« Ich schaue zu den Straßenschildern auf. »In der Nähe der stillgelegten Gewürzfabrik. Zehn, vielleicht elf Männer. Sie haben Jaeger umzingelt.«

Ich warte nicht auf Fragen von ihm, sondern beende den Anruf, stecke das Telefon ein und wirble herum.

Die Schlägertypen haben Jaeger umkreist. Was sieht ihr bescheuerter Plan überhaupt vor? Wollen sie ihn zwingen, das

Geld von einem Automaten zu beheben? Sie sind verrückt, wenn sie glauben, Fraternitas würde sie weiterleben lassen.

Also müssen sie verzweifelt sein. Verzweifelt und dumm. Keine gute Kombination.

Wie will Jaeger aus dieser Lage rauskommen?

Seine Gegner haben ihn umstellt, und der Anzugträger zieht eine Schusswaffe.

»Jaeger!«, brülle ich. Sein Kopf peitscht herum. Ich zeige auf den Kerl mit dem Anzug. »Pass auf!«

Zwei der Schlägertypen stürzen sich auf ihn. Er kämpft gegen sie an, doch sie bekommen seine Arme zu fassen, halten ihn fest.

Der Anzugträger hebt die Pistole an und zielt.

»Nein!«, kreische ich und schieße vorwärts wie ein Torpedo. Ich bin unbewaffnet. Das Einzige, was ich habe, sind meine Krücken. Also reiße ich eine hoch und schleudere sie mit aller Kraft.

Jaeger

Die Knochenbrecher sind mir nah genug, dass mir ihr Mundgeruch in die Nase steigt. Ich schaue an ihnen vorbei und sehe, wie Elodie das Ende der Gasse erreicht, mein Handy hervorholt und telefoniert.

Bald ist sie in Sicherheit. Das ist alles, was zählt.

Der Anzugträger labert etwas von einer gesitteten Fahrt über den Fluss, damit ich Geld von meinem Konto auf das von Umberto überweisen kann. Ich merke mir den Namen. Er ist gerade weit nach oben in meiner Liste von Leuten vorgerückt, die ich umbringen möchte. Gleich nach diesen Schlägertypen.

Dann höre ich einen Schrei und nehme eine jähe Bewegung wahr. Elodie warnt mich kreischend.

Zwei der Kerle packen mich. Ich bin zu konzentriert auf Elodie, um darauf zu achten, dass der Anzugträger eine Pistole gezogen hat.

»Nein!«, brüllt Elodie.

Eine Krücke fliegt durch die Luft und trifft den Anzugträger ins Gesicht.

Ein Knall ertönt. Ein Projektil prallt von der Ziegelmauer hinter Elodie ab.

Und die Bestie bricht aus mir hervor. Rasende Wut breitet sich in mir aus. Die Welt wird still. Vor meine Augen senkt sich ein roter Schleier.

Ich muss meine Frau beschützen. Sie braucht mich.

Mit einem Ruck ziehe ich die Männer näher, die mich festhalten. Taumelnd geraten sie aus dem Gleichgewicht, und ich knalle ihre Köpfe zusammen. Als sie zu Boden gehen, springe ich über sie hinweg, nehme den Anzugträger ins Visier.

Er hat sich Elodie zugedreht, die sich dem Lauf der Pistole gegenübersieht. Alle Farbe ist aus ihrem Gesicht entwichen. Die Sommersprossen stechen umso deutlicher von ihren aschfahlen Wangen hervor. Der Mann sagt etwas. Er droht ihr.

Das wird sein letzter Fehler sein.

Ich ramme ihn wie ein Linebacker, und wir gehen wuchtig zu Boden. Sein Kopf schlägt auf dem Asphalt auf. Dasselbe gilt für die Hand mit der Pistole. Die Waffe schlittert davon.

Ich dresche den Schädel des Kerls wieder und wieder

auf den harten Untergrund. Blut spritzt mir ins Gesicht, doch ich höre erst auf, als er tot ist.

Elodie kauert in der Nähe an der Wand. Sobald mein Opfer erledigt ist, springe ich auf und stürme zwischen mein Häschen und den Rest der Schlägertruppe.

Mehrere versuchen, mich so zu Boden zu reißen wie ich ihren Anführer. Ich weiche ihnen aus, bevor ich mir einen nach dem anderen vorknöpfe. Ich breche ihnen die Knochen, spalte ihnen die Schädel, verteile ihr Hirn wie Mus über den Asphalt.

Dann knallt ein Schuss. Etwas beißt mir in die Seite.

Verdammt, ich habe vergessen, die Waffe sicherzustellen. Im Kampfring gibt es keine. Mir ist entfallen, wo ich bin.

Als ich herumwirble, flammen stechende Schmerzen auf. Aber damit kann ich umgehen.

Etwas klappert zu meinen Füßen. Eine Krücke aus Holz. Ich schnappe sie mir und benutze sie wie einen Knüppel, prügle damit auf den Mann mit der Pistole ein. Er versucht, einen weiteren Schuss auf mich abzugeben, ist jedoch zu langsam. Mit seinem Blut verpasse ich dem Bürgersteig einen neuen Anstrich.

Schließlich taumle ich rückwärts, fühle mich benommen. Blutverlust. An das Gefühl erinnere ich mich aus meiner Zeit im Ring. Ich pralle gegen die Mauer, lasse mich von ihr stützen und rutsche daran zu Boden.

Die Gasse ist übersät mit den verrenkten Gestalten meiner Opfer. Gut.

Elodie kreischt.

Häschen, nein. Es wird alles gut. Obwohl ich am Verbluten bin, möchte ich sie beruhigen.

Sie kniet neben mir. Ihre Sommersprossen stechen aus dem tränenüberströmten Gesicht hervor.

Ich liebe ihre Sommersprossen so sehr.

Sie ergreift meine Hand.

»Du bist meinetwegen zurückgekommen.« Ich drücke ihre Finger. Meine eigenen sind steif und kalt.

»Jaeger, oh ihr Götter ...«

»Bist du verletzt?«

»Du bist angeschossen!« Sie zittert.

Ich ziehe sie zu mir, bis sich ihr Gesicht dicht vor meinem befindet, will sie küssen.

Sie lässt mich nicht. »Du blutest.«

»Halb so wild.«

Als sie meine Lederjacke aufzieht, wird sie noch gespenstisch blasser. »Ich muss die Blutung stoppen.« Sie nimmt den Schal ab, knüllt ihn zusammen und drückt ihn mir in die Seite.

»Wir müssen weg.« Sogar meine Lippen fühlen sich kalt an. »Bevor die Schweine kommen.« Die Gasse ist übersät von Leichen. Zwischen den Müllcontainern fließt ein roter Fluss hindurch. Das wird der Polizei nicht gefallen. St. James und Lucy haben die Cops zwar in der Tasche, aber sie werden über den Papierkram klagen.

»Halt die Klappe.«

Ein Schatten fällt über uns beide, und Elodie zuckt zusammen. Ich versuche, mich aufzurappeln, bis ich erkenne, dass es sich um Kaiser handelt.

Endlich.

∽

ELODIE

· · ·

BLUT. Da ist so viel Blut. Aus Jaegers Wangen ist jede Farbe entwichen.

Dann knurrt jemand. »Was ist hier los?«, ertönt es über meinem Kopf. Ich unterdrücke einen Aufschrei. Als ich aufschaue, erblicke ich Kaiser. Ich habe ihn nicht kommen gehört.

»Er ist angeschossen«, herrsche ich ihn an. »Du musst ihm helfen.«

»Ich bin auch hier.« Atticus taucht auf und schiebt mich beiseite. Hastig gehe ich aus dem Weg, damit er seine Arzttasche öffnen und sich an die Arbeit machen kann.

»Was ist passiert?« Kaiser funkelt mich an, doch ich habe die Nase voll.

»Was passiert ist? Du hast mich rausgeworfen, danach hat mein Freund mich an einen Haufen Idioten verkauft.« Ich kann kaum glauben, dass ich den furchterregenden Zwillingsbruder gerade anschreie. »Jaeger wollte mich retten und ist dabei angeschossen worden.«

Als Kaiser die Hand nach mir ausstreckt, drehe ich durch. Ich drücke gegen seine steinharte Brust und kreische: »Das ist deine Schuld!«

Kaiser knurrt, und ich wappne mich für Vergeltung. Ich bin derart wütend, dass es mir egal ist.

»Würdet ihr zwei wohl aufhören? Wir müssen weg von hier.«

Als wir beide herumwirbeln, sehen wir, wie Jaeger von Atticus auf die Beine geholfen wird.

»Aber ...«, beginne ich. Jaeger scheint halb bewusstlos zu sein. Ein Verband ist fest um seine Mitte gewickelt, doch ein roter Fleck breitet sich rasant darauf aus.

»Ich hab ihn stabilisiert. Gehen wir.«

Am Ende der Gasse parkt ein Auto. Atticus steuert mit

Jaeger darauf zu. Kaiser setzt sich in Bewegung, stützt seinen Bruder auf der anderen Seite.

Ich humple mit einer Krücke hinter ihnen her. Obwohl ich mich beeile, so schnell ich kann, treffe ich als Letzte ein. Atticus sitzt mit Jaeger auf der Rückbank. Ich lasse mich in dem Moment auf den Beifahrersitz plumpsen, als Kaiser den Motor startet.

»Wo sind deine Krücken?« Kaiser starrt mich finster an.

»Eine hat sie auf den Kerl mit der Waffe geworfen.« Jaeger hat ein schiefes Grinsen im Gesicht.

Kaiser zieht eine Braue hoch.

»Hat nicht geklappt«, murmle ich. »Er ist dadurch nur wütend geworden.«

»Es hat ihn abgelenkt.« Jaeger hebt die Hand und betrachtet das davon abtropfende Blut. Zu meinem Entsetzen öffnet er den Mund, als wolle er es ablecken.

»Nein.« Atticus klatscht ihm auf die Hand. »Unhygienisch. Durch Blut übertragene Keime. Krankheiten.« Jaeger knurrt ihn zähnefletschend an. Atticus schüttelt nur den Kopf. »Kaiser, sag du's ihm.«

»Bruder.« Im Innenspiegel blicken blaue Augen in blaue Augen. »Du hast's geschafft. Deine Frau hat dich gerettet und du sie. Jetzt musst du gesund werden, damit du sie wieder beschützen kannst.«

»Also bist du damit einverstanden? Sie ist meine Frau?«

»Das ist sie.«

»Ich bin hier«, werfe ich ein, weil sie über mich hinwegreden. Mein Herz pocht so wild, dass es schmerzt. Ich verschränke die Arme vor der Brust, um das Zittern meiner Hände zu kaschieren.

»Sie wird mürrisch, wenn sie Angst hat«, teilt Jaeger allen im Wagen mit.

»Aha.« Kaiser legt den Gang ein. Mit quietschenden Reifen brettert er die Straße hinunter los.

»Ich bin hier, Häschen«, wendet sich Jaeger an mich. »Und ich werd's überleben. Ist nur 'ne kleine Schussverletzung. Du kannst mich gesund pflegen.«

»Du wirst Krücken brauchen.« Ich verstärke den Griff um den eigenen Oberkörper, als könnte ich mich so beisammenhalten. »Erwarte bloß nicht, dass ich dich überallhin trage.«

JAEGER

ICH HATTE GLÜCK. Das Projektil war in meinen Bauch eingedrungen, doch Atticus konnte mich rechtzeitig operieren. St. James hat in ein Krankenhaus investiert, sobald es ihm finanziell möglich war. Dort ist ein ganzer Trakt für Fraternitas reserviert, ausgestattet mit modernsten medizinischen Geräten und einem Team diskreter Krankenpflegerinnen.

Als ich aufwache, sitzt Elodie zu meiner Linken. Oder liegt vielmehr vornübergebeugt auf meinem Bett.

Eine Infusion verläuft in meinen rechten Arm. Im Bereich der Bauchmuskeln spüre ich dumpfe Schmerzen.

Als ich die Hand ausstrecke und Elodies Locken streichle, hebt sie den Kopf. Weit aufgerissen sehen mich ihre dunklen Augen aus einem blassen Gesicht an.

Ich will ihr sagen, dass alles gut ist, doch meine Stimme ertönt als gedämpftes Krächzen.

Hastig holt sie mir einen Becher Wasser. Während ich

trinke, schaue ich ihr in die Augen. Schließlich gelingt es mir, deutlich zu sprechen.

»Alles gut, Häschen.«

Sie schnieft.

»Nein, nicht weinen.« Ich kann es nicht ertragen, Tränen in ihren Augen zu sehen. »Ich bin noch da, und wir sind zusammen. Also ist alles gut.«

Ihre Stimme stockt, als sie sagt: »Du bist meinetwegen gekommen.«

»Natürlich. Du bist meine Frau.«

Ein Schluchzen dringt aus ihr.

»Du kannst vor mir weglaufen, aber ich werde dich jagen und aufspüren. Ich werde dich immer finden.«

Der Anblick ihrer bebenden Unterlippe bricht mir das Herz. Ich hebe die Hand, wische ihr einige Tränen aus dem Gesicht.

»Du warst mein Geburtstagsgeschenk. Das einzige, das ich je bekommen habe.«

»Ich weiß«, murmelt sie und drückt die Wange in meine Handfläche. Ich warte, bis sie zu weinen aufhört, bevor ich die restliche Nässe wegwische.

»Wartest du auf mich?«

»Was?«

»Wartest du mit dem nächsten Fluchtversuch, bis ich gesund bin? Damit ich dich jagen kann?«

»Ja.« Ihre Züge fallen in sich zusammen, und ihre Stimme wird brüchig, als sie erwidert: »Ich werde warten.«

»Braves Häschen.« Lächelnd gestatte ich mir, einzudösen.

Als ich wieder aufwache, schläft Elodie und umklammert dabei meine Hand. Eine schattige Gestalt steht in der Ecke, eine andere an der Tür.

Damien ergreift das Wort. »Hab gehört, du bist ange-schossen worden. Atticus sagt, du wirst nicht sterben.«

Ich drehe den Kopf so, dass ich ihn sehen kann. »Heute nicht.«

Er nickt und geht. Kaiser verharrt noch kurz an der Tür. »Tut mir leid, Bruder.«

Mit zu Schlitzen verengten Augen mustere ich ihn. Langsam bewege ich die Hand mit der Infusion und lege sie auf Elodies Kopf.

»Meinetwegen wärt ihr beide fast umgekommen. Das werde ich mir nie verzeihen.«

»So leicht bin ich nicht kleinzukriegen. Allerdings hast du meine Frau zum Weinen gebracht.«

»Ich wusste nicht, dass diese Knochenbrecher hinter ihr her waren.« Leise flucht er. »Aber ich hätte es wissen müssen.«

»Ist mir scheißegal«, sage ich mit angespannter Stimme. Die Wut, die in mir aufgestiegen ist, als ich nach Hause gekommen bin und erfahren habe, was er getan hatte, schwelte nach wie vor in mir. Zu dem Zeitpunkt habe ich mein gesamtes Augenmerk darauf gerichtet, Elodie mit der auf ihrem Handy installierten Ortungs-App aufzuspüren.

Und jetzt ist sie unversehrt neben mir. Kaiser und ich sind Brüder, doch Elodie hat Vorrang. Ich werde ihm nur verzeihen, wenn sie es tut.

Als ich es ihm mitteile, erwidert er: »Ich mache es wieder gut.«

»Bei ihr«, ergänze ich, und er seufzt. Dann jedoch nickt er. Er schließt die Tür, aber wie ich ihn kenne, wird er draußen Wache halten. Er wird die ganze Nacht dort bleiben und uns beschützen.

Es reicht nicht, ihm zu verzeihen, dass er meine Frau

und mich voneinander trennen wollte, aber es ist ein Anfang.

Am nächsten Tag verlange ich, zurück nach Hause gebracht zu werden. Elodie zetert deswegen, doch Atticus genehmigt es. Die Wunde verheilt gut, und im eigenen Bett mit Elodie neben mir schlafe ich besser.

Alles verläuft reibungslos, bis Kaiser darauf besteht, zu bleiben und mich zu bewachen. Das gefällt Elodie nicht.

»Du stehst auf ihrer Liste der Leute, die sie umbringen möchte«, erkläre ich meinem Bruder. Die Schmerzmittel von Atticus machen mich redselig.

»Ach ja?« Kaiser wirft Elodie einen Blick zu.

Sie saugt hörbar die Luft ein. Ein wenig fürchtet sie sich immer noch vor ihm.

»Er wird dir nichts tun«, beruhige ich sie. »Nie wieder. Sonst mache ich ihn alle.«

Die beiden beäugen einander misstrauisch, aber wenigstens liegt jetzt alles offen auf dem Tisch. Vielleicht sprechen aus mir die Medikamente, doch ich fühle mich gut. Das ist ein Fortschritt.

Ich sitze auf der Couch, mit Elodie an mich geschmiegt. Kaiser nimmt auf einem Sessel Platz und schaut finster zum Fernseher.

»Was ist das für ein Scheiß?« Er zeigt auf den Bildschirm, wo eine überarbeitete CEO in die Kleinstadt Hollydale zurückgekehrt ist, um die Weihnachtsherberge ihrer Familie zu retten.

Elodie versteift sich. »Ein Film.«

Kaiser spricht über sie hinweg zu mir. »Es läuft gerade ein Spiel.« Er greift nach der Fernbedienung.

»Nein«, stößt Elodie knurrend hervor.

»Ich will das sehen«, werfe ich ein, damit kein Streit ausbricht. Auf dem Bildschirm taucht der Jugendschwarm der Protagonistin gerade rechtzeitig auf, um sie aufzufangen, als sie auf einer vereisten Stelle ausrutscht. Als sie sich aufrichten, kommen sie unter einem Mistelzweig zum Stehen.

Kaiser brummelt vor sich hin, schaut aber weiter.

Zehn Minuten später, als der Verlobte der Protagonistin auftaucht, um sie zurück in die Großstadt zu holen, kommt von meinem Bruder: »Er ist ein Arsch. Sie könnte es besser treffen.«

Elodies Augen werden groß. Ich drücke sie und sage: »Sehe ich genauso. Traue nie einem Kerl mit einem schwarzen Rollkragenpulli.«

Elodie schlüpft aus meinem Griff. »Ich hole Popcorn.«

Zwanzig Minuten später beugt sich Kaiser vor und greift sich eine riesige Handvoll Popcorn. »Das ist bescheuert«, befindet er, den Blick auf den Fernseher geheftet. »Sie liebt ihn nicht.«

»Trotzdem muss sie zurück. Jemand muss ihre Firma leiten«, argumentiert Elodie mit funkelnden Augen.

»Das hat sie schon vorher nicht glücklich gemacht. Sie sollte bleiben, den Handwerker heiraten und die Herberge betreiben.«

Ich döse ein, während ich lausche, wie meine beiden liebsten Menschen auf der Welt über einen albernen Film diskutieren. Das ist jetzt mein Leben. Meine Familie. Alles, wonach ich mich als Kind gesehnt habe, aber dachte, ich könnte es nie haben. Und nötig war dafür nur die Liebe einer Frau, die mutig genug war, um an meiner Seite zu bleiben.

Als ich später aufwache, sehen sie sich gerade den Film mit der Witwe und dem lange verschollenen Prinzen an.

∾

IN DER ERSTEN Nacht zu Hause habe ich das Gefühl, ich sollte Jaeger etwas Freiraum lassen, indem ich auf der Couch schlafe. Allerdings besteht er darauf, dass ich bei ihm im Bett bleibe. Er wacht auf, als ich versuche, mich davonzuschleichen.

»Nein.« Er packt mich am Handgelenk und zieht mich zu sich.

Ich wehre mich, wahre Abstand, um ihn nicht versehentlich zu rempeln. »Jaeger, du bist angeschossen worden.«

»Aber ich bin nicht tot.« Er ist immer noch stark genug, um mich zu überwältigen, doch ich gebe auch schnell nach. Ich will nicht, dass er sich überanstrengt und die Wunde aufbricht. Dann jedoch legt er meine Hand auf seinen Schritt.

»Oh ihr Götter«, murmle ich, denn er hat einen steinharten Ständer.

»Du kannst mich gesund pflegen.«

Obwohl ich protestiere, drückt er mich zu seiner Jogginghose, krallt die Hände in mein Haar und führt mich nach unten. »Blas mich.«

Ich schmiege mich an seine Erektion, nehme seinen salzigen Duft auf. Wenngleich ich es nie zugeben werde, empfinde ich es als beruhigend, wenn er so gebieterisch mit mir umspringt. Jedes Mal, wenn er an meinen Haaren zieht, werde ich feucht. »Das kann nicht gut für dich sein.«

»Atticus hat es genehmigt. Ich hab ihn gefragt.«

»Natürlich hast du das.« Ich verdrehe die Augen und öffne den Mund für ihn. Zwar bemühe ich mich, den Großteil der Arbeit zu erledigen, dennoch bäumt er die Hüften auf, füllt mich mit seinem Geschmack und Geruch. Er dringt nicht zu meiner Kehle vor, sondern führt mich am Kopf zum richtigen Takt, bis sein Schaft anschwillt und sich entlädt.

»Schlucken«, befiehlt er, und ich gehorche. Danach lecke ich mir die Lippen und lasse mich von ihm hochziehen, damit er mich küssen kann.

Er legt mir eine Hand um die Kehle. Das schwarze Band habe ich anbehalten. »Bald wird das ein Kragen sein«, sagt er.

Ich schlucke schwer. Meine Halsmuskeln spannen sich an seiner Handfläche an, doch ich bestreite es nicht. Ich habe mich für Jaeger entschieden und er sich für mich. Mich ihm zu unterwerfen, fühlt sich herrlich an.

Er schiebt die freie Hand zwischen meine Beine und fängt an, mit mir zu spielen. Dabei spürt er, wie feucht ich bin. »Es wird dir gefallen. Du bist gern meine Frau.«

Er wartet auf eine Antwort. Als ich nichts erwidere, hört er auf, mich zu berühren, bis ich schließlich bestätige: »Ja.«

»Braves Häschen.« Seine Finger verstärken den Druck um meine Kehle, und ich werde nur noch feuchter. Ich schließe die Augen, lasse mich weiter von ihm aufgeilen. »Sobald ich geheilt bin, werde ich Anspruch auf dich erheben.«

Ich atme scharf ein, und er reibt mich heftiger. »Keine Sorge. Überlass alles mir. Du musst dich nicht mehr plagen, brauchst nur meiner Führung zu folgen.« Ich winde mich, aber er fixiert mich mit einer Hand an meiner Kehle und den Fingern der anderen in mir. Meine Welt verengt sich auf diese beiden Punkte.

»Du wirst meine Auserwählte sein.« Sein Atem wärmt meine Wange. »Ich kann's kaum erwarten, dich auf den Knien zu sehen, wenn du vor meinen Brüdern meinen Kragen akzeptierst.« Seine grausamen Finger drehen sich in mir, und ich wimmere. »Das ist es doch, was du willst, oder? In Sicherheit sein. Für immer mir gehören.«

Meine inneren Muskeln spannen sich unter seinen Berührungen an, die mich höher und höher emporschrauben. Ich greife nach ihm, brauche etwas, woran ich mich festhalten kann. Dieser gewalttätige, gefährliche Mann ist mein sicherer Hafen. Ich schiebe die Hand unter sein Shirt, ertaste die rauen Kanten seines Mals, des in seinen Rücken eingebrannten Totenschädels. Aus irgendeinem Grund beruhigt mich die längst verheilte Narbe.

»Keine Sorge, Häschen. Niemand wird dich anrühren. Niemand außer mir.«

»Jaeger«, stoße ich atemlos hervor. Obwohl ich kaum denken kann, muss ich es sagen. »Ich brauche dich.«

Lächelnd beschleunigt er die Bewegungen.

»Oh ihr Götter, ich brauche es.«

»Ich weiß, Häschen. Ich gebe dir alles.« Dann küsst er mich so zärtlich. »Gib dich mir einfach hin. Du musst zwar einen Test bestehen, aber das kannst du.« Er findet die Stelle, die meinen Körper zum Explodieren bringt, und ich steige in so lichte Höhen auf, dass ich nicht mal mehr Angst empfinden kann.

Was würdest du tun, wenn du keine Angst hättest?

»Es wird alles gut. Ich werde bei jedem Schritt an deiner Seite sein.«

Mein Höhepunkt schwappt über mir zusammen, und ich lasse mich davon mitreißen. Jaeger behält die Hand an meiner Kehle, als er mich küsst und flüstert: »Du gehörst dem großen bösen Wolf.«

16

E *lodie*

JAEGER und ich kuscheln auf der Couch, als sich die Eingangstür öffnet. Kaiser kommt herein, wie immer so, als gehöre ihm hier alles. Um ein Haar stößt er eine der Orchideen um, und ich höre, wie er sie verwünscht. Er tut so, als fände er das Dekor in unserem Penthouse abscheulich. Allerdings habe ich belauscht, wie er Jaeger gefragt hat, wo man »solchen Scheiß wie diese kleinen Kissen« kaufen kann.

Ich halte die Liebeskomödie an, die wir uns gerade ansehen. »Du hast Besuch«, sage ich zu Jaeger. Dabei klinge ich mürrisch.

»Eigentlich bin ich deinetwegen hier.« Statt wie üblich in die Küche zu gehen und unseren Kühlschrank zu plündern, steuert Kaiser direkt zu uns herüber. Er hat zwei Krücken dabei. »Jaeger sagt, er verzeiht mir, wenn du es tust.«

»Okay.« Meine Stimme hört sich angespannt an.

»Du machst meinen Bruder glücklich. Und er hat sich Glück verdient.« Er reicht mir die Krücken. »Für dich. Ein Geschenk.« Er hat eine große rote Schleife um sie gewickelt.

»Du hast mir schon mal Krücken gegeben.« Unmittelbar, bevor er mich rausgeworfen hat. Will er das noch mal versuchen?

»Die hier sind besonders. Schau her.« Er hält eine davon zwischen uns. »Wenn man den versteckten Auslöser berührt ...« Eine Klinge schnellt zischend aus dem unteren Ende.

Ich werfe mich gegen die Polsterung der Couch zurück.

Jaeger schmunzelt. »Lass mal sehen.« Er nimmt die Krücken entgegen und zeigt mir, wie man die Klinge ausfährt.

»Zum Schutz«, teilt Kaiser mir mit.

»So kannst du auf mich aufpassen«, scherzt Jaeger.

Mit offenem Mund schaue ich zwischen den Brüdern hin und her. »Ich ... ich brauche keine tödlichen Krücken.«

Kaiser zieht die Brauen hoch.

»Wir üben damit.« Jaeger legt die Krücken dicht neben mich.

Oh ihr Götter.

»Und sie wird dir verzeihen. Irgendwann.« Jaeger streicht mit dem Daumen über meine Wange, und ich knurre.

»Gut.« Kaiser wirft einen Blick zum Fernseher, ehe er in die Küche verschwindet und Popcorn holt. Halb habe ich dem Trottel bereits verziehen. Er ist ein Brutalo und ein mürrischer Arsch, aber wenn ich ihn mir als Kind vorstelle, ist es nicht schwer nachzuvollziehen, warum er so geworden ist. Kaiser hat seinem Bruder gegenüber einen ausgeprägten Beschützerinstinkt. Mich konnte er anfangs nicht leiden, weil ich einen Platz in Jaegers Leben eingenommen habe. Er wollte ihn nicht teilen.

Die Zwillinge sind zwar immer noch emotional verkrüppelt, doch dass sie Geschmack an weihnachtlichen Liebeskomödien finden, ist ein Hoffnungsschimmer.

»Du stehst unverändert weit oben auf der Liste der Menschen, die sie gern umbringen würde«, informiert Jaeger ihn. »Aber ich auch.«

»Damit kann ich leben, wenn du's kannst.« Kaiser sinkt auf seinen Sessel und schnappt sich die Fernbedienung. Er lässt den Film weiterlaufen, und ich gebe vor, ihn mir anzusehen, während die Brüder untereinander tuscheln.

»Wir stehen aber nicht an der Spitze«, sagt Jaeger. »Der Liste.«

»Ach nein? Wer ist denn die Nummer eins?«

Ich könnte mir die Ohren zuhalten, tue es jedoch nicht. Deshalb bekomme ich es mit, als Jaeger antwortet: »Ein Mann aus ihrer Vergangenheit. Nur wird er den Platz nicht mehr lange einnehmen.«

JAEGER

DURCH MEINE SCHUSSVERLETZUNG haben wir einen Monat Zeit, uns auf das Ritual vorzubereiten. Und Kaiser dafür, eine bestimmte Person aus ihrer Vergangenheit aufzuspüren und den Grundstein für deren Verschwinden zu legen. Fraternitas ist zwar mächtig, doch bei prominenten Mitgliedern der Gesellschaft ist es dennoch besser, eine Verbindung mit ihrem Tod zu verschleiern. Das ist sicherer für Elodie.

Zehn Tage vor der großen Nacht beginne ich bei ihr mit dem Orgasmusentzug. Sie schmollt zwar und seufzt, aber sie lässt sich behutsam, langsam von mir aufgeilen. Jedes Mal höre ich rechtzeitig vor dem Höhepunkt auf. Ich lege meine Hand auf ihren bebenden Bauch und lausche, wie sie darum kämpft, die Atmung zu kontrollieren.

Am Abend ihrer Kragenverleihung bekommt Elodie Besuch. Kaiser öffnet die Tür, und Lucy rollt herein. Ihre übliche finstere Miene wird milder, als sie mein Penthouse sieht.

»Jaeger, mir gefällt, was du aus dem Ort gemacht hast.« Die Ranken der Tätowierungen an ihren Armen kräuseln sich, während sie zu einer Begutachtungstour herumrollt.

Elodie benutzt eine ihrer neuen Krücken, um sich zu erheben und ihre Chefin zu begrüßen. Sie wirkt überrascht, Lucy zu sehen, und erbleicht, als sie die rechte Hand der anderen Frau sieht.

Lucy bemerkt ihre Reaktion. »Oh ja.« Sie hält die Hand hoch, zeigt ihr den Totenschädelring. In einer der Augenhöhlen steckt eine schwarze Perle. »Ich hab auch so einen. Nur trage ich ihn nicht in der Öffentlichkeit. Ist nicht nötig, Zivilisten meinen Status preiszugeben.«

»Lucy ist eine der Sieben«, erkläre ich Elodie. Ihre Augen werden noch größer.

»Auch etwas, das ich nicht herumposaune. Jaeger, können Elodie und ich irgendwo unter uns reden?«

Sie ziehen sich in mein Schlafzimmer zurück. Ich stütze mich auf Elodies zweite Krücke, während ich vor der Tür lausche.

Lucy vergeudet keine Zeit mit Smalltalk. »Weißt du, was heute Nacht passiert?«

»Ja.« Elodies Stimme erklingt leise, gedämpft von der Tür.

»Und du verstehst die Regeln?«

»Loyalität zu Fraternitas oder Tod«, zitiert Elodie, was ich ihr eingetrichtert habe.

Lucy senkt die Stimme. »Bist du dir damit sicher?«

»Ja.« Elodie räuspert sich, bevor sie lauter wiederholt: »Ja.«

Eine lange Pause entsteht. Schließlich höre ich von Lucy: »Ich habe deinen Freundinnen den Rest des Nachmittags und den Abend freigegeben. Sie werden im *Club Empire* sein. Aber nicht beim Ritual danach. Verstanden?«

Elodie murmelt etwas, dann öffnet sich die Tür, und Lucy kommt heraus. Als sie mich erblickt, schnaubt sie und rollt mir beinah über die Zehen.

»Bin so froh, dass du vorbeigeschaut hast«, sage ich zu ihr. »Komm gern mal wieder.«

»Mache ich.« Auf halbem Weg zur Tür hält sie inne und schaut zum Fernseher. »Ist das der Film mit dem Holzfäller, der Weihnachten rettet?«

Ich nicke und lasse mir meine Überraschung darüber nicht anmerken, dass Lucy die Handlung einer Liebeskomödie kennt.

»Kaiser hat mir erzählt, dass der gut ist. Vielleicht komme ich mal vorbei und schaue ihn mir mit euch an.«

Nachdem ich Lucy an der Tür verabschiedet habe, gehe ich zu Elodie.

Sie sitzt auf dem Bett. Die Hand hat sie am Hals, wo sie gedankenverloren mit dem Band spielt. Vermutlich ist es ihr nicht mal bewusst. Ich setze mich, ergreife ihre Hände und drücke sie schließlich auf den Rücken.

Bereitwillig sinkt sie zurück. Sie ist es gewohnt, von mir in eine ausgestreckte Lage manövriert zu werden, damit ich sie aufgeilen kann, ohne sie kommen zu lassen.

Ich klappe ihr Sweaterkleid hoch und inspiziere den Zwickel ihres Slips. Feucht, aber nicht triefnass. Noch nicht.

Elodie saugt scharf die Luft ein, als ich innen an ihrem Schenkel zart mit dem Daumen die Haut streichle. »Du hast mit Lucy über heute Abend gesprochen.«

»Und du hast gelauscht, nicht wahr?«

Ich spare mir Mühe, es zu leugnen. »Du hast gesagt, du bist dir über das Ritual sicher.«

»Sollte ich wohl besser sein.«

Ich höre auf, sie zu liebkosen, bis sie erklärt: »Mir ist klar geworden, dass im Leben oft eine Entscheidung zu einer anderen führt.«

»Und das bedeutet?«

»Es bedeutet, dass ich mir sicher mit dir bin. Daraus ergibt sich, dass ich mir auch sicher über den Rest bin.«

Als sich die Haustür geräuschvoll öffnet, zuckt Elodie zusammen. Ich drücke meine Handfläche auf ihren Schritt, bevor ich das Kleid zurück nach unten klappe und ihr aufhelfe. »Deine Freundinnen sind da. Sie bereiten dich vor.«

ELODIE

HONEY, Daria und Angel sind gekommen, um mir zu helfen, mich herauszuputzen. Ich höre, wie sie das Penthouse betreten. Ihre lauten Stimmen verstummen, als Kaiser sie begrüßt.

Jaeger öffnet ihnen die Schlafzimmertür, und sie traben herein. Sobald er die Tür von draußen geschlossen hat, werden sie wieder laut.

»Wir haben den Abend freibekommen«, ruft Honey vergnügt. »Von Lucy höchstpersönlich.«

»Hat sie mir erzählt«, erwidere ich. »Sie war gerade hier.«

»Lucy war hier?« Daria sieht sich mit großen Augen um, als könnte Lucy wie von Zauberhand erscheinen.

»Du bist so besessen von ihr.« Angel stupst sie verspielt.

»Halt die Klappe, bin ich nicht«, entgegnet Daria so vehement, dass ich die Augenbrauen hochziehe. Ich merke mir vor, auf ihren Umgang mit Lucy zu achten, wenn ich das nächste Mal im *Inferno* bin.

Honey packt ihren Schminkkoffer aus und beginnt, meine Haut vorzubereiten, während sie mich mit Fragen bombardiert. »War das Jaegers Bruder an der Tür?«

»Ja. Mittlerweile treibt er sich ständig bei uns rum.«

»Hasst er dich nicht mehr?«

»Er hat sich eingekriegt.«

Daria lässt sich so schwungvoll neben mir auf die Matratze plumpsen, dass sie sich damit einen tadelnden Blick von Honey einhandelt. Angel holt eine Tüte mit dunkler Schokolade hervor.

»Also. Heute Nacht. Er wird Anspruch auf dich erheben?«

»So ist es geplant.« Ich ignoriere das leichte Flattern im Magen. Meine Nervenanspannung wird vom verlangenden Pulsieren in meiner Klitoris überschattet. Dafür hat Jaegers konstante Orgasmusverweigerung gesorgt.

Ich habe mein Versprechen gehalten und bin nicht weggerannt. Er heilt schneller als ich, aber ich habe ja jetzt Krücken. Theoretisch könnte ich immer noch entkommen.

Nach der heutigen Nacht wird es zu spät sein. Dann bin ich an ihn gebunden. Ich werde in seine Welt eintauchen und mich von der Dunkelheit umfangen lassen.

Dank Jaeger empfinde ich die Schatten nicht mehr als so beängstigend. Er liebt mich, und ich liebe ihn. Ich bin niemandes Beute mehr, nur noch seine, und selbst das nur, wenn wir unserem Spiel nachgehen.

Bei ihm habe ich Geborgenheit und eine sichere Zuflucht gefunden.

Er hat mit mir Liebeskomödien auf der Couch für sich entdeckt. Und er hat durch mich ein echtes Zuhause. Mit jemandem, der sich um ihn kümmert und ihn so intensiv liebt wie er mich.

Angel hat mich gefragt, was ich tun würde, wenn ich keine Angst hätte, und inzwischen weiß ich es.

Ich fürchte mich nicht mehr.

Die Fahrt zur Zeremonie der Kragenverleihung nehme ich nur vage wahr. Jaeger geilt mich im Auto massiv auf, bevor er mich mit den Fingern um mein Handgelenk ins Gebäude führt. Er flüstert mir zu, dass bei manchen *Elita*-Zeremonien das Fraternitas-Mitglied seine Auserwählte vor aller Augen vögeln muss. Aber er wird es nicht tun, weil er nicht will, dass mich irgendjemand nackt sieht. »Niemand außer mir.«

Meine Freundinnen dürfen mit hinein, um sich die erste Hälfte der Zeremonie anzusehen, die im *Club Empire* stattfindet. Sie wissen nicht alles über diese finstere Welt, doch sie kommen mit, um mich zu unterstützen, und dafür liebe ich sie.

Jaeger führt mich vor die Versammelten und lässt mich niederknien. Es mutet surreal an, im Zentrum der Zeremonie zu stehen, nachdem ich selbst ein Pandemonium bezeugt habe. Ich fühle mich klein und verletzlich, während ich umgeben von all den großen, bedrohlichen Fraternitas-Mitgliedern bin. Aber ich bin feucht. Meine Angst und meine Erregung scheinen Hand in Hand zu gehen.

Als Jaeger seinen Platz vor mir einnimmt, beruhigt sich das Flattern in meinem Bauch. Nur meine Pussy pulsiert umso heftiger.

Hinter Jaeger erhasche ich einen flüchtigen Blick auf meine Freundinnen. Honey betrachtet mit großen Augen die maskierten Männer. Daria steht mit vor der Brust verschränkten Armen da. Angel winkte mir verhalten zu.

Dann tritt St. James zu Jaeger und mir auf die Plattform, und ich versteife mich. *Lauf weg!,* brüllt eine leise Stimme in meinem Hinterkopf. Aber dafür ist es zu spät.

Als könne Jaeger meine Anspannung spüren, senkt er die Hand und legt sie mir seitlich an den Hals. Er hebt meinen Kopf an, bis ich seinem Blick begegne.

Der Rest der Zeremonie schwappt über mich hinweg, während ich in Jaegers stürmische Augen schaue.

»Gelobst du, deine *Elita* zu lieben und zu ehren? Wirst du für sie sorgen, sie behalten und sie wertschätzen? Wirst du kämpfen, um sie zu beschützen, und ihre Sicherheit über alles andere stellen, sogar über dein eigenes Leben?«

»Das gelobe ich.« Jaeger sieht mich eindringlich an. Ein Ruck durchzuckt mich. Das laute Rauschen in meinen Ohren übertönt einige der nächsten Worte von St. James. Jaeger hat mir erklärt, dass die Gelübde je nach Bereitschaft der *Elita* angepasst werden.

»Und du, Elodie.«

Ich erschrecke, als er meinen Namen ausspricht.

»Gelobst du, dich Jaeger zu unterwerfen und seinen Kragen als Zeichen deiner Loyalität und Liebe zu tragen? Wirst du ihn ehren und ihm gehorchen, dich ihm bedingungslos hingeben?«

Jaeger hat mich zwar vorgewarnt, doch nichts hätte mich für das Gefühl wappnen können, dass mir der Boden unter den Füßen weggerissen wird. Allein Jaegers Blick ist mein Anker und verhindert, dass ich falle.

Ich will ihn zu sehr, um jetzt noch umzukehren. *Unterwerfung.*

Mit einem zittrigen Atemzug stoße ich hervor: »Ja.«

Jaeger beugt sich vor und besiegelt es mit einem Kuss.

Wenig später trage ich seinen Kragen. Das Weißgold ruht als beruhigendes Gewicht um meinen Hals und fühlt sich auf Anhieb wie ein Teil von mir an.

Meine Freundinnen kommen zu mir, umarmen mich flüchtig und flüstern mir Glückwünsche zu, bevor sie weggeführt werden. Die Zeremonie der Kragenverleihung war nur der erste Teil der Nacht. Der zweite ist ausschließlich Fraternitas-Mitgliedern vorbehalten.

Mir werden die Augen verbunden, ehe ich in die Unterwelt geführt werde. Als man mir die Binde abnimmt, stehe ich im weitläufigen Heiligtum vor einer Schar mit Roben bekleideter Gestalten. Der Schein von Flammen flackert über die Wände und wirft unheimliche Schatten über die größtenteils von Kapuzen verborgenen Gesichter.

Lucy ist ebenso anwesend wie Pater Francis und die Führungsriege von Fraternitas. Aber ich nehme sie kaum wahr, weil Jaeger nah bei mir steht.

Ich stütze mich auf eine der Krücken, die Kaiser mir geschenkt hat, und lasse das Ritual an mir vorbeiziehen.

Als ich es zuletzt miterlebt habe, wusste ich nicht, was vor sich ging. Jetzt schon. Pater Francis spricht dieselben Worte wie damals auf Latein. Jaeger hat mir die Gelübde im Voraus erklärt.

Du gelobst Fraternitas und allen Mitgliedern deine Loyalität.

Du gelobst, die Herrschaft des Teufels und seiner Sieben aufrechtzuerhalten.

Vor allem widmest du dein Leben demjenigen, den du auser-

wählt hast. Die gemeinsame Bindung erfolgt durch Wasser, Feuer, Tod und Blut. So gelobst du.

»Ja, ich gelobe es.« Jaeger spricht es zuerst aus. Nach kurzem Zögern wiederhole ich die Worte. Obwohl ich nicht so laut spreche wie er, verbreitet sich meine Stimme in der höhlenartigen Kammer bis in die hintersten Winkel.

Eine Doppeltür wird aufgestoßen. Die Flügel knallen gegen die Wand, und weitere maskierte Vollstrecker schleifen einen Mann in Richtung des Ritualbeckens.

Hitze flammt in mir auf, gefolgt von eisiger Kälte. Ich spüre den Steinboden unter den nackten Füßen. Er ist wärmer als erwartet. Oder vielleicht nimmt ihn mein Körper wegen des flackernden Feuerscheins auch nur so wahr.

Dann schwebe ich plötzlich. Es fühlt sich an, als beobachte ich das Geschehen von oben auf dem Balkon. Ich blicke auf mich hinab und stelle fest, dass ich sehr ruhig für jemanden mit einer außerkörperlichen Erfahrung wirke.

»Ich bin hier«, murmelt Jaeger. Er berührt mich. Ich spüre seine Finger am Ellbogen, trotzdem weile ich nach wie vor außerhalb meines Körpers und schaue weiter zu.

Beinah so, als sähe ich mir einen Film auf einer Kinoleinwand an. Die Gestalten mit Kapuzen, die schaurige Kulisse. Die Besetzung umgibt die Hauptdarstellerin, eine Frau mit einer roten, lockigen Mähne in einem dünnen weißen Seidenhemdchen. Barfuß und mit einem Kragen um den Hals stützt sie sich wartend auf eine Krücke.

Ich beobachte, wie sie erbleicht, als sie den Mann erkennt, den die Vollstrecker vorwärtszerren. Er ist geknebelt und gefesselt, trägt ein zerrissenes, verdrecktes Poloshirt und eine Hose. Vor ihrem geistigen Auge sieht sie, wie er vorn in einem Hörsaal auf ein Whiteboard deutet. Und wie er ihr in seinem Büro selbstgefällig mitteilt, was sie tun

kann, um eine Lehrassistenzstelle zu erhalten, durch die sie
weiterstudieren könnte. Wie er mit seinem Stuhl zurückrollt
und die Beine spreizt ...

Dann bin ich wieder in meinem Körper und stehe dem
Mann gegenüber, der mich missbraucht hat. Der mir erklärt
hat, dass meine Noten davon abhingen, ob ich ihn mit mir
anstellen ließe, was immer er wollte. Der mir nachgestellt
hat, bis ich Magenkrämpfe bekam und den Unterricht
schwänzen musste, um ihm aus dem Weg zu gehen. Und
letztlich das Studium abbrach. Selbst danach konnte ich
den Albträumen nicht entkommen und habe mich vor
ihnen in Pillen geflüchtet.

Jetzt ist er hier, kniet vor mir, festgehalten von zwei kräf-
tigen Vollstreckern. Und ich habe die Wahl. Damals hatte
ich sie nicht. Heute schon.

Die Welt ist voller Menschen, die böse Taten begehen.
Manche sind wie Jaeger, der wie ein Wolf tötet. Schnell und
skrupellos. Sein Totenschädelring beweist, was er ist.

Schlimmer jedoch sind jene, die sich als die Guten
ausgeben und ihre Position nutzen, um andere auszubeuten.
Sie verstecken ihre Bösartigkeit hinter ihrem Ruf, damit
niemand den Opfern glaubt.

Einen Großteil meines Daseins bin ich vor meinen
Problemen davongelaufen. Ich bin vor Ärger geflüchtet. So
habe ich überlebt.

Mein gesamtes Leben lang bin ich Beute gewesen.
Sosehr ich es gehasst habe, ich wusste nicht, wie ich etwas
daran ändern, wie ich anders über die Runden kommen
sollte.

Immer musste ich es einfach hinnehmen. Das will ich
nicht länger.

Professor Boylin sieht dünner und schwächer aus, als ich

ihn in Erinnerung habe. Gefesselt und geknebelt, ein Gefangener im Abyssus. Einer der Verdammten.

Ich habe ihn zum Tode verurteilt. Und es war so leicht. Ich tue es für die Universitätsverwaltung, die mir nicht geglaubt hat. Für meinen Ex-Freund, der lachend gemeint hat: »Was erwartest du denn? Du bist nun mal 'ne geile Braut.« Für meine Freundinnen, die mir erklärt haben: »Das würde Professor Boylin niemals tun.«

Sein Blut wird an meinen Händen kleben.

Ich hebe die Krücke an, bis sich das untere Ende auf Höhe seiner Augen befindet. Mein Arm schwankt unter dem Gewicht, aber Jaeger ist zur Stelle und stützt meinen Arm, hilft mir, die Krücke an einer Augenhöhle des Gefangenen anzusetzen.

»Ich liebe dich«, flüstert er mir zu.

Mit einem Nicken drücke ich den Auslöser. Ich muss nicht sehen, wie die Klinge vorschnellt und sich durch den Augapfel tief ins Gehirn bohrt.

Im Arm spüre ich den leichten Rückstoß. Obwohl kaum Blut fließt, erschlafft der Körper vor mir. Es ist kein Mensch mehr, sondern ein Leichnam.

Und ich bin keine Beute mehr. Heute Abend schließe ich mich den Rängen der Raubtiere an.

Und wir werden aufblühen.

Jaeger führt mich von dem Leichnam weg dorthin, wo Lucy sitzt. Wir halten uns über der silbernen Schale an den Händen, und sie gießt blutiges Wasser aus einem Kelch über unsere ineinander verschränkten Finger. Dazu verkündet Lucy: »Und jetzt seid ihr eins.«

Ich fühle mich wie benommen. Fragend schaue ich zu Jaeger auf. Er muss mir sagen, was als Nächstes zu tun ist.

Seine Hand löst sich von meiner. Er fährt mir damit ins

Haar und küsst mich. Ich entspanne mich, lasse ihn die Kontrolle übernehmen und schwelge in dem Gefühl.

»Du hast es geschafft«, flüstert er an meinem Mund. Ich stelle mich auf die Zehenspitzen, schmiege mich an ihn. Meine aufgerichteten Nippel reiben über seine nackte Brust. Er ächzt, und mir fallen seine Verbände, seine halb verheilte Wunde ein, doch er lässt nicht zu, dass ich mich zurückziehe.

Also kralle ich die Hände in sein Haar und erwidere seinen Kuss.

Denn jetzt bin ich wie er. Ihm ebenbürtig. Ich kann vor ihm wegrennen und mich von ihm jagen lassen. Wie ich festgestellt habe, gefällt mir das, wenn es nicht echt, nur ein Rollenspiel ist. Die Wahl zu haben, vermittelt mir ein Gefühl von Macht. Aber im wahren Leben bin ich keine Beute mehr.

Kaiser und die anderen entfernen die Leiche. Der Mann, der mich heimgesucht hat, ist nur ein lebloser Haufen aus Fleisch und Knochen. Ich hätte nicht erwartet, dass es sich so gut anfühlen würde.

»Was wird aus ihm?«, frage ich. Lucy dreht sich mir zu und antwortet.

»Wir haben eine Verbrennungsanlage. Er wird zu Asche. Die Zähne behalten wir als Trophäen, den Rest verstreuen wir im Wind.« Sie schenkt mir ein animalisches Lächeln. »Willkommen bei Fraternitas.«

Jaeger legt mir die Hand auf den Rücken, und ich lasse mich von ihm wegführen. Wir gehen an den Reihen der Mitglieder in Roben vorbei, ich mit hoch erhobenem Haupt.

Dann schiebt er mich vorwärts und fordert mich auf, wegzurennen. Obwohl mein Knöchel ein wenig zwackt, presche ich in den dunklen Flur davon, freue mich auf den Nervenkitzel der Flucht vor einem mächtigen Jäger. Ich schaue zurück, vergewissere mich, dass er mich verfolgt. Während er auf mich zukommt, flackert der Schein von Flammen über sein Gesicht. Aus seinen blauen Augen spricht Hunger.

Mit einem tiefen Atemzug drehe ich mich wieder nach vorn und haste vorwärts.

Weit komme ich nicht.

Er packt mich, drückt mich nieder auf die Hände und Knie. Seine Finger ziehen im Nacken an meinem Kragen.

Er dringt in mich ein, und ich bin so heiß auf ihn, dass es nur weniger Stöße bedarf, bis ich komme. Meine Schreie hallen durch den Korridor. Wieder und wieder rammt er sich von hinten in mich, und mein Orgasmus bricht so heftig über mich herein, dass ich das Gefühl habe, mich aufzulösen. Meine Finger krümmen sich, meine Nägel brechen, als sie über den schwarzen Marmor schrammen.

An der Wand vor mir verheddern sich unsere Schatten ineinander und verschmelzen. Meine Handflächen sind wund, meine Knie zerschrammt, als Jaeger schließlich stöhnt und sich in mir entlädt. Sein Schaft pulsiert, seine Zähne streichen über meine nackte Schulter. Ich schaudere vor Lust.

Sein Gewicht erschlafft auf mir, und es fühlt sich so gut an. Aber der Moment vergeht, danach wird es unangenehm, von ihm regelrecht erdrückt zu werden.

Als ich mich aufsetze, stoße ich gegen ihn. Er ächzt, und mir fällt seine Wunde ein.

»Hab ich dir wehgetan?« Ich strecke die Hand nach ihm aus.

»Nein. Das ist nicht mein Blut.« Er schenkt mir ein wildes Lächeln, das ich aus irgendeinem Grund als urkomisch empfinde. Mein Lachen hallt von den Wänden wider.

Als er mich auf die Beine zieht, rutscht mir der Träger

meines Hemdchens von der Schulter und entblößt meine Brust. Er hat den Stoff zerrissen, was mich erneut zum Kichern bringt.

»Ich hab dich«, murmelt er und drückt mich an sich. Als er mich von den Füßen hebt, setze ich mich zur Wehr, bis er mich auffordert, damit aufzuhören.

»Ich würde dir wehtun.« Herrgott noch mal, immerhin ist er nach wie vor am Genesen von einer Schusswunde.

»Elodie. Lass mich dich tragen.«

Ich halte still, um ihn nicht zu verletzen. Er hievt mich an sich, und ich drehe mich so, dass ich mich an seine Brust schmiege. Die Überreste meines Hemdchens ziehe ich hoch, damit ich nicht halb oben ohne bin.

»Was jetzt?« Der durchdringende Geruch von Qualm und Weihrauch umgibt uns. In meinem Kopf verschwimmen Gedanken an Rituale und auf Latein gesprochene Gelübde.

»Jetzt fahren wir nach Hause.«

Er setzt sich durch die Dunkelheit in Bewegung. Und trotz allem – obwohl ich einen Mann getötet habe, bevor ich auf dem Boden gefickt wurde, bis ich wund war und Samen aus mir getropft ist – fühle ich mich wohlig warm.

Er betritt einen Aufzug und sagt den Code. »*Lasciate ogni speranza, voi ch'entrate.*« Die Tür schließt sich, der Fahrstuhl setzt sich nach oben in Bewegung. Irgendwann wird er mir diese Losung beibringen müssen. Aber dafür haben wir reichlich Zeit.

Die Ewigkeit.

EPILOG

J*aeger*

NICHTS GEHT über den Frühling auf dem Land. Es war nicht schlimm, mich während des langen Winters in der Wohnung einzuigeln, ihn mit meiner *Elita* auf der Couch zu verbringen. Trotzdem ist es schön, auf der Terrasse der *Lodge* die frische Luft einzuatmen.

Wir sind heute auf Billionaire Island, herbestellt von Damien. Er veranstaltet gern etwas, das Lucy als »Familienessen« bezeichnet. Als Kinder haben wir uns an Sonntagen ähnlich versammelt, wenn Pater Francis uns mit dem Versprechen einer feinen Mahlzeit in die Kirche geködert hat. Jetzt brechen wir das Brot mit einem fünfgängigen Festschmaus, gefolgt von teuren Spirituosen und Zigarren im Salon.

Ich habe das festliche Treiben verlassen, um draußen einen Moment allein zu genießen. Elodie ist drinnen bei einer Gruppe anderer *Elitas*. Sie hat Freundinnen gefunden, worüber ich froh bin.

»Bruder.« Kaiser betritt die Terrasse. Als er den Duft des Walds aufschnappt, atmet er tief ein und legt den Kopf in den Nacken. Die frische Luft lässt die Anspannung in seinem Gesicht verfliegen. Er stellt seinen Drink auf das Geländer und senkt die Hände links und rechts davon auf das Holz, während er mit halb geschlossenen Lidern tief durchatmet. Ich könnte ihn damit aufziehen, dass er mit den Bäumen kommuniziert oder so. Aber ich verzichte darauf.

Stattdessen frage ich: »Hättest du je für möglich gehalten, dass wir mal so etwas haben würden?«

Abrupt öffnet er die Augen. Wie meine sind sie blau. Es ist, als blicke ich in einen Spiegel. Manchmal vermeine ich sogar, seine Gedanken wahrzunehmen. Auch sie widerspiegeln oft meine.

»Nein. Aber wir hatten einander.«

»Das stimmt. Und jetzt haben wir das hier.« Ich lächle ihn an, und um seine Augen erscheinen leichte Fältchen. Er lächelt anders als ich. Ich schaue an ihm vorbei in die *Lodge*, wo Elodie bei einer Gruppe anderer Frauen sitzt. Sie wirft gerade lachend den Kopf zurück.

»Und du hast sie.« Kaiser stupst mich mit dem Ellbogen. Ich löse den Blick von Elodie.

Niemand sonst kann Kaisers versteinerte Miene lesen. Nur ich. Niemand sonst würde die Sehnsucht aus seiner Stimme heraushören. Nur ich.

Denn ich kenne ihn so gut wie mich selbst. Er will auch jemanden wie mein Häschen. Alle Macht und aller Reichtum sind bedeutungslos, wenn man die Nächte mit niemandem teilen kann.

Deshalb habe ich ihm seinen Verrat so schnell verziehen. Eine lange Zeit war er alles, was ich hatte. Zwischen uns werden immer enge Bande bestehen, auch wenn mittlerweile Elodie darin eingeflochten ist.

»St. James sucht nach dir«, sage ich. »Vielleicht hat er etwas für dich.« *Oder jemanden.*

Kaiser brummt nur und späht hinein. Ich klaue ihm seinen Drink und grinse ihn über das Glas hinweg an.

»Arschloch«, sagt er, doch jetzt verziehen sich sogar seine Lippen zu einem Lächeln.

»Du, wegen morgen. Filmabend bei uns. Neue romantische Weihnachtskomödie.«

»Laufen die immer noch im Fernsehen? Es ist ja nicht mal Weihnachten.«

»Ich hab sie alle für Elodie gekauft.«

Er schnaubt. »Für Elodie. Klar.«

»Der lange verschollene Prinz hat 'nen Bruder.« Ich wackle mit den Augenbrauen.

»Ich bringe Popcorn mit.« Er geht zurück hinein. An der Tür bleibt er stehen und hält sie für Elodie auf.

Dann sind nur wir zwei auf der Terrasse.

»Da bist du ja.« Ihre Wangen sind gerötet, ihre Augen leuchten. Mittlerweile hat sie bei Fraternitas Fuß gefasst. Ihr Fußgelenk ist längst verheilt. Jede Woche kellnert sie ein paar Schichten im *Inferno*, während ich an der Bar sitze und über sie wache. Inzwischen kennt sie fast alle namentlich.

Heute schillert sie förmlich in einem schlichten weißen Kleid und Ballerinas. Ihr Outfit erinnert mich an unsere erste Begegnung draußen im Wald vor der *Lodge*. Ich frage mich, ob sie sich absichtlich so gekleidet hat.

Als ich den Arm nach ihr ausstrecke, kommt sie an meine Seite. Ich drücke sie innig an mich. In der Nähe der Narbe von meiner Schussverletzung zwackt es leicht, doch das nehme ich gern in Kauf. Elodie lehnt sich an mich, und mich verblüfft, wie richtig es sich anfühlt.

Als sie den Kopf zu mir neigt, funkelt ihr Kragen. »Was machst du denn draußen?«

»Ist schön hier.« Ich drehe sie zum Wald herum.

»Dir gefällt's hier. Würdest du je herziehen wollen?«

»Auf Billionaire Island?« So weit hergeholt ist das nicht. Die Sieben besitzen hier ebenso Häuser wie St. James und sogar Damien, obwohl nur wenige Menschen wissen, wo sich sein verstecktes Herrenhaus befindet. Es sei denn, man hatte dort schon Wachdienst – wie ich. »Nein. Mir gefällt das Penthouse.«

»Mir auch.«

Eine Weile betrachten wir zusammen schweigend den Wald. Wir lauschen dem Zwitschern der Singvögel, dem Rascheln der Blätter, lassen die friedliche Atmosphäre auf uns wirken.

Schließlich legt sie mir die Hand auf die Brust und murmelt: »Ich hab ein Geschenk für dich.«

»Heute ist nicht mein Geburtstag.«

»Ich weiß. Aber meiner.« Sie steckt mir etwas in die Tasche, bevor sie lächelnd zurückweicht. »Wenn ich wegrenne, jagst du mich dann?«

»Immer.«

Sie streift die Ballerinas ab, und mein Herz schlägt höher. Meine Muskeln spannen sich an, doch ich zwinge mich, ruhig zu bleiben, zu warten.

Sie zieht sich die Haarnadeln aus der Hochsteckfrisur. Ihre Locken ergießen sich um ihr Gesicht.

»Gib mir zehn Minuten Vorsprung, ja?«

Ich nicke, bringe kein Wort heraus. In meinem Kopf tost ein Wasserfall. Mein Blut gerät in Wallung, während sich mein Körper für die Jagd wappnet.

Elodie verschwindet die Treppe hinunter zum Rasen. Sie geht bis zum Waldrand, bevor sie stehen bleibt und das Kleid auszieht. Das schwindende Licht der Sonne umspielt ihre Kurven, tüncht sie in einen goldenen Schimmer. Plötzlich wirkt sie nicht mehr menschlich, sondern übernatürlich. Eine Göttin des Walds.

Dann bewegt sie sich in die Schatten und wird real. Sie hängt das Kleid an einen Baum, schaut lächelnd zu mir zurück und huscht ins Dickicht.

Ich ziehe hervor, was sie mir in die Tasche gesteckt hat. Es handelt sich um eine schwarze Skimaske mit einem vorn aufgedruckten Totenschädel. Schlagartig werde ich erregt.

Trotzdem warte ich. Zu Weihnachten hat sie mir eine schicke Uhr und einen schwarzen Rollkragenpullover geschenkt, nachdem Kaiser und ich uns über die Aufmachung des Großstadtverlobten in einem Film lustig gemacht hatten. Den Pulli ziehe ich zwar nicht an, aber die Uhr gefällt mir. Halb habe ich damit gerechnet, dass sie »Großstadtverlobter« auf die Rückseite hatte drucken lassen. Stattdessen prangt dort »Großer böser Wolf« mit einem kleinen Herzen, gefolgt von »Häschen«.

Es ist mein zweitliebstes Geschenk aller Zeiten, das ich ewig in Ehren halten werde.

Nach zehn Minuten nehme ich die Uhr ab und lege sie auf das Geländer. Kaiser wird sie bemerken und sie für mich aufbewahren. Wenn ich sie anbehalte, könnte sie kaputtgehen. Ich werde zwar wegen Elodies Fußgelenk vorsichtig sein, und sie wird sich wegen meiner Schussverletzung zurückhalten, trotzdem wird es wild zur Sache gehen.

Ich streife das Hemd ab. Trotz der Kühle auf meiner nackten Haut ist mir noch zu heiß. Mit dem Aufsetzen der Maske warte ich, bis ich kurz davor bin, den Wald zu betreten. Bevor ich es tue, schnuppere ich. In der Luft schnappe ich den Duft von Elodies Erregung auf. Ich greife mir ihr Kleid, drücke es mir ins Gesicht, atme tief ein. So süß. So aufgegeilt und bereit für mich.

Ich lasse das Kleid fallen und stülpe die Maske über. Meine Welt verdunkelt sich, meine Sicht schrumpft auf den Pfad vor mir. Schließlich laufe ich zum Jagen los, um meine perfekte Beute aufzuspüren und Anspruch auf sie zu erheben.

KAISER

EIN SILBRIGES FUNKELN lockt mich zurück auf die Terrasse. Jaeger hat seine Uhr auf dem Geländer liegen lassen. Ich ergreife sie und stecke sie ein. In den Wäldern herrscht Stille. Sie geben ihre Geheimnisse nicht preis. Trotzdem weiß ich, dass Jaeger da draußen ist und seine *Elita* hetzt.

Ich kann auf der Terrasse bleiben und mir Dinge wünschen, die ich nicht habe, oder ich kann wieder reingehen und mich betrinken. Also entscheide ich mich für Letzteres. Ich marschiere geradewegs hinter die Theke und greife mir eine Flasche. Der Barkeeper lächelt mich nur an. Beinah wünschte ich, er würde protestieren.

Ich brauche einen ordentlichen Kampf, muss Blut vergießen und Schmerzen spüren. Um mir zu bestätigen, dass ich lebendig bin.

Der Alkohol brennt zwar meine Kehle hinab, doch das reicht nicht. Wenn Schmerz für mich das einzige Vergnügen ist, will ich mehr davon. Viel mehr.

Aber hier draußen in der *Lodge* bin ich von Fraternitas-Leuten umgeben. Meiner erweiterten Familie. Ich will niemandes Glück mehr durcheinanderbringen. Als ich mich zuletzt eingemischt habe, wäre Jaeger fast gestorben.

Damit bin ich fertig.

Ich bin immer der wütende Zwilling gewesen. Das musste ich sein, um dafür zu sorgen, dass mein Bruder und ich überleben konnten.

Jaeger hält an nichts fest. Hat er nie. Er lässt das Leben an sich abperlen und greift sich das Glück, wo er kann. Wie der Protagonist in einem dieser dämlichen Filme.

Ich bin froh, dass er mit ihr sein Glück gefunden hat. Aber an Tagen wie heute erinnert es mich daran, dass es so etwas für jemanden wie mich nicht gibt.

»Kaiser.« St. James steht neben mir. Er ist so ein verstohlener Penner. Immer gewesen. Als Kind war er kleiner als der Rest von uns. Wir haben ihn beschützt, weil manche Menschen trotz geringer Körpergröße Giganten sein können. Und sein Intellekt hat uns alle gerettet.

»St. James.« Ich proste ihm mit erhobener Flasche zu. Wir haben ihm alles zu verdanken – die *Loge*, den Reichtum, die Macht. Trotzdem fühle ich mich nicht dankbar.

»Komm mit in die Bibliothek. Ich muss dir was zeigen.«

»Und was?«, brumme ich, folge ihm jedoch in den vom Boden bis zur Decke vor alten Büchern strotzenden Raum. Obwohl ich nie herkomme, finde ich ihn schön. Ich lese zwar nicht, aber mir gefällt der Geruch von Leder und Papier.

Ich stelle die Flasche auf einen kleinen Tisch. St. James geht hin und platziert sie auf einem Untersetzer, weil er zivilisiert ist.

»Ich habe etwas für dich.« Er holt einen Zettel aus der Tasche und breitet ihn auf dem Tisch aus.

»Was ist das?«, frage ich, ohne hinzusehen.

»Ein Auftrag.«

Einen Auftrag kann ich gebrauchen, um mich von anderen Gedanken abzulenken.

Der Zettel erweist sich als ausgedrucktes Foto einer jungen Frau mit einem Rucksack. Schüchtern lächelt sie in die Kamera. Die Hände umklammern die Träger, als wäre sie nervös. In ihren Augen erkenne ich einen wehmütigen Schimmer.

Beim Anblick ihres Gesichts setzt mein Herz einen Schlag aus. Obwohl ich diese Frau noch nie zuvor gesehen habe, beschleicht mich das Gefühl, sie schon ewig zu kennen.

Auf einem Schild hinter ihr steht »Unitas University«.

»Was ist der Auftrag?«

»Sie.«

Sie. *Sie.*

Ich starre auf ihr Gesicht und bekomme kaum mit, was St. James sagt.

»Es wird kompliziert, aber gerade deshalb brauche ich dich. Du kannst es über die Bühne bringen.« Er tippt auf das Foto, um sich für die nächsten Worte meine Aufmerksamkeit zu sichern. Und ich höre ihm zu, vernehme sie klar und deutlich.

»Wenn der Auftrag erledigt ist, gibt es eine Belohnung.«

Vielen Dank, dass du Elodies und Jaegers Geschichte gelesen hast! Möchtest du etwas über ihr erstes gemeinsames Weihnachten lesen? Dann sieh hier nach:
https://geni.us/HisPreyFreebieGER

Buch 2 erscheint in Kürze:
https://geni.us/fraternitas02GER

KOSTENLOSE GESCHICHTE

Hol dir hier eine Mafia-Weihnachtsgeschichte: https://geni.us/HisPreyFreebieGER

EBENFALLS VON LEE SAVINO

∽

Ebenfalls von Lee Savino

Alphas Befehl

Eine frohe Alpha Sonnenwende

Bad Boy Bren mit Renee Rose
Alphas Anspruch

Mitternacht Doms mit Renee Rose
Alphas Blut
Seine gefangene Sterbliche
Die Jungfrau und der Vampir

The-Werewolves-of-Wall-Street-Serie mit Renee Rose
Der große böse Boss: Mitternacht
Der große böse Boss: Mondverrckt
Der große böse Boss: Markiert
Der große böse Boss: Miteinander

∼

Romantische Science Fiction

Planet der Könige mit Tabitha Black
Brutale Verbindung
Brutaler Anspruch
Brutale Jagd
Brutales Biest
Brutaler Dämon

Die Meister der Tsenturion mit Golden Angel
Gefangene von Außerirdischen
Außerirdischer Tribut
Außerirdische Entführung

Drachen im Exil mit Lili Zander
Eine Sci-Fi Dreierbeziehung Romanze
Draekon Gefährtin
Draekon Feuer
Draekon Herz
Draekon Entführung
Draekon Schicksal

Tochter der Dragons
Draekon Fieber
Draekon Rebellin
Draekon Festtag

Die Rebellion mit Lili Zander
Draekon Krieger
Draekon Eroberer
Draekon Pirat
Draekon Kriegsherr
Draekon Beschützer

Historische Cowboy Romanze

Braut Per Mail
Rocky Mountain: Erwachen (German Edition)
Rocky Mountain: Braut (German Edition)
Rocky Mountain: Rose (German Edition)
Rocky Mountain: Wildfang (German Edition)
Rocky Mountain: Schurke (German Edition)
Rocky Mountain: Daddy (German Edition)
Rocky Mountain: Ritt (German Edition)
Pearls Besitzer

Romantische Western

Wild Whip Ranch-Serie mit Tristan Rivers
Cowboy's Babygirl
Zähmung seines wilden Mädchens

DIE AUTORIN

USA Today-Bestsellerautorin Lee Savino hat über 69 heiße Romantikromane geschrieben. Verruchte Männer, Mafiosi, Wolfsgestaltwandler und Drachengestaltwandler im All – ihre dominanten Alpha-Helden machen vor nichts halt, um sich ihre wahre Liebe zu sichern. Happy End und Lesekater garantiert!

Auf leesavino.com kannst du dir ein kostenloses Buch herunterladen.

Nimm Verbindung mit Lee Savino in ihrer fabelhaften Goddess Group auf:
https://www.facebook.com/groups/LeeSavino

Goodreads: http://bit.ly/2tqaH28
Bookbub: http://bit.ly/2h8N6le
TikTok: https://www.tiktok.com/@authorleesavino
Instagram: https://www.instagram.com/authorleesavino